KB151039

셜록 홈즈와
인도의 별

셜록 홈즈
미공개 사건 파일
#04

셜록 홈즈와
인도의 별

캐롤 부게 지음 | 하현길 옮김

책에
이름

| CONTENTS |

✤

| 1장 | 로열 앨버트 홀 연주회 6

✤

| 2장 | 메리웨더 양의 거짓말 41

✤

| 3장 | 페르마 씨가 쇼멜 씨에게 52

✤

| 4장 | 투트힐 대장 83

✤

| 5장 | 죽음의 공포 111

✤

| 6장 | 레스트레이드 경감의 방문 137

✤

| 7장 | 습관적으로 행동하는 사람 151

✤

| 8장 | 상대의 수까지 연구하라 169

✢

ㅣ9장ㅣ 젊은 여자의 방문 192

✢

ㅣ10장ㅣ 제니의 체스 게임 229

✢

ㅣ11장ㅣ 앵무새 262

✢

ㅣ12장ㅣ 바 오브 골드 283

✢

ㅣ13장ㅣ 제니의 도움 298

✢

ㅣ14장ㅣ 런던탑과 인도의 별 317

✢

에필로그 331

✣

1장

로열 앨버트 홀
연주회

내 친구 셜록 홈즈의 기분 변화가 심하다는 걸 종종 언급했었기 때문에 내가 1894년 10월의 비가 내리는 어느 토요일에 홈즈를 방문했을 때 그가 베이커 가 221B의 거실 소파에 무력하게 누워 총탄 구멍으로 벽에 새겨진 V.R.(Victoria Regina, 빅토리아 여왕)이라는 이니셜에 다트를 던지는 모습이 별로 놀랍지 않았어야 했다. 두 번째 아내가 세상을 떠난 이후로 난 토요일 오후마다 홈즈를 방문하는 습관이 생겼지만, 오늘의 방문은 마지막으로 찾아왔을 때로부터 수 주일이 지난 후였다.

"들어와요!" 내가 노크하자 홈즈가 소릴 질렀다.

"아, 자네였군, 왓슨."

"허드슨 부인이 아무 데도 안 계시기에 내가 직접 문을 열고 들어왔네." 난 안쪽에 높이 쌓여 문이 열리는 걸 막아서다시피 한 신문 더미를 넘어서며 말했다. 방 안 공기 중에는 터키 담배의 향기가 짙게 배어 있었고, 문을 열자 한 줄기의 담배연기가 홀 쪽으로 쏟아져 나왔다.

"어서 들어오게. 지루해서 죽어도 좋다면 말일세. 아무것도 없네." 홈즈는 다트를 툭 던지며 말했다.

"런던에 재미있는 일이라고는 단 한 가지도 일어나지 않고 있다구. 머리깨나 좋다는 녀석들 중 어느 누구도 법과 질서를 유지하는 힘에 대항해서 자신의 기지를 발휘하려고 하지 않는단 말일세." 그는 한숨을 내쉬고, 자신의 기다란 몸체를 쭉 펼치며 소파에서 일어나 앉았다.

"이게 내 직업의 아이러니라네. 시민들이 상대적으로 평화와 고요함이 깃든 시간을 즐기고 있을 때면 나 자신은 그것을 해칠 뭔가 재미있는 일이 발생하기를 바라는 입장에 있으니, 원."

"하지만 자넨 진심으로 그러기를 바라는 건 아니……."

난 망토와 모자를 옷걸이에 걸며 말했다.

"아니, 난 정말 바란다네, 왓슨. 그게 문제란 말일세."

홈즈가 또 하나의 다트를 던지자, 그것은 V자의 맨 아랫부분으로 날아가 총탄 구멍에 박혔다. 홈즈는 한숨을 내쉬고 담배에 불을 붙였다. 그는 낡은 쥐색 가운을 걸치고 있었고, 면도를 하지 않은 것처럼 보였다. 평소에 자신의 외모에 지나치다 싶을 정도로 신경을 쓰는 사람에게 있어서는 아주 좋지 않은 신호였다. 방 한쪽 귀퉁이에 쌓여 있는, 신문에서 오려낸 기사들의 무더기를 보고서도 실망했다. 홈즈는 사건을 수사하고 있지 않을 때면 신문에서 기사를 오려두는 습관이 있는데, 그 무더기의 크기로 미뤄봐서 해결해야 할 사건을 다룬 지 꽤 오랜 시간이 흐른 것 같았다. 낯익은 거실이 비록 아주 깔끔한 건 아니었지만, 그렇다고 홈즈가 수사를 하고 있을 때처럼 난장판은 결코 아니었다. 홈즈의 섀그 담배가 들어 있는 페르시아 슬리퍼는 난로 위의 못에 얌전히 걸려 있고, 시험관과 비커들은 임시로 만든 연구실 작업대 위에 사용한 흔적이 없는 채로 놓여 있었다.

"창문을 좀 열어도 되겠나?" 난 기침을 하며 물었다. 가슴이 답답하게 느껴졌다. 담배연기에 얼마나 찌들었던지 그 매캐한 냄새가 혀끝에서 느껴질 정도였다.

홈즈는 어깨를 으쓱했다.

"편할 대로 하게. 솔직히 말해서 왓슨, 모리아티가 죽고 모런 대령이 철창에 갇히고 나니 내가 지루해서 죽을 것 같아 걱정이네." 홈즈는 다시 소파에 등을 대고 누워 담배연기로 고리 모양을 만들어 천장으로 불었다. 고리는 잠시 램프 불빛을 둘러싸고 들러붙어 있다가 이내 가느다란 한 줄의 회색 연기로 흩어졌다.

난 창문을 열고 런던의 오후가 뿜어내는 냄새를 깊게 들이마셨다. 말들의 땀 냄새가 불에 구워지고 있는 군밤, 축축한 옷, 끓여지고 있는 양배추의 냄새와 뒤섞여 올라왔다. 난 불길이 활활 타오르고 있는 난로 가로 걸어가서 두 손을 마주 비비며 불을 쪼였다. 아침 내내 진료소에서 일을 했던 터라 춥고 피곤했다. 평소와는 달리 무척이나 바빴던 한 주였고, 지금에서야 내가 얼마나 진이 빠졌는지를 깨달았다. 예년보다 일찌감치 찾아온 유행성 독감 때문에 오랜 시간 진료를 했어야만 했다. 지금 당장 가장 필요한 것은 브랜디 한 잔과 맛있는 식사였다.

"친애하는 친……."

내가 그런 생각을 말하려고 입을 떼자 홈즈가 내 말을 막았다.

"그래, 자네가 무슨 말을 하려는지 잘 알고 있네!" 홈즈는 성마르게 소파에서 벌떡 일어서더니 난로 앞을 왔다 갔다 했다.

"뭔가 큰 피해가 이미 발생하고 나서야 내가 사건에 관한 소식을 듣게 되니, 이것이야말로 슬픈 사실이 아니겠나? 그렇다고 다른 사람들의 고통을 즐기는 사람은 아니라는 건 믿어주게나."

"당연히 자넨 그런 사람이 아니지, 홈즈……."

"하지만 난 자극이 있어야 하네!" 홈즈는 갑자기 소릴 빽 지르고는 담배를 난로 속으로 던진 다음 불 앞에 놓인, 자신이 가장 좋아하는 의자에 털썩 주저앉았다. 코카인을 보관하고 있는 곳으로 알고 있는 책상 쪽을 홈즈가 힐끗 쳐다보는 게 내 시야에 들어왔다. 활활 타오르고 있는 불길도 완화시킬 수 없는 차디찬 기운이 내 몸을 뚫고 지나갔다. 난 홈즈가 이 죄 많은 습관의 영향력 아래에 놓이는 것도, 그 영향력이 그의 신경과 건강을 해치는 것도 두고 볼 수 없었다. 그러면서도 의사인 내가 참견하는 걸 받아들이지 않을 거라는 점도 잘 알고 있었다. 난 이 문제를 일부러 들먹이지 않도록 결심하고, 그 대신 화제를 돌리려 했다.

"내가 오늘 밤 로열 앨버트 홀 연주회의 표를 구했는데, 어때, 함께 가지 않겠나?"

홈즈의 얼굴이 약간 밝아졌다.

"사라사테가 오늘 밤 생상스의 바이올린 콘체르토 3번을 연주하지." 그가 시큰둥한 어조로 말했다.

"갈 건가?"

난 애타게 바라는 눈치가 보이지 않도록 주의하면서 물었다.

"흠……."

홈즈는 창밖의 흐릿하고 음산한 날씨를 내다보며 말했다.

"가자고. 못 갈 이유도 없지."

그는 느닷없이 소릴 지르더니 의자에서 벌떡 일어섰다.

"어쨌거나 방 안에서 인상이나 쓰고 있을 필요는 없으니까."

그 말을 남기고, 홈즈는 자신의 침실로 들어갔다. 이어 옷장이 열렸다가 닫히는 소리와 옷걸이에서 옷이 벗겨지면서 달그락거리는 소리가 들려왔다. 홈즈의 상반되는 기분은 솔직히 연구감이었다. 그의 기분은 극단적으로 무력한 것으로부터 열정과 활기찬 것까지 거의 시간적인 간격을 두지 않고 변하는 것 같았다.

난 직접 브랜디를 따라서 불 앞에 놓인, 평소에 내가 사용하던 의자에 앉았다. 그러는 동안 홈즈는 바깥에서 내리는 빗소리에 귀를 기울이며 옷을 차려입고 있었다. 난로의 불길은 방 전체에 노란 불빛을 던졌고, 내 목을 타고 넘어가는 브랜디가 온몸을 따뜻하게 만들었다. 벽난로 선반 위에 매달려 있는 라이헨바흐 폭포의 사진이 눈에 들어오는 순간, 또 다시 등뼈를 타고 한기가 스멀스멀 기어 올라왔다. 내 친구를 영원히 잃어버렸다고 생각했던 스위스에서의 운명적인 날로부터 벌써 3년 반이나 흘렀지만, 그 끔찍한 광경의 세세한 부분들이 모두 기억 속에 생생히 남아 있었다. 바위에 기대어 세워져 있는 홈즈의 버려진 지팡이, 홈즈의 확고하고도 뚜렷한 필체로 작별인사가 적힌 쪽지…… 사실, 그 쪽지야말로 내 친구가 모리아티 교수와 함께 무시무시한 낭떠러지로 떨어져 죽었다는 사실을 단 한 순간도 의심해보지 않도록 완전히 속이는 작업을 훌륭하게 해냈었다. 내 생각이 잘못됐다는 걸 알게 된 게 벌써 3년 전이었고, 그 이후의 시간들은 별로 현실감이 없는 듯한 느낌이 들곤 했다. 심지어 지금 내가 꿈을 꾸고 있고, 잠에서 깨어나면 홈즈가 확실히 죽은 걸 알게 될 것이라고 느끼기도 했다.

"먼저 식사를 하고 싶지 않나?"

홈즈가 침실에서 소리쳐 물었다.

난 홈즈에게 음식이란 필요악에 불과하다는 걸 잘 알고 있었기 때문에 일부러 식사를 하겠느냐고 물어봐준 관심에 감동을 받았다. 홈즈가 심슨 레스토랑에서 진수성찬을 즐기는 것으로 알려져 있지만, 그의 호리호리한 몸매야말로 신체의 요구를 들어준 적이 별로 없다는 걸 잘 보여주고 있었다. 홈즈와의 우정을 지켜오는 가운데 내가 했던 가장 중요한 일 중의 하나는, 자신의 체력을 믿고 막무가내로 배 속의 요구를 묵살하다가 쓰러지는 걸 막는 게 아닌가 하는 생각이 든 적도 있었다.

"우리가 나가기 전에 허드슨 부인이 샌드위치를 만들어줄 수 있지 않을까?" 내가 말했다.

"부인은 웨스트 컨트리에 사는 여동생 집에 갔네."

홈즈는 빳빳하게 풀을 먹인 흰 셔츠와 연미복을 차려입고 그의 침실에서 나오며 말했다.

"이렇게 된 게 차라리 잘 됐다는 생각이 들지 않나?"

홈즈는 살짝 윙크하며 말했다. 내가 걱정하고 있다는 걸 홈즈 자신이 알고 있고, 날 지나치게 놀라게 하지 않으려고 최선을 다하는 모습이 고맙기까지 했다.

난 내가 얼마나 기뻐하고 있는가 하는 것이 드러나지 않도록 애쓰며 코트와 모자를 집어 들었다.

"어때, 식사를 지금 할까?"

방을 나서자 홈즈는 등 뒤로 우리의 거실 문을 닫으며 물었다.

"난 괜찮네. 브랜디를 한잔했거든. 연주회가 끝난 다음에 먹어도 될 것 같네."

그렇게 해서 몇 분이 채 지나기도 전에 우린 로열 앨버트 홀을 향해 덜컹거리며 달려가는 이륜마차 안에 앉아 있게 됐다. 쏟아지던 비는 끊임없이 떨어지는 보슬비로 변했고, 난 조약돌 위로 튀어 오르는 물방울을 지켜보다가 런던의 거리를 터덜터덜 걷고 있는 사람들의 행진을 흘낏 내다봤다.

"저걸 보게, 왓슨. 모든 세상이 다 연극무대일세. 하지만 런던 은……. 자네도 알다시피, 저기의 사람들 하나하나가 다 이야깃 거리를 갖고 살고 있네. 그것들 중 대부분은 입 밖에 나오지도 않겠지만. 우리가 듣게 되고, 후대에 기억되는 것은 엄청난 일— 좋은 쪽으로든 나쁜 쪽으로든—을 저지른 자들의 이야기들만이 지. 예를 들어, 저기에 있는 저 사람을 좀 보게."

홈즈는 노천시장에서 물건을 팔고 있는, 팔다리의 힘줄이 다 드러나 보이고 바짝 마른 생선 장수를 가리키며 말했다.

"군대를 갔다 왔고, 성공도 좀 맛봤지만, 사랑에 실패하고, 지 금은 생선 장수를 하고 있는 거라네."

난 홈즈의 설명을 요구하려고 했지만, 그의 이어지는 추론들 을 방해하고 싶지 않아 입을 열지 않았다. 홈즈는 계속 말했다. "저 사람은 자신의 생에 대해서 아무도 궁금해하지 않고, 지금 부터 100년이 지난 후에 자신이 이곳에 살았었다는 것조차도 아 무도 기억하지 못한다면 화가 날까? 난 그게 궁금해 죽겠어. 저 사람은 매일 이 거리를 지나다니는, 입 밖에 내놓은 적이 없는 수많은 인간들의 이야기들 중 하나가 될 뿐이겠지."

"어쩌면 저 사람 가족들은 기억해줄 걸세." 내가 말했다.

"그럴 지도 모르지. 하지만 시간이 좀 흐른 후 가족들의 호기 심조차도 점점 희미해지면 저 사람이 존재했다는 흔적은 이 지 구상에서 점차 사라지게 될 걸세. 가족들은 기억하지 못할 걸세,

왓슨," 홈즈가 좌석 등받이에 등이 닿도록 상체를 뒤로 젖히자 길고도 야윈 얼굴이 그림자에 파묻혔다.

"영생은 평범한 삶을 산 사람에게는 오지 않는다네. 정말로 비범한 행위를 한 사람만이 차지할 수 있는 신성한 영역인 것이지."

"사람은 대를 이은 자식들을 통하여 생명을 이어가는 법이네." 내가 말했다.

"아, 그래, 후손들이 있지." 홈즈가 침울한 어조로 대꾸했다. "후손을 두면 영생이라는 게 조금은 있다고 할 수 있겠군. 그렇지 않다면 평범한 사람들은 영생을 꿈도 꾸지 못할 걸세."

홈즈의 변명이 너무도 그 사람다운 것이라서 난 살짝 미소를 지었다. 우린 이 문제에 관해서 대화를 나눈 적은 없었지만, 난 홈즈가 아이를 낳지 않은 것을 후회하는 게 아닌가 하는 의문을 품곤 했었다. 나 자신도 이 문제에 대한 후회가 때때로 깜짝 놀랄 정도로 날카롭게 심장을 찌르는 걸 느꼈기 때문이었다.

"가족도 좋기는 하다는 뜻일세. 자네가 원하는 게 그것이라면." 홈즈의 말이 이어졌다.

"하지만 대부분의 사람들에게 있어서는 위대함만이 진정한 영생을 초래하는 법일세. 따라서 자네도 위대한 영웅으로 받드는 시저들이니, 나폴레옹들이니, 알렉산더들을 가지고 있는 거라네……. 알렉산더가 더 이상 정복할 세상이 없다는 걸 깨닫고 슬피 울었다고 사람들이 말한다는 걸 알고 있나?"

"그래, 들어본 적이 있는 것 같네." 난 홈즈의 생각이 이쪽으로 계속 집중되도록 하고 싶지 않아 건성으로 대꾸했다. 홈즈는 눈을 꼭 감았는데 얼굴은 평소처럼 팽팽하게 긴장되어 있었다. 말을 탄 채 더 이상 정복할 세상이 남아 있지 않아 울고 있는, 젊은 정복자가 되어 있는 홈즈가 저절로 내 머릿속에 떠올랐다.

마차가 로열 앨버트 홀에 도착했다. 우린 마차에서 내려 운임을 지불했다. 이제 비가 좀 더 세차게 내렸고, 우리가 정면 입구 계단을 올라갈 때 수많은 검은 우산들의 물결이 우릴 반겨줬다. (홈즈는 우산을 싫어해서 궂은 런던 날씨에도 불구하고 가지고 다닌 적이 거의 없었다) 우린 허리를 굽히고 몸을 비틀어 군중 속을 헤치며 나아갔고, 바흐의 첫 번째 선율이 청중석 위로 울려 퍼질 때 간신히 지정좌석을 찾아 앉았다.

홈즈는 연주회 내내 완전히 집중해서 듣고 있다는 표시로 두 눈을 꼭 감고 양 손의 손가락 끝들을 마주친 채 그대로 앉아 있었다. 나도 거미줄이 쳐지는 것처럼 각각의 구절들이 이리 비틀고 저리 돌아서는 음악 소리에 귀를 기울이려고 했지만, 자꾸 정신이 딴 데로 쏠렸다. 우리 앞줄에 앉아 있는 매력적인 젊은 여인이 무슨 이유 때문인지는 몰라도 사향 냄새가 나는 향수를 진하게 뿌렸고, 그것 때문에 자꾸 목이 칼칼해졌다. 연주회 전반부의 대부분을 터져 나오는 기침을 간신히 억누르며 보내고 말았다. 홈즈는 독한 향수의 냄새를 전혀 알아차리지 못하는지 중간 휴식 시간이 될 때까지 차분하게 앉아 있었다. 내게는 다행스럽게도 그 젊은 여인이 휴식 시간이 끝나도 제자리로 돌아오지 않았고, 난 연주회 후반부를 맘껏 즐길 수 있었다.

* * *

마차를 타고 집으로 돌아오는 도중에 홈즈는 꽤 오랫동안 아무 말도 하지 않다가 결국 입을 열었다.

"자네가 연주회 내내 고통받은 것은 우정에 대한 진정한 실험이었네, 왓슨."

"그게 무슨 뜻인가?"

"음, 자넨 향수에 대해 분명히 알레르기 반응을 보이는 것으로 알고 있는데, 맞나? 정말 향수 냄새가 지독하더군. 나 자신도 숨쉬기가 약간 힘들어서 이전에 달라이 라마와 함께 머무는 동안 전수받았던 호흡법을 사용하고 나서야 괜찮아졌거든."

난 폭소를 터뜨렸다. 홈즈가 알아차리지 못하고 넘어가는 건 하나도 없다는 걸 알고 있었으면서도 그런 생각을 하다니⋯⋯.

"그리고 이번에 한 우리의 짧은 여행은 자네가 의도했던 효과를 나타냈네. 비록 그게 자네가 예상했을 수도 있는 이유 때문은 아니지만."

"그건 또 무슨 뜻인가?"

난 홈즈의 말이 얼른 이해되지 않아 물었다.

"이런, 이런. 왓슨, 자네가 내 정신 상태에 대해서 걱정하고 있다는 걸 내가 알아차리지 못했을 거라고 생각했던 건 아니겠지? 이 연주회를 보러 가자는 자네의 제안은 내 정신을 다른 데로 돌리려는 뻔한 수작이었거든! 난 자네의 걱정에 감동을 받아 가겠다고 동의했단 말일세.”

“내 걱정을 그렇게 높게 봐줘서 고맙구만.” 난 홈즈의 깔보는 듯한 어조에 약간 밸이 꼴려 퉁명스럽게 말했다.

“그런데 내가 원하는 효과를 거뒀지만, 내가 예상했던 그런 이유…….”

“아,” 홈즈가 내 말을 끊고 대꾸했다.

“음, 자네에게 이걸 좀 물어볼까? 향수를 짙게 뿌린 그 젊은 여인이 연주회 후반에서는 자신의 자리에 앉지 않았다는 걸 알아차렸나?”

“물론이지.” 난 골이 나서 쏘아붙였다.

“그래서 후반부에는 숨을 쉴 수 있었으니까.”

“아, 아, 자네도 알아차렸었군. 하지만 그녀가 왜 자리에 없었는지는 알고 있나?”

“음악이 지루해서 그런 건 아닐까?” 내가 말했다.

“그게 무슨 문제라도 되나?”

“아, 상당히 큰 문제가 되지.” 홈즈가 말했다.

“그녀는 뭔가를 하려는 의도를 품고 연주회에 왔었는데 그걸 할 수 없었기 때문에 후반부에 자리로 돌아오지 않은 거라네.”

“그래?” 난 여전히 홈즈에게 화가 난 채 물었다.

"그럼 그게 뭐란 말인가?"

"메시지를 전달하는 것이었지."

"메시지라고? 어떤 종류의 메시지 말인가?"

"상당히 급한 내용을 담은 것이지만, 아주 비밀스럽게 전달되어야 할 것이지."

난 침묵을 지켰다. 중간 휴식 시간에 봤던 것들을 기억해내려고 했고, 어느 시점에서 로비에 모인 사람들 가운데서 무엇인가를 묻고 있던 젊은 여인을 본 것 같은 장면이 희미하게 떠오르긴 했지만 그걸로 끝이었고, 특별히 기억에 남는 건 없었다. 난 차창 밖을 침울하게 내다봤다. 비에 흠뻑 젖어 몸을 잔뜩 웅크린 수많은 런던 시민들이 자갈이 깔린 거리를 비틀거리며 걷고 있었다. 결국 홈즈가 침묵을 깼다.

"그처럼 매력적인 젊은 여인이 홀로 연주회에 왔다는 게 이상하지 않던가?"

"그거야 아마도……."

"그리고 한 걸음 더 나아가, 아주 유명한 연주자가 공연을 하는데 그녀의 옆자리가 비어 있었던 건 어떤가?"

그 여인은 정말로 혼자 앉아 있었고, 복도 쪽에 놓인 그녀의 옆자리는 연주회 내내 비어 있었다.

"그게 이상할 수도 있지만, 어쩌면……."

"왓슨, 자넨 보기는 하지만 관찰하진 않네. 그 젊은 여인에게서 관찰할 수 있는 첫 번째 사실들이 내 관심을 끌지 않았다면,

그 향수가 관심을 끌었을 게 분명하네."

"향수?"

"그래, 자네의 호흡기에 알레르기 반응을 일으켰기 때문에 자네도 알아차린 그 향수 말일세."

"그게 어떻다는 건가?" 난 이제 홈즈의 말에 대답을 하지 않고 오히려 묻고 있었다. 홈즈는 마차 지붕을 두들겨 마부에게 신호를 보냈다. 마부의 불그레한 얼굴이 위아래가 바뀐 채 창문에 모습을 드러냈다. 쓰고 있는 모자에서 빗물이 뚝뚝 떨어졌다.

"네, 손님?"

"여기에서 우회전해주시오."

"알겠습니다, 손님."

말이 떨어짐과 동시에 마부의 얼굴이 사라졌다.

우린 런던의 행상들이 몽땅 몰려드는 코벤트가든의 변두리에 들어와 있었다. 파이 만드는 사람, 장어 파는 사람, 사과를 파는 아일랜드 여자, 제비꽃 여러 뭉치를 들고 파는 여자 등등 온갖 종류의 호객꾼들이 소릴 질러댔다.

"왓슨, 자네 저녁식사가 좀 늦어져도 괜찮겠나?"

홈즈가 갑자기 물었다.

"물론이네. 왜 그런가?"

"그 이국적인 향수에 대해서 호기심이 동해서 그러네."

나도 호기심이 있었던 터라 홈즈에게 어떤 계획이 있는지를 물어보려는 순간, 그가 다시 마차 지붕을 툭툭 두들겼다. 다시

한 번 마부의 비에 흠뻑 젖은 얼굴이 차창에 나타났다.

"여긴가요, 손님?"

"그래요, 여기면 됐어요. 고맙소."

우리는 마차에서 내리고 마차 삯을 지불했다. 홈즈는 앞장서서 사람들로 붐비는 거리를 헤쳐 나아갔고, 구운 감자를 파는 행상과 파란 앞치마를 걸친 청과물 상인을 지나쳤다. 사방 천지에 호객꾼들이 사람들을 불러 모으는 고함소리가 가득했다.

"단단하고 맛있는 사과예요! 하나 맛보시겠어요, 선생님?"

"장어요! 식초에 절인 장어!"

"제비꽃이 한 무더기에 1페니예요!"

홈즈에게 어디로 가는 것이냐고 물어보고 싶었지만, 그는 냄새를 맡는 새 사냥개처럼 머리를 숙이고 앞장서서 활기차게 걸었다. 난 호두 껍데기와 양배추 잎사귀, 뭉개진 오렌지가 여기저기 널려 있는 자갈을 밟으며 그저 그의 뒤를 따를 수밖에 없었다. 우린 세인트 폴 성당의 그림자에 가려져 있는 작은 거리로 접어들었고, 이내 노점상들의 소음을 뒤로 하고 좁은 골목으로 들어섰다. 홈즈는 폐점했다는 인상이 짙은 상점 앞에서 걸음을 멈췄다. 그가 지팡이로 문을 세게 두들겼고, 그 소리는 좁고 구불구불한 골목길을 따라 울려 퍼졌다. 우린 상점 안쪽에서 크게 외치는 목소리가 들려올 때까지 실크해트에서 빗물을 뚝뚝 떨어뜨리며 한참 서 있었다. 난 서두르다가 내 우산을 마차에 두고 내렸다.

"거기 누구요?"

"셜록 홈즈요."

나무로 된 바닥에 뭔가가 끌리는 소리가 들리더니 문이 열렸다. 홈즈와 함께 수많은 모험을 하는 동안 괴상한 인물들을 많이 봐왔지만, 문에 서서 우릴 반갑게 맞이하는 지금 이 사람과 같은 모습을 보리라고는 전혀 예상하지 못했다.

이 사내의 나이가 몇 살인지는 도저히 예측하기가 어려웠다. 서른에서 여든까지 어디에나 해당될 수 있었다. 코는 자주색인 데다가 울퉁불퉁하고 팽팽하게 부풀어 올라 전혀 코 같지가 않고 오히려 커다란 조롱박 같았다. 그 코가 그렇지 않아도 괴기스러운 얼굴을 지배하고 있었다. 성한 한쪽 눈은 터키석의 색깔처럼 놀라울 정도로 파랬고, 다른 한쪽 눈은 이마에서 흘러내린 살덩어리로 덮여 있었다. 얼굴 전체 모습도 정상이 아니었는데, 비뚤어신 웃음을 웃고 있는 깃처럼 입이 힌쪽으로 쭉 올라가 있었다. 머리통은 혹들이 튀어나와 매끄럽지 못하면서 전체적으로 엄청 컸다. 그런 머리가 가느다란 몸통 위에 올라앉아 있어 마치 막대기에 호박을 꽂아놓은 것 같았다. 팔다리는 발육이 제대로 되지 않았고, 척추가 너무나 뒤틀려 있어 똑바로 서는 게 불가능해 보였다. 그는 몸의 균형을 잃지 않으려고 오른손으로 문 손잡이를 잡고 있었다.

난 그 사람을 드러내놓고 쳐다보지 않으려고 안간힘을 썼지만, 오랫동안의 의사 수련생활과 전쟁터에서 부상병들을 치료했

던 경험에도 불구하고 성공하지 못한 것 같았다. 그렇지만 홈즈
는 친근하고 다정하게 그 사람을 반겼다.

"좋은 저녁입니다, 위긴스 씨." 홈즈가 말했다.

"이런 시간에 찾아온 걸 용서해주셨으면 합니다만?"

놀랍게도 그 사람의 목소리는 끔찍한 모습과는 상대적으로
정말 아름다웠다.

"무슨 천만의 말씀을, 홈즈 씨." 그 사람은 외국인 억양이 약
간 남아 있는, 부드럽고 교양 있는 목소리로 대꾸했다.

"얼른 들어오시죠."

그 사람은 우리가 집 안으로 들어설 수 있도록 문을 더 활짝
열었다. 난 그 사람 상점의 내부를 봤을 때, 당장이라도 허물어
질 것 같았던 외관과 전혀 달라 또 한 번 깜짝 놀랐다. 집 안은 티
하나 없이 깔끔했다. 정성스럽게 모래를 뿌렸다가 쓸어낸 마룻
바닥에는 호화로운 색상의 손으로 짠 페르시아 카펫이 깔려 있
었다. 날 더욱 더 놀라게 만든 건 방 안 전체에 바닥에서 천장까
지 닿는 선반들이 즐비하다는 점이었다. 그 선반들은 내가 지금
까지 봐왔던 모든 병들이, 상상해낼 수 있는 모든 크기, 모든 모
양, 모든 색상의 병들로 채워져 있었다. 방 안에 흐르는 자극적
인 다양한 향기는 병 속에 향수가 들어 있다는 걸 직접적으로 광
고하는 것이나 다름없었다. 너무나도 많은 향기들이 풍기는 터
라 취할 것 같았고, 입을 딱 벌린 채 그 사람의 수집품을 구경하
느라고 방 안을 돌아다니는 내내 머리가 어질어질했다.

"친구이자 동료인 닥터 왓슨을 소개합니다."

홈즈가 우리 두 사람을 인사시켰다.

"왓슨, 이 분은 향수 명장이신 예레미야 위긴스 씨이네."

"혹시 소장하고 있지 않은 향수도 있습니까?" 난 눈이 돌아갈 정도로 많은 향수병들에 넋이 나가 상점 주인에게 물었다.

"뭘 찾고 계신데요?" 내 뒤쪽에서 목소리가 들렸는데, 그건 위긴스의 목소리가 아니었다. 사실 전혀 사람이 내는 목소리가 아니었다. 난 급히 돌아섰다. 금전등록기가 놓여 있는 카운터 뒤쪽에 노란색과 파란색이 섞인 커다란 앵무새 한 마리가 횃대 위에 앉아 있었다. 앵무새는 얼굴을 한쪽으로 돌린 채 밝은 오렌지색 눈으로 살펴 보고 있었다.

"뭘 찾고 계신데요?" 앵무새는 횃대 위에서 몸을 위아래로 흔들면서 질문을 되풀이했다.

"저 녀석이 자넬 좋아하는군, 왓슨."

홈즈는 특유의 메마른 웃음을 날리며 말했다.

"그걸 자네가 어찌 아는가?"

난 홈즈의 말이 칭찬인지 아닌지 확신하지 못한 채 물었다.

"저 녀석이 몸을 위아래로 흔드는 게 보이죠?" 위긴스 씨가 나섰다.

"저건 녀석이 흥분했다는 뜻입니다. 관심받기를 원하거나 무언가에 흥분이 되면 저처럼 몸을 흔들어대죠."

"저 녀석은 뭐죠?" 내가 물었다.

"어떤 종류냐는 뜻입니다."

"저 녀석은 남아메리카가 원산지입니다." 위긴스 씨가 말했다.

"하지만 난 내가 알고 지내던 인도의 신사로부터 얻었죠. 저 녀석 이름은 '반두'인데, 벵골어로 '친구'를 의미합니다."

위와 같은 사실은 우리들의 친구가 보여준 세련된 매너에 대해 더 큰 궁금증을 불러 일으켰다. 위긴스가 교육을 많이 받은 건 확실했다. 전 세계를 여행하고 다녔을 수도 있지 않을까?

위긴스가 절뚝거리며 앵무새에게로 다가가 삐쩍 마른 팔을 쭉 내밀었다. 앵무새는 횃대에서 펄쩍 뛰어 위긴스의 손으로 옮겨 앉았다.

"뺨에 입을 맞춰주렴, 반두."

위긴스가 말하자 앵무새가 그의 말을 따라 했다.

"뺨에 입을 맞춰주렴, 뺨에 입을 맞춰주렴."

앵무새는 그렇게 말하고 부리의 뭉툭한 끝부분을 심하게 일그러진 위긴스의 뺨에 대고 문질렀다.

"이 녀석은 말을 무척이나 잘합니다." 위긴스가 말했다.

"그리고 매우 빨리 배우기도 하고요. 반두는 오랫동안 사용한 문구에는 싫증을 내고, 항상 새로운 문구를 더합니다. 아마 당신이 가고 나면 당신을 흉내 낼 겁니다."

위긴스는 앵무새의 밝은 깃털을 어루만졌다.

"당신도 보다시피 반두는 아주 다정한 녀석입니다. 내가 집을 비울 때면 울기까지 할 정도니까요. 우리 둘 다에게 다행스러운 일이지만, 그럴 일이 자주 있는 건 아니랍니다."

난 위긴스가 다른 인간들의 호기심어린 눈길로부터는 벗어난 채 향수병들과 앵무새에 둘러싸여 이 작은 상점에서 홀로 지내는 모습을 상상했다. 하지만 반두에게 있어서는 위긴스가 다른 사람들과 전혀 달라 보이지 않을 것이었다.

"이 녀석을 얻었을 때 나이를 얼마나 먹었는지는 모르겠지만, 나보다 더 오래 살 가능성은 충분히 있어요."

위긴스가 앵무새를 다시 횃대에 내려놓으며 말했다.

"맞아요, 앵무새들의 수명은 무척이나 긴 편이니까요."

홈즈가 맞장구를 쳤다.

난 홈즈를 쳐다봤다. 그는 선반 앞에 서서 향수병들을 들여다보고 있었다. 홈즈가 예외적으로 인내심을 발휘하고 있다는 생각이 퍼뜩 들었다. 짧게나마 대화를 나눈 것 자체가 자신의 강점이 아닌 홈즈가 위긴스의 상점 안에서 온 세상의 시간을 다 가지기라도 한 것처럼 태연하게 서 있는 게 이상했다. 난 홈즈가 위긴스에게 미안함을 느끼고 있거나, 아니면 단순히 좋아하는 모양이라고 결론을 내렸다. 마치 내 머릿속을 읽기라도 한 것처럼 위긴스가 홈즈 쪽으로 돌아섰다.

"자, 홈즈 씨, 오늘은 어떤 일을 해줬으면 합니까?"

위긴스는 카운터 앞에 놓여 있던, 복잡하게 조각된 작은 스툴에 앉으며 물었다.

"음, 어떤 종류인지를 정확하게 알아낼 수 없는 향기를 우연히 맡게 돼서 당신의 도움이 필요합니다."

위긴스가 살짝 미소를 지었다. 아니, 적어도 그의 입이 자신만이 아는 미소 같은 형태로 살짝 뒤틀렸다. 그런데 놀랍게도 그러한 표정이 끔찍하기보다는 상당히 매력적이었다. 잔혹한 장난이 그에게 베풀어놓은 무시무시한 외관을 어떻게 뚫었는지는 모르겠지만, 위긴스의 신사답고 세련된 품성이 빛나고 있었다.

"그럴 리가요, 홈즈 씨."

위긴스는 가느다란 두 팔을 가슴에 교차시켜 포갰다.

"이 런던에 당신이 분간해낼 수 없는 향기가 존재한다는 뜻입니까?"

홈즈는 그 찬사에 대한 대응으로 씩 웃어 보였다. 난 이제 홈즈가 위긴스에게 미안함을 느끼고 있는 것이 아니라 그를 좋아하고 존경한다는 걸 분명히 알게 됐다.

"그런 것 같습니다. 이런 사실을 퍼뜨리지 않아줬으면 합니다. 어쨌거나 지켜야 할 내 나름의 명성이 있는 몸이니까요."

위긴스는 가슴 속 깊은 곳에서 우러나오는 소리로 헐떡거리며 폭소를 터뜨리더니 스툴에서 일어섰다. 우아한 흑단 지팡이의 도움을 받아 가장 가까운 곳에 있는 선반으로 움직였다.

"생각나는 대로 최대한 자세히 말씀해주시죠." 위긴스가 말했다.

"분명히 외국 것이었는데, 아마도 동양 쪽 같습니다. 재스민 향기가 약간 섞인 사향 냄새가 났고요. 그리고 아주 값비싼 것이었고요."

"값비싼 것이라고요?" 위긴스가 말했다.

"음, 그렇다면 범위가 상당히 줄어드는군요. 어디 보자……."
위긴스는 두 눈으로, 아니 성한 한쪽 눈으로 앞에 있는 선반들을
쭉 훑어봤다.

"세 가지로 줄일 수 있겠어요." 그는 앞에 놓인 작고, 불투명
한 녹색 병으로 손을 뻗으며 말했다.

"이게 그 첫 번째고요." 그는 뒤쪽의 카운터 위에 그 병을 내
려놓았다. 그러고는 다시 선반으로 돌아가 두 번째 병을 선택했
다. 이번에는 연한 파란색의 조금 더 큰 병이었다. 위긴스는 그
걸 카운터 위에 내려놓고 홈즈 쪽으로 돌아섰다.

"세 번째 것은 아주 높이 있어서요." 위긴스는 조금도 자신을
동정하거나 부끄러워하는 기색 없이 말했다.

"당신이 나보다 더 큰 게 확실하니……."

"당연히 해드려야죠." 홈즈는 가볍게 승낙하고 위긴스가 지
적한 병으로 손을 뻗었다. 이번 것은 이전의 두 개보다 훨씬 더
인상적이었다. 가느다랗고 긴 병이었는데, 유리 제품 중에서는
한 번도 본 적이 없는 짙은 루비색이었다. 상점 주인은 성년식을
주재하는 사제처럼 경건한 태도로 병마개를 하나씩 열었다. 홈
즈는 그때마다 상점 주인만큼 진지한 태도로 냄새를 맡았고, 처
음 두 개까지는 머리를 가로저었다. 하지만 우아한 루비색의 유
리병 차례가 됐을 때는 소릴 빽 질렀다.

"그겁니다! 바로 그거라고요!"

"바로 그거라고요, 바로 그거라고요." 우리 뒤쪽에 있는 앵무새가 홈즈의 말을 따라 했다. 난 얼른 돌아서서 앵무새를 쳐다봤다. 앵무새는 발을 바꿔가며 펄쩍 펄쩍 뛰며 고개를 열심히 위아래로 흔들면서 횃대 위에서 춤을 추고 있었다.

"녀석이 아주 빨리 배운다고 하지 않았습니까." 위긴스가 미소를 지으며 말했다.

"음, 홈즈 씨, 당신의 친구가 어떤 여자인지는 모르겠지만, 아주 값비싼 취향을 가지고 있군요. 이 향수가 귀한 것이라고 한 당신의 말이 맞았습니다. 하지만 실제로 세상에서 가장 부자인 일부 사람들만 구할 수 있다는 건 몰랐을 겁니다. 이건 분명히 동양풍이죠. 정확히 말하면 인도산입니다. 이 안에 재스민이 약간 섞이기는 했지만, 그처럼 값을 비싸게 만드는 구성요소는 사프란(크로커스 꽃으로 만드는 샛노란 가루. 음식에 색을 낼 때 씀)이죠." 위긴스는 그 병을 내 쪽으로 내밀었다.

"한번 보시겠어요, 닥터 왓슨? 사프란의 희미한 향이 느껴지지 않는가요?"

난 병뚜껑 바로 위쪽에 얼굴을 너무 가깝지 않게 갖다 대고, 사프란의 형언할 수 없는 달콤함과 섬세함을 들이마셨다. 그 즉시 훈훈한 인도의 밤들이 기억 속에서 살아났다. 놀랍게도 이전에 겪었던 알레르기 반응이 일어나는 게 아니라, 순식간에 젊었을 때 인도의 시골 지역에 주둔했던 군인 시절로 되돌아가는 경험을 했다. 난 동료 군인들과 카드 테이블에 둘러 앉아 있고, 내 옆에 앉은 아름다운 인도 처녀가 아몬드 모양의 까만 눈으로 카드를 치고 있는 날 올려다보며 미소 짓고 있었다.

"왓슨, 자네 괜찮은 건가?" 홈즈의 날카로운 목소리가 회상에 젖어있는 날 현실로 끌어냈다.

"아, 그래, 괜찮네. 다만……."

"선생은 기억 속에 남아 있는 것들을 경험했겠군요."

위긴스가 미소를 지으며 말했다.

"맞습니다, 향수는 선생에게 그런 일을 할 수 있습니다. 어떤 사람이 보낸 젊은 시절의 향기를 몽땅 다 포함하고 있는 이런 양질의 향수라면 특히나요. 선생이 한때 인도에 주둔했었다고 홈즈 씨가 말해주셨는데요……."

"네, 그랬습니다."

"저도 캘커타에서 태어났죠."

"정말인가요?"

"그렇습니다. 아버지는 영국인이셨고, 어머니가 인도인이셨습니다."

"아, 그렇군요."

"따라서 이 향기는 제게 그런 것처럼 선생에게도 좋은 기억을 불러일으킨 겁니다."

위긴스는 한쪽으로 일그러진 미소를 지어보였다.

"맞습니다. 이곳에서는 콘서트홀처럼 사향 냄새가 독하지 않군요. 처음 그 냄새를 맡았을 때는 알레르기 반응이 아주 심했었는데, 지금은 기분이 좋습니다."

"아, 그래요? 그게 정말 좋은 향수의 전형적인 특징이죠. 향수는 그걸 뿌리는 사람의 체취와 합쳐져 사람마다 각기 다른 냄새를 풍기는 법입니다."

"왓슨, 자네가 알레르기 반응을 보이는 건 바로 그 여자일 수도 있네." 홈즈가 씩 웃으며 날 놀려먹었다.

"여자에게 알레르기 반응을 보이는 건," 내가 바로 쏘아붙였다. "자네의 특성 아닌가, 홈즈?"

"알레르기 반응이라니? 난 그저 쉽게 믿지 않을 뿐이네."

홈즈는 내 말을 정정해줬다.

"알레르기는 나타났다가 곧 사라지기도 합니다."

위긴스가 흥겨운 목소리로 끼어들었다.

"의사인 선생은 그 점을 알고 있어야 합니다, 닥터 왓슨."

"아주 잘 알고 있습니다. 알레르기는 아주 종잡을 수가 없습니다."

"마치 여자처럼요."

위긴스는 홈즈에게 윙크를 보내며 덧붙였다.

난 위긴스의 의견에 동의해야만 했다. 그리고 가장 종잡을 수 없는 건 연주회에서 사향 냄새를 풍기던 그 젊은 여인이었다. 그 여인에 대해서 궁금증이 생기지 않을 수 없었다. 그녀는 누구이며, 연주회에서 무엇을 하고 있었고, 무슨 이유로 홈즈가 그녀에

게 이렇게 관심을 보이는지 궁금했다. 하지만 홈즈는 이미 문 쪽
으로 걸음을 옮기고 있었다.

"축하드립니다, 위긴스 씨. 또 다시 당신이야말로 내게 정말
귀한 존재라는 걸 증명했으니까요. 그런데 이 의문에 찬 향기의
이름이 무엇입니까?"

"골든 나이츠(황금의 밤)입니다." 위긴스가 대답했다.

"그리고 이걸 사려면 왕의 몸값에 맞먹는 막대한 비용이 든다
는 내 말을 믿어주십시오."

"난 당신의 말을 단 한 번도 의심해본 적이 없습니다, 내 친구
여." 홈즈는 위긴스의 어깨를 사랑스럽게 끌어안으며 말했다.

"항상 건강 조심하시고요. 여기 당신의 연구에 대한 작은 성
의 표시입니다." 홈즈는 두어 장의 지폐를 위긴스의 상의 주머
니에 슬쩍 밀어 넣으며 덧붙였다.

"꼭 이러지 않아도 됩니다." 위긴스가 말했다.

"홈즈 씨, 당신에게 도움을 줄 수 있다는 것만으로도 항상 즐
거우니까요."

"절 봐서라도 받아주세요." 홈즈가 설득했다.

"그래야 제가 기분이 좋아질 것 같으니까요."

"잘 알겠습니다. 감사히 받도록 하죠."

상점 주인은 결코 비굴하지 않은 위엄을 보이며 말했다.

"아, 마지막으로 한 가지만 더 질문 드리죠." 홈즈가 말했다.

"혹시 고객 중의 어느 분이 이런 특별한 향기를 주문한 적이

있나요?"

위긴스가 미소를 지었다.

"당신이 듣기 좋게 불러준 제 '고객들'의 대부분은 이 같은 향기를 살 수 있을 정도로 여유가 있는 게 아닙니다. 지난 수 년 동안 이 특정한 향기를 팔아본 적도 없고요. 제가 비록 이걸 한 병 가지고 있기는 하지만, 여기에 있는 거의 대부분의 것들과 마찬가지로," 위긴스는 진열되어 있는 향수병들을 가리키고는 말을 이었다.

"단순히 제 자신이 즐기기 위해섭니다. 일부는 제 자신이 직접 만들기도 했고요. 다음에는 새롭게 마련한 연구실 장비를 꼭 구경하고 가셔야 합니다."

"그럼 아주 기쁠 것 같군요."

홈즈는 그렇게 말하고 바깥의 어둠 속으로 걸어 나갔다.

위긴스 씨 상점의 따스한 고상함을 맛보다가 비에 젖은 거리로 다시 나선 것 자체가 충격이었다. 우린 옷깃을 귀 위쪽까지 끌어올리고 마차를 잡으려고 골목을 되돌아나갔다.

＊ ＊ ＊

얼마 후, 난 베이커 가의 거실에 안락하게 앉아 브랜디를 홀짝거리고 바깥에서 더욱 강력해지고 있는 폭풍우를 지켜보고 있었다. 그러는 동안 홈즈는 뭔가 먹을 게 있지 않나 아래층을 들쑤시고 있었다. 비가 억수같이 쏟아지는 거리는 텅텅 비어 있었다. 간담이 어지간한 사람이라도 이와 같은 밤에는 감히 밖으로 나오려고 하지 않을 게 뻔했다. 심지어 거리를 줄지어 달리던 이륜마차들까지 모습을 감춰 벌거벗은 자갈들만이 폭풍우가 내뿜는 분노의 창끝을 고스란히 받고 있었다.

홈즈가 한 손에는 쇠고기 구이를, 다른 손에는 빵 한 덩어리를 들고 문간에 모습을 드러냈다.

"성공했어!" 홈즈가 신이 나서 소리쳤다.

"역시 허드슨 부인이라니까. 마지막까지 신뢰할 수 있는 양반이야, 암!"

"그건 말이 좀 이상한 것 아닌가? 마치 허드슨 부인이 세상을 떠난 것처럼 들린단 말일세."

"흐음, 듣고 보니 그렇군. 내가 왜 그렇게 말했는지 나도 모르겠는걸?" 홈즈는 음식을 사이드보드(주방에서 내온 음식을 얹어 두는 작은 탁자로, 서랍이 달려 있어 그 안에 나이프, 포크 등을 넣어 둠)에 내려놓았다.

"콘월이 지옥 같은 곳일지는 모르지만, 그래도 바로 죽는 건 아니겠지? 자넨 오늘밤 이곳에 머무는 게 좋겠네."

홈즈는 바깥의 거센 폭풍우를 가리려고 커튼을 쳤다.

"고맙네, 그래야겠어." 난 로스트비프를 크게 잘라내며 말했다. 유행성 독감의 세력이 마침내 약화되어 가는 기미가 보여서, 난 그토록 필요했던 휴식을 취하기 위해 진료소를 며칠 동안 동료 의사에게 맡겼었다. 다시 한 번 옛날에 지냈던 셋방의 난로불 앞에서 홈즈와 함께 브랜디를 나누니 정말 기분이 좋았다. 낮에 보였던 홈즈의 우울한 기분은 한결 밝아졌고, 이제는 먼저 말을 꺼낼 정도로 수다스러워졌다.

"자연은 종종 잔혹한 짓을 하는 여인이라네, 왓슨."

난로 속에서 불길이 딱딱거리며 불똥을 튀기는 가운데 홈즈가 자신의 브랜디 잔을 멍하니 쳐다보며 명상에 잠긴 채 말했다.

"그게 무슨 뜻인가?"

"정신적으로 혐오스러운 작자들이 멋들어진 신체를 갖는 축복을 자주 받는 반면에, 위긴스처럼 뛰어난 사람이 그처럼 애처롭고 혐오스러운 신체를 달고 살아야 한다는 게 끔찍하도록 잔혹하다는 생각이 들었거든. 그토록 역겨웠던 그루너 남작을 예로 들 수 있지. 자네도 녀석을 기억하고 있나?"

"기억하고말고!" 난 흥분해서 소릴 질렀다.

"내가 녀석을 어떻게 잊을 수 있겠나. 녀석의 심복 부하들이 자넬 거의 죽을 때까지 주먹질을 해댔었지. 자네가 습격받았다는 기사가 실린 신문을 봤던 날을 절대로 잊어버릴 수는 없을 걸세. 난 내 심장이 곧 멈춰버릴 것만……."

홈즈는 한 손을 흔들어 그 기억을 더 이상 언급하지 못하도록 막았다.

"남작이 여자들을 다뤘던 방식에 비하면 그건 새발의 피였을 뿐이네. 정말 독사 같은 놈이었지만, 자연의 여신은 녀석에게 신의 얼굴과 몸매를 줬단 말일세.”

“아, 하지만 녀석은 응분의 대가를 받았지 않았는가. 키티가 녀석의 얼굴에 던진 염산으로 인해 얼굴이 괴물처럼 변해버렸으니까 말일세. 어쨌거나 녀석의 운명에 괴상한 형태로 정의가 실현된 셈이지.”

“그건 사실이지만, 자연의 여신이 아니라 한 여인의 손에 의한 것이었지.”

난 폭소를 터뜨렸다.

“홈즈, 자넨 자연의 여신과 여자들을 분리해서 본다면 여자들에 관해 아무것도 아는 게 없을…….”

이번에는 홈즈가 껄껄 웃었다.

“어쩌면 자네 말이 맞을지도 모르지……. 난 다만 위긴스 같은 사람이 그런 신체를 가진 채 평생을 살아야 한다는 게 안타까워서 그랬을 뿐이네. 그 사람은 그런 운명 속에 살아야 할 사람이 아니거든.”

“의학 교재에서 위긴스와 같은 사례를 읽은 적이 있네. 존 메릭이라는 사람이 유사한 질병을 앓았는데, 한 런던 의사의 특별 환자가 된 이후에 아주 유명해졌다는 것이지.”

“그래, 맞는 말일세. 위긴스는 자주 메릭을, 아니 사람들이 불렀던 대로 ‘엘리펀트 맨’을 언급하곤 했었네. 그리고 그 사람을 만나고 싶어 했지. 위긴스 자신도 아주 파란만장한 삶을 살았거든. 언젠가 그 사람에 대해서 자세히 이야기를 해줌세. 난 위긴스를 런던이 호기심 많은 모험가에게 제공해야 했던 수많은 보물들 중의 하나로 여기고 있네."

"어떤 사람들이 위긴스의 고객인가?"

홈즈는 살짝 미소를 지었다. "대부분이 '정부(情婦)'라고 고상하게 불리는 여인들일세. 그녀들은 좋은 향수를 구하려고 위긴스를 찾아가고, 위긴스는 아주 싼 값으로 그것들을 넘겨준다네. 더더욱 중요한 것은 위긴스가 그 여자들을 아주 정중하게 대한다는 점일세."

"알겠네."

"아, 왓슨, 너무 그렇게 화난 표정 짓지 말게! 그 여자들 자신이 나쁜 게 아니네. 그렇게 만든 사회에 책임이 있는 것이지. 한여인이 두어 푼의 동전을 얻기 위해 자신의 정절을 팔아야 하고, 그런 과정에서 추악한 짓이라고 비난받아야 하는 사회적 분위기가 부끄러울 뿐이네."

난 의자에서 일어서서 난로에 장작을 좀 더 집어넣었다. 장작이 아직까지 젖어 있어 불길 속으로 내려놓는 순간, 연기를 내뿜으며 탁탁 소리를 냈다. 난 부지깽이를 집어 들어 난로 속을 좀 들쑤셨다. 이렇게 해서 신경을 딴 데로 돌리려고 해봤지만, 결국 마음에 담아뒀던 말을 더 이상 참을 수가 없었다.

"이보게, 홈즈, 앨버트 홀의 젊은 여인에 대해서 지금 말을 해줄 텐가, 아니면 자네가 비밀을 털어놓을 준비가 다 될 때까지 날 아무것도 모르는 멍청이로 내버려둘 텐가?"

홈즈는 폭소를 터뜨렸다.

"비밀이라고? 난 자네에게 말하지 않은 비밀 같은 건 없네, 왓슨. 그냥 평범한 사실들만 있을 뿐이지. 내가 유심히 살펴본 걸 자네가 눈여겨봤다면 자네도 혼자서 너끈히 추리해낼 수 있을 그런 사실 말일세."

"그렇다면 정확히 자넨 뭘 유심히 살펴본 건가?"

"먼저 왓슨, 자네가 관찰한 것으로부터 시작하세. 자넨 그 젊은 여인과, 빈 의자와, 향기가 강한 향수를 알아차렸네. 맞나?"

"맞아."

"그밖에 다른 것도 있나?"

난 연주회에서 인지했던 것들을 떠올려 보려고 애를 썼지만, 브랜디와 난롯불, 밤늦은 시각으로 인해 몽롱해져 모든 것이 이미 내 기억 속에서 희미해져 버렸다.

"아, 아, 됐네, 왓슨, 내가 도와줌세. 첫 번째로, 그 젊은 여인. 그 여인에 대해서 자네가 알아낸 건 뭔가?"

난 그 여자의 얼굴을 옆에서만 봤지 정면에서 똑바로 본 적이 없었지만, 그녀가 입었던 것에 대해선 희미한 기억이 남아 있었다. 수놓은 암적색의 비단 드레스였는데, 우아하긴 했지만 최고급은 아니었다.

"음, 옷을 잘 차려입긴 했지만, 아주 값비싼 건 아니었네."

"훌륭하네. 그렇다면 이제 우린 그녀가 뿌리고 있던 무척이나 비싼 향수를 자신이 직접 산 게 아니라 선물로 받은 것이라고 추정할 수 있겠군."

"그래, 그 정도는 합리적인 결론이라고 인정하겠네."

"그녀가 결혼했을까?"

"으음……. 아니, 결혼하진 않았을 것 같네."

"결혼하지 않았다고 보는 이유는?"

"음, 그녀는 혼자였……."

"이거 왜 이러나, 왓슨. 이건 너무나도 명백하지 않나? 그녀는 결혼반지를 끼고 있지 않았단 말일세."

난 홈즈가 날 가르치려드는 데 싫증이 났다. 이 문제에 있어서 소크라테스식 문답법을 사용하는 게 짜증이 나기 시작했다.

"이것 보게, 홈즈, 날 자네와 같은 논리기계로 변모시킬 수 없다는 걸 받아들일 각오를 하는 게 좋을 걸세."

"그렇게 하지, 뭐." 홈즈는 어깨를 으쓱하고 순순히 인정했다.

"그 여자가 흥분한 상태였다는 건 좌석 곁에 서서 누군가를 기대하는 것처럼 목을 쭉 빼고 이리저리 둘러보는 것으로 알 수 있었네. 그녀는 장내의 불이 꺼질 때까지 그대로 서 있다가 결국 좌석에 앉아 전반부를 그대로 보냈고, 우리 둘 다 눈여겨봤듯이 중간 휴식 시간에 좌석을 벗어났지. 그녀는 너무 황급히 떠나는 바람에 이걸 챙겨가지 못했네." 홈즈는 그 말과 함께 자신의 주머니에서 크림색의 염소가죽 장갑 한 켤레를 꺼냈다.

"장갑을 두고 떠났다고? 왜 그랬을까? 이거 궁금하기 짝이 없군." 난 장갑을 살펴보며 말했다. 양질의 가죽으로 만든 장갑으로, 아주 새 것이었고, '골든 나이츠'의 향기가 희미하게 배어 있었다.

"그 여자는 생각해야 할 더 중요한 일들 때문에 이것들을 두고 떠난 것일세." 홈즈는 파이프에 불을 붙이며 말했다.

"그리고 그 일들에 대해 궁금증이 나서 참기 힘들구만."

"음, 이 몸은 이만 자러 가야겠네." 내가 말했다.

"밤이 너무 깊었네."

"그렇게 하게나, 왓슨. 나도 곧 따라가겠네."

홈즈가 씩 웃는 걸로 봐서, 내가 무서운 주사바늘이 들어 있는 책상 서랍을 곁눈질하는 걸 본 게 틀림없었다.

"걱정하지 말게, 왓슨. 오늘밤에는 섀그 담배 이상의 독한 걸 찾지 않을 거라는 걸 약속함세."

난 공기 중에 매달려 흩어지지 않는, 담배 연기로 이뤄진 푸른 안개를 손으로 휘저었다.

"자네도 알다시피 그것도 좀 줄여야 할 걸세."

"나쁜 건 한 번에 하나씩 줄이면 되네, 왓슨."

난 위층으로 올라갔다. 너무나 지쳐 있어서 곧 꿈나라를 찾아갔다가 몸이 으스스해서 한밤중에 잠깐 깼을 뿐이었다. 난 홈즈가 잠을 자러 들어갔는지 알아보려고 살금살금 아래층으로 내려갔다. 홈즈는 내가 잠자러 올라갔을 때와 똑같은 자세로 앉아 있었다. 담배연기를 화환처럼 머리에 둘러쓴 채로 창밖을 멍하니 응시하고 있었다. 내가 왔다 갔다는 걸 홈즈에게 알리고 싶지 않아, 난 아무 말도 하지 않고 까치발로 도로 위층으로 올라갔다. 다시 꿈나라로 떨어지기 전에 머릿속에 남은 마지막 이미지는, 담배연기로 인해 분산된 노란색의 램프 불빛이 머리 주위를 후광처럼 감싼 채 자신의 의자에 앉아 있는 홈즈의 날카로운 옆모습이었다.

2장

메리웨더 양의
거짓말

난 그날 밤에 신비한 병들로 가득 찬 선반들이 줄지어 있는 모습을 꿈꾸며 죽은 것처럼 잠들었다. 난 그 병들 속에서 뭔가를 찾고 있었지만, 내가 원하는 게 무엇이었든 간에 발견하지 못했다. 난 병들을 계속 바닥에 떨어뜨려 박살냈다. 병 안에는 향수 대신 염산이, 그루너 남작의 얼굴을 끔찍하게 만들어버린 것과 같은 염산이 들어 있었다. 병이 바닥에 떨어질 때마다 마룻바닥을 조금씩 먹어 들어갔고, 결국에 난 손바닥만 한 나무판 위에서 있어야 했다. 난 식은땀에 흠뻑 젖은 채 잠에서 깨어났다. 나쁜 꿈이 현실 세계가 아니라는 것을 깨달을 때마다 그러는 것처럼 안도의 한숨이 저절로 나왔다.

잠시 후, 정신을 완전히 가다듬고 아침식사를 하러 아래층에 내려왔을 때는 시간이 좀 많이 흘렀고, 홈즈는 이미 식탁에 앉아 있었다. 눈이 충혈되고 얼굴이 초췌한 것으로 봐서 잠을 자지 않은 게 분명한데도 홈즈는 날 반갑게 맞이했다.

"아, 왓슨, 허드슨 부인의 그 유명한 스카치 에그(저민 고기 등으로 싸서 튀긴 달걀)를 흉내 내어 즐기는 시간에 딱 맞춰 왔구만."

홈즈는 보온용 냄비의 은제 뚜껑을 들어 올리며 말했다.

난 말도 못하게 끔찍한 것이라도 들어 있지 않나 하고 의심스러운 눈길로 냄비 안을 슬쩍 들여다봤는데, 다행히도 허드슨 부인의 유명한 스코틀랜드 별미와 놀랍도록 흡사한 것이 들어 있었다. 난 한 스푼 크게 떠서 내 접시로 옮겼다.

"어떤가, 그런 대로 먹을 만은 한가?" 홈즈는 의자 등받이에 등을 기대며 담배에 불을 붙였다. 연기가 피어오르며 희미한 아침햇살을 받아 거의 회색처럼 보이는 얼굴 주위를 둘러쌌다. "너무 박하게 평하지는 말아주게. 이래 봬도 아침 시간의 상당 부분을 투자한 작품이니까 말일세. 내 말이 좀 놀랍게 들릴지는 모르겠지만, 어떤 문제에 정신을 온통 쏟고 있을 때 흡연만큼이나 요리하는 게 신경을 안정시켜준다는 걸 최근에 알게 됐거든."

"나쁘진 않네. 음, 나쁘진 않아."

난 음식물을 씹으며 말했다. 허드슨 부인의 마술 같은 손맛이 부족하긴 했지만, 그런 대로 먹을 만 했다.

"그렇게 말을 해주니 정말 고맙구만."

홈즈가 밝은 얼굴로 말했다.

"사실, 뭔가가 부족하다고는 느끼고 있네. 재료가 빠진 것 같진 않고, 맛을 제대로 못 내고 있는 것 같아. 하지만 그런 문제에 신경 쓸 필요는 없네. 먹으면 일단 배는 든든할 것이고, 오늘 같은 날에는 이런 게 꼭 필요한 법이니까."

난 창밖을 쳐다봤다. 홈즈의 말이 옳았다. 바람이 거세게 불고 음침한 전형적인 런던의 날씨였고, 이런 날에는 바람이 옷을 뚫고 들어와 뼛골을 시리게 만들었다.

"자넬 재촉하긴 싫지만, 왓슨, 우린 오전 중으로 손님을 맞아야 하네." 홈즈가 말했다.

"손님이라고?"

난 스카치 에그를 입안 가득 머금은 채 물었다.

"어떤 손님을 말하는 건가?"

"아, 자네 눈으로 곧 직접 볼 수 있네."

난 홈즈 자신이 '작은 문제들'이라고 부르는 것을 해결하면서 느끼는 가장 큰 즐거움 중의 하나가 날 최대한 오랫동안 전혀 모르는 상태로 놔두는 것이 아닌가 하는 생각이 가끔 들 때가 있었다. 그러다가 극단 단장처럼 커튼을 걷어 자신이 고생해온 결과를 일시에 드러내어 관객들이 깜짝 놀라 헉 하고 숨을 몰아쉬는 모습을 즐겼다. 홈즈에게는 다행한 일이지만, 난 내 역할을 만족스럽게 여기는 편이었고, 감탄을 잘하는 관객이었다.

마치 큐 사인이라도 떨어진 것처럼 현관 벨이 울렸다.

"아하! 그녀가 좀 일찍 도착하셨군!"

홈즈는 방 밖으로 달려 나가며 소리쳤다. 난 커피를 한 모금 마시고 소파에 편안하게 앉아 이 의문에 찬 손님이 누구일까 하고 머릴 굴렸다. 하지만 오랫동안 기다릴 필요가 없었다. 몇 초가 채 지나기도 전에 '골든 나이츠'의 강렬한 향기가 계단통을 따라 올라와 열린 문을 통해 거실로 스며들어왔다. 잠시 후, 홈즈가 그 젊은 여인을 뒤에 달고 방으로 들어섰다.

"왓슨, 바이올렛 메리웨더 양을 소개하겠네. 메리웨더 양, 이쪽은 제 친구이자 동료인 닥터 존 왓슨입니다."

"처음 뵙겠습니다."

그녀는 지저귀는 듯한 메조소프라노로 인사했다.

"만나 봬서 반갑습니다." 이처럼 매력적인 젊은 여인을 소개받는 게 정말 기뻐서 들뜬 어조로 인사했다. 베이커 가 221B의 거실을 한껏 빛내준 몇몇 여인들을 놓고 볼 때, 홈즈가 여성의 매력에 무딤덤한 것이 놀랍기만 했다. 오늘 찾아온 젊은 여인은 큼지막한 갈색 눈에, 부드러운 검은 머리카락, 윤기가 자르르 흘러 램프 불빛을 받아 반들거리는 올리브색 피부의 소유자였다. 아마 섬유로 짠 노란 드레스와 그것과 짝을 이루는 망토를 걸쳤는데, 화려하지는 않지만 이 여자에게는 아주 잘 어울렸다. 로열 앨버트 홀의 연주회 때 이 여자에게 더 많은 관심을 쏟지 못한 게 아쉬울 정도였다.

"자리에 앉아주시죠, 메리웨더 양."

홈즈는 난로 가의 의자를 가리키며 부드러운 어조로 말했다.

"감사합니다."

우리의 손님이 아주 우아한 품위를 내보이며 의자에 앉는 걸 보자 얼마나 좋은 가정교육을 받고 자랐는지 궁금해졌다. 태도와 품위는 최고로 세련된 것이었지만, 그녀가 차려입고 있는 옷은 꽤 괜찮은 것이긴 해도 최고급품은 아니었다.

"이게 아가씨의 장갑이라고 믿고 있습니다만······." 홈즈는 어젯밤에 우리의 손님이 부주의하게 버려두고 갔던 염소가죽 장갑을 내밀며 말했다.

"맞아요!" 메리웨더 양은 의자에서 반쯤 일어서며 소리쳤다.

"이 장갑을 다시 보진 못할 거라고 생각했었어요. 저 대신 간수해주셔서 정말 감사해요!"

메리웨더 양은 홈즈로부터 장갑을 받아들고 마치 잃어버렸던 새끼고양이를 되찾은 것처럼 사랑스럽게 어루만졌다. 그녀는 홈즈를 올려다봤다.

"작으나마 대가를 지불하도록 해주시면······."

홈즈는 고개를 가로저었다.

"천만의 말씀을. 이걸 돌려드리게 돼서 오히려 제가 기쁜걸요. 그건 그렇고······. 아가씨께서 대답해주실 수 있는 질문을 하나 드릴까 합니다."

"당연히 대답해드려야죠. 어떤 질문인가요?"

"전 아가씨의 향수에 강한 흥미를 가지고 있습니다."

홈즈가 말했다.

"그 향수를 어디에서 구할 수 있는지 말씀해주시겠어요?"

놀랍게도 젊은 여인은 얼굴을 붉히더니 자신의 손수건에 대고 예의바르게 기침을 했다.

"그건……. 그건 선물이었어요." 메리웨더 양은 향수에 대해서 말하기가 거북하다는 뜻을 고스란히 담은 어조로 대답했다.

"아, 알겠습니다." 홈즈가 말했다.

"그렇다면 그 신사 분께서……. 이걸 어디에서 구입했는지는 알고 계신가요?"

"유감이지만, 전 모릅니다." 그녀는 여전히 얼굴을 붉힌 채 눈길이 마주치는 걸 피하면서 대꾸했다.

"아, 알겠습니다." 홈즈가 말했다.

"이 문제에 관해선 더 이상 질문을 드리지 않겠습니다, 아가씨. 불편하게 해드렸다면 정말 죄송합니다."

"아이, 그렇다고 사과할 필요는 없습니다."

메리웨더 양이 재빨리 대꾸하고 나섰다.

"이 향수를 선물한 신사 분은……. 안타깝게도 돌아가셨거든요." 그녀는 아주 서툰 거짓말쟁이였고, 이번에는 그 말을 들은 내 얼굴이 붉어졌다.

하지만 홈즈는 거짓말이라는 걸 알아차렸다는 티를 조금도 내지 않았다.

"아, 그렇군요." 그러고는 목소리를 착 가라앉혔다.

"심심한 조의를 표합니다."

"아, 감사합니다." 메리웨더 양은 자신의 거짓말이 먹혔다는 게 놀랍다는 기색이 역력한 어조로 말했다.

"음……. 이제 가봐야 할 것 같아요."

그녀는 의자에서 일어서며 말했다.

"친절을 베풀어주신 데에 대해 다시 한 번 감사드려요."

"천만의 말씀입니다."

홈즈가 그녀를 문 쪽으로 안내하며 대꾸했다.

"조금이라도 도움이 돼서 오히려 제가 기쁩니다. 그리고," 홈즈는 문이 닫히지 않도록 잡은 상태에서 말했다.

"지금 아가씨를 괴롭히고 있는 문제에 제 도움이 필요하시다면 부디 꼭 알려주시기 바랍니다."

이러니 홈즈를 칭찬하지 않을 수 없었다. 메리웨더 양은 홈즈의 말이 떨어지자마자 더 이상 걸음을 내딛지 못했다.

"그게…… 무슨 말씀을 하시는지 모르겠어요." 그녀는 한참 머뭇거리다가 결국 입을 열었지만, 가슴 아프게도 홈즈가 무얼 말하는지를 확실히 알고 있다는 게 분명히 드러났다. 난 홈즈가 실제로 얼마나 알고 있고, 또 어느 정도 낚시질을 하고 있는 것인지 궁금해졌다.

"신경 쓰지 마세요, 메리웨더 양. 뭔가 도움이 필요하다고 느끼실 때면 제게 연락을 주셨으면 하고 바라는 것뿐입니다."

"선생님께서 말씀하신 대로 제가 도움이 필요하다면, 전 분명히……. 제 말은 런던 사람 모두가 홈즈 씨가 어떤 분인지 잘 알고 있고, 저도 예외가 아니라는 걸 말씀드리고 싶네요."

"네, 제가 원하는 건 그것뿐입니다. 좋은 하루 되세요, 메리웨더 양."

"안녕히 계세요. 좋은 하루 되시고요, 닥터 왓슨."

"안녕히 가세요."

메리웨더 양은 치맛자락을 휙 돌리고 은은한 '골든 나이츠'의 향기를 남긴 채 떠났다. 문을 닫고 내 쪽을 향해 돌아서는 홈즈의 두 눈에서는 조금 전까지의 피곤함이 싹 가신 채 초롱초롱한 빛을 발했다. 그의 홀쭉한 몸매에서는 에너지가 넘실거렸다.

"음, 왓슨, 자넨 우리의 방문객을 어떻게 생각하는가?"

"매우 매력적……."

"그래, 그래, 나도 잘 알고 있네. 자네 눈이 항상 여성의 아름다움만을 보고 있다는 걸!" 홈즈가 성급하게 내 말을 잘랐다.

"내 말은 자네가 그녀를 어떻게 생각하느냐는 것이네, 어떻게 느끼는가가 아니라!"

"흠, 그 여자는 분명히 거짓말을 하고 있네."

"아이고, 그건 알아차렸나?" 홈즈는 날 놀리듯 말했다.

"그리고 아주 서투르기도 했고. 그 여자는 거짓말하는 데 익숙하지가 않았네, 왓슨, 그리고 현재 살아가는 방식에도 익숙해지지 않았고, 그 여자에게는 눈에 보이는 것 이상이 있네, 왓슨. 내 말을 명심하게나!"

"그런데 그 여자에게 문제가 있다는 건 어떻게 알게 된 건가?"

"음, 그 장갑이 모든 게 잘 돌아가지 않는다는 걸 말해주는 첫 번째 조짐이었다……."

"그건 그렇다 치고, 그 여자는 자네가 그 장갑을 가지고 있다는 걸 어떻게 알게 된 것인가?"

홈즈는 어깨를 으쓱했다.

"오늘 아침 일찍 로열 앨버트 홀로 어떤 젊은 여인이 크림색의 염소가죽 장갑을 찾으러 오면 우리 집 주소에서 그걸 받을 수 있을 거라는 전보를 보냈다네."

"아하……. 그러면 자넨 그 여자가 오늘 오리라는 걸 어떻게 알게 된 것인가?"

"그 장갑이 내게 말해줬다네."

"뭐? 그게 무슨……?"

"한번 생각해보게, 왓슨. 어떤 젊은 여인이 어떤 젊은 사내로부터 아주 값비싼 장갑을 선물로 받았네. 그 장갑은 그 여자가 차려입고 있는 어떤 옷가지보다도 훨씬 더 세련된 것이었고. 그런데 그 여자가 다음에 그 남자를 만났을 때 그 장갑을 끼고 있지 않았네. 자, 그 젊은 사내는 이와 같은 상황에서 의심을 하겠나, 하지 않겠나? 따라서 그 여자가 장갑을 잃어버렸을 때 최대한 빨리 찾아내려고 했던 것일세."

"하지만 자넨 그 장갑이 선물이었다는 걸 어떻게 알게 된 것인가?"

"조금 전에도 말했지만, 그 장갑은 그 여자가 차려입은 다른 옷가지보다 훨씬 고급이었단 말일세. 나름대로 교양이 있기는 하지만 부자일 리가 없는 젊은 여인이 혼자 힘으로 사서 사용할 만한 것은 전혀 아니었어. 그래서 선물이었을 거라는 확신이 있었네. 그리고 아주 새 것이라는 것도 알아봤고. 크림색 가죽처럼 때가 잘 타는 것도 없는데, 그 장갑은 조금도 더럽혀진 데가 없었거든."

"그래서 그 여자는 자신보다 훨씬 더 부자인 어떤 남자를 만나고 있다는 거로군. 그 두 사람의 만남에 사악한 뭔가가 끼어 있는 건 아닌가?"

"그럴 것 같진 않네, 왓슨. 그럴 가능성은 별로 없어. 곧 알게 되겠지."

바로 그 순간, 우린 현관의 벨 소리와 그 뒤를 이어 홈즈의 이름을 불러대는 어떤 소년의 목소리 때문에 방해를 받았다. 홈즈는 창문으로 걸어가 창문을 열고 거리 쪽으로 큰 소리로 외쳤다.

"무슨 일이지?"

"셜록 홈즈 씨에게 전보가 왔어요!"

내가 뭐라고 말하기도 전에 홈즈는 방을 뛰쳐나가 계단을 내려갔다. 홈즈가 거리에서 소년과 한참 대화를 나누고, 대화가 끝나자 소년이 머리에 쓴 모자에 손가락 끝을 갖다 대고 멀어져 갔다. 잠시 후, 홈즈가 아주 낙담한 얼굴로 거실 문 앞에 모습을 드러냈다.

"나쁜 소식이네, 왓슨."

"무슨 소식이기에?"

홈즈는 전보를 흔들며 말했다.

"이건 콘월에 사는 허드슨 부인의 여동생이 보낸 것이네."

"뭐라고 적혀 있는가?"

홈즈는 전보의 내용을 큰 소리로 읽었다.

"마사가 큰 위험에 처했어요. 즉시 와줘요."

"맙소사!"

홈즈는 창밖을 우울한 시선으로 쳐다봤다.

"내가 어제 자네에게 따분하다느니 어쩌니 하면서 불평을 늘어놨던 걸 정말 유감스럽게 여기고 있네. 중국의 오래된 저주가 생각나는군. '정말로 원하는 것이 있을 때는 신중히 빌어라, 그걸 이룰 수도 있으니까.'" 내 쪽으로 향해 돌아서는 홈즈의 얼굴이 잔뜩 굳어 있었다.

"난 내가 그토록 바라던 것을 갖게 됐네, 왓슨."

✣

3장

페르마 씨가
쇼멜 씨에게

몇 분이 채 지나기도 전에 우린 워털루 역으로 가는 마차를 타고 있었다. 역에 도착하니 11시 30분이었다. 출발 안내판을 보니 틴타겔에서 가장 가까운 역인 카멜포드로 가는 12시발 열차가 있어서 홈즈는 표를 사러 갔다. 난 수많은 사람들이 오고가는 거대한 중앙 홀의 출발 안내판 아래쪽에 서 있었다. 당일로 다녀오는 야유회에 나선 가족들이 무리를 지어 와자지껄 떠들고 있었고, 젊은 남녀들이 교외지역으로 나가는 일요일 오후의 짧은 여행을 위한 표를 사려고 줄지어 서 있었다.

관자놀이에서는 좁고 아래턱으로 가면서 넓고 둥그스름해지도록 기른 구레나룻이 시커먼 작은 사내가 그런 사람들을 지켜보고 있는 내 곁을 바람처럼 스쳐 지나가며 내 손 안으로 신문을 쑤셔 넣었다. 난 소스라치게 놀라며 그 사내에게 소리쳤지만, 사내는 재빨리 사람들 사이로 숨어들어 어느덧 자취를 감춰버렸다. 손 안에 들린 신문을 보니 오늘 날짜의 〈텔레그래프〉였다. 하지만 내가 알아볼 수 있는 특이한 것은 없었다.

"이것 좀 보게, 홈즈." 난 홈즈가 표를 사서 돌아오자 신문을 들어 보이며 그걸 건네준 작은 사내의 모습을 최대한 자세히 설명했다.

"이거 점점 더 재미있어지는구만." 홈즈는 신문을 샅샅이 살펴보며 말했다. 그러더니 워털루 역의 중앙 홀을 굽어보는 거대한 시계를 흘낏 쳐다보고 말했다.

"어서 가세, 왓슨, 서두르지 않으면 열차를 놓칠 것 같네."

우린 곧 콘월행 열차의 좌석을 차지했고, 우리의 현대 철도 시스템이 자아낼 수 있는 모든 능률성을 발에 달고 영국의 전원지대를 빠른 속도로 짓쳐 나아갔다. 들판과 마을들이 순식간에 지나갔다. 런던 교외의 초원이 곧 도싯과 데본의 울퉁불퉁한 바위 땅으로 대체됐다. 허드슨 부인의 여동생인 플로라 캠벨은 뛰어나게 맛이 좋은 크림 티(홍차와 함께 스콘 빵에 잼과 진한 크림을 곁들여 먹는, 오후의 식사 또는 간식)로 유명할 뿐만 아니라, 마을 이름 자체를 따온 틴타겔 성(영국 서해안에서 아서 왕의 왕좌가 있었던 곳으로 널리 믿어지고 있는 중세의 성)의 폐허가 위치한 곳으로 알려져 있는 틴타겔 마을에 살고 있었다. 브리스틀 만이 대서양의 거친 물살과 마주치는 곳을 내려다보는 바위투성이의 곳에 올라앉은 그 성은 전 세계에서 관광객들을 끌어들이고 있었다.

홈즈는 내 맞은편에 앉아 장엄한 풍경에는 눈 한 번 돌리지 않고 괴상한 사내가 내 손에 쥐어줬던 신문을 샅샅이 훑어보고 있었다. 날카로운 그의 두 눈동자는 쉼 없이 굴러다녔다. 갑자기 그의 몸이 쭉 펴지며 긴장하는 기색이 역력했다.

"여기에 좀 이상한 항목이 있네, 왓슨."

"뭐라고? 뭐가 이상하다는 건가?"

홈즈는 내게 신문을 건네고 광고란의 한 항목을 손가락으로 가리켰다. 난 그 항목을 큰소리로 읽었다.

"'페르마 씨가 쇼멜 씨에게 : 이젠 당신이 움직일 차례다. 당신의 폰(장기의 졸)은 깊은 물에 잠겨 있고(궁지에 빠졌다는 뜻), 속도가 절대적으로 필요하다.' 이게 도대체 무슨 뜻인가? 이건 어떤 체스 게임에 대한 이야기 같지 않나?"

홈즈의 눈이 가늘어졌다.

"맞네, 왓슨, 이건 분명히 체스 게임일세……. 하지만 누가 두고 있는 것이고, 그 이유는 뭘까?"

차창 밖으로 날듯이 스쳐 지나가는 황야와 목초지를 내다보는 홈즈의 얼굴은 무척이나 어두웠다.

"이건 내가 상상했던 것보다 훨씬 더 깊은 물이라는 걸 느끼기 시작했네, 왓슨. 내 생각이 틀리기만을 바랄 뿐이네."

＊ ＊ ＊

열차가 틴타겔에서 4, 5 킬로미터쯤 떨어진 곳에 위치한 카멜 포드 역에서 정차했을 때 우리 두 사람을 제외하고 열차에서 내린 사람은 도보여행자 한 쌍뿐이었다. 그들 두 사람은 즉시 자신들의 배낭을 짊어지고 세찬 바람이 부는 황무지를 향해 떠났다. 홈즈와 난 플랫폼에 잠시 서 있다가 좁아터진 역사 안으로 들어갔다. 홈즈가 탈 것을 빌릴 수 있느냐고 묻자 밀려오는 졸음을 쫓고 있던 역장이 한쪽 눈을 뜨며 우릴 쳐다봤다. 오트밀처럼 허여멀겋고 매끄럽지 못한 얼굴 피부를 한 역장은 홈즈가 임대 마차에 대해서 묻자 깜짝 놀라는 것 같았다.

"어디로 가시려는데요?"

역장은 심한 웨스트 컨트리 억양으로 물었다.

"우린 플로라 캠벨 부인을 만나러 왔습니다."

역장은 홈즈가 말한 정보를 소화시키기라도 하듯 천천히 고개를 끄덕였다.

"잭 크럼프턴의 마구간이 역 바로 밖에 있는데요……. 잭은 근처 어딘가에 있을 겝니다. 찾을 수 있는지 한 번 둘러보고 오죠." 그 말과 함께 역장은 뭐라고 혼잣말을 중얼거리며 발을 질질 끌고 역사 밖으로 나갔다.

홈즈와 난 역장이 나가는 모습을 지켜봤다. 그렇지 않아도 많지 않은 홈즈의 인내심이 바닥나고 있다는 걸 여실히 느낄 수 있었다. 얼굴이 실룩실룩 경련을 일으키고, 기다란 손은 두터운 얼스터 외투의 단추들을 연신 만지작거렸다.

"홈즈, 자네 생각은 어떤가? 왜 캠벨 부인이 우리 맞이하러 역에 나오지 않은 거지?" 결국 내가 먼저 입을 열어 물었다.

"나도 똑같은 의문을 갖고 있다네, 왓슨."

홈즈가 흥분한 티를 내지 않으려고 애쓰면서 대꾸했다.

잠시 후, 역장은 잭 크럼프턴과 함께 돌아왔다. 크럼프턴은 희끗희끗한 머리카락과 수염이 얼굴 대부분을 덮고 있어 건포도만큼 작은 두 눈과 쑥 튀어나온 뭉툭한 빨간 코 이외에는 피부가 거의 보이지 않았다.

"마차를 타고 가신다는 신사 분들이신가요?"

크럼프턴은 머리를 박박 긁으며 물었다. 바로 그 순간, 혹시 이 사람의 몸 다른 부분들도 얼굴과 똑같이 털투성이일지도 모르겠다는 생각이 내 머리 속을 스치고 지나갔다.

홈즈가 한 걸음 앞으로 나섰다.

"맞아요, 우릴 좀 태워다 주세요. 그리고 그곳에 빨리 가면 요금을 더 낼 테니 서둘러 주시고요."

"이 양반들은 플로라 캠벨을 만나러 오셨다는구만." 역장이 살짝 윙크하며 말했다.

"아, 플로라 캠벨이라굽쇼?" 잭 크럼프턴이 말을 받았다.

"제 말이 가는 길을 알고 있답니다. 지난 5년 동안 그 집으로

우유를 배달해줬으니까요. 빌은 정말 좋은 말이랍니다." 그는
우릴 이끌고 역사 뒤쪽으로 가면서 말했다. 몸집이 크고 거세한
흰색 클라이즈데일(힘센 짐마차용 말)이 귀리가 든 양동이를 발 앞
에 둔 채 졸면서 서 있었다. 그 말은 놀랍도록 세련돼 보이는 연
한 붉은 빛깔의 이륜마차에 묶여 있었다.

"이 녀석은 먹는 것보다 자는 걸 더 좋아한다니까요."

잭 크럼프턴이 양동이를 마차 뒤쪽에 실으며 말했다.

"말치고는 좀 이상한 것 아닙니까?"

"그렇기는 하네요." 난 좀 작은 듯한 마차를 의심스러운 눈길
로 살펴보며 예의바르게 대꾸했다.

"여기에 우리 세 사람이 다 타도 될까요?"

"물론입죠, 공간은 충분하니까요."

잭 크럼프턴이 마부석으로 올라가 고삐를 잡으며 대답했다.

"두 분 손님들보다 더 무거운 짐도 날랐으니까요. 그렇지 않
니, 빌?" 그가 말에게 말을 걸자, 말은 게으르게 천천히 거대한
머리를 돌려 우리 두 사람을 힐끔 쳐다보고는 다시 졸기 시작했
다. 만약 말이 어깨를 으쓱할 수 있는 동물이었다면, 이 빌이라
는 녀석은 능히 그렇게 하고도 남았을 것이다. 어깨를 으쓱하는
대신, 빌은 콧방귀를 뀌고는 다시 눈을 감았다. 홈즈와 난 마차
에 올라타고 크럼프턴의 뒤쪽에 무릎을 맞대고 끼어 앉았다.

"흠, 손님들께선 우유통이 얼마나 무거운지 모르시죠?" 마부
는 온화한 어조로 묻고는 고삐로 널찍한 말 등을 찰싹 두들겼다.

놀랍게도 말은 즉시 정신을 차리고 빠르게 걷기 시작했다.

"말이 정말 훈련이 잘 되어 있군요, 크럼프턴 씨."

기차역으로 통하는 유일한 도로처럼 보이는 지저분한 길을 따라 말발굽소리를 울리며 달려갈 때 내가 칭찬의 말을 건넸다.

"지당하신 말씀입니다, 빌은 정말 좋은 녀석이죠."

크럼프턴은 아주 기분 좋은 한숨을 내쉬었다.

"마차를 끈답시고 막무가내로 힘을 쓰지도 않는답니다. 워낙 똑똑해서요. 그렇지 않니, 빌?" 큰 말은 주인의 말에 대답이라도 하듯 양쪽 귀를 씰룩거렸다.

우린 좁게 이어지는 돌투성이의 길을 달리며 여기저기에 흩어져 있는 오두막 몇 채를 지나쳤다. 황무지에 외롭게 고립되어 있는 집들의 하얗게 탈색된 벽들은 바다를 용감하게 마주하고 있었고, 작은 화단들은 바람에 휩쓸린 채 적막해 보였다. 캠벨 부인은 역에서 몇 킬로미터쯤 떨어진, 아담한 흰색 오두막에 살고 있었다.

"여기에서 기다릴까요?"

우리가 좁아터진 마차에서 간신히 내리자 크럼프턴이 물었다.

"그렇게 해주시죠, 괜찮으시다면." 홈즈가 나서서 대답했다.

"댁이 다시 필요할지도 모르니까요. 대기해주면 비용을 두둑이 쳐드리죠." 바람에 휩쓸려 축 늘어진 국화 몇 송이가 간신히 버티고 있는 화단을 지나 오두막의 정문으로 통하는 좁은 길을 황급히 걸어가며 홈즈는 어깨 너머로 크게 외쳤다.

집 문 앞에서 우릴 맞이하는 캠벨 부인의 얼굴 표정으로 봐서
는 우릴 전혀 기대하고 있지 않았던 게 분명했다. 부인은 언니와
마찬가지로 키가 작으면서도 튼튼했고, 스코틀랜드의 조상에게
서 물려받은 불그레한 얼굴색과 금발의 소유자였다.

"아, 홈즈 씨, 닥터 와…… 왓슨 씨라고요?"

우리가 이름을 대자 캠벨 부인은 말을 더듬거렸다.

"이곳에 무슨 일들이세요?" 부인의 목소리가 언니의 목소리
와 정말 똑같아서 깜짝 놀랐다. 좀 더 고음이긴 했지만, 희미하
지만 누구라도 알아들을 수 있는 스코틀랜드 억양에, 노래를 하
는 듯한 하일랜드의 분위기가 녹아 있었다.

"부인께서 보내신 전보를 받고 최대한 빨리 달려온 겁니다."
홈즈가 말했다.

"무슨 전보요?" 그렇게 되묻는 캠벨 부인의 넙죽한 얼굴이 놀
라움으로 인해 멍하게 변했다.

"언니께서 위험에 빠졌다는 전보 말입니다."

내가 더 자세히 말하려고 하자 홈즈가 내 말을 잘랐다.

"더 이상 신경 쓰지 말게, 왓슨."

"하지만……." 난 반박하려고 했다.

"나중에 설명해주겠네." 홈즈가 딱 잘라 말했다.

"언니는 어디에 계신가요?" 홈즈가 캠벨 부인에게 물었다.

"그거야 틴타겔에……."

"언제 돌아오신다고 말씀을 하셨나요?"

캠벨 부인은 머리를 박박 긁었다.

"그러고 보니 시간이 꽤 됐는데 돌아오지 않네요. 하지만 펍에 들러 점심을 먹을 것 같아요."

"단 1초도 허비할 수 없습니다!" 홈즈가 소리쳤다.

"얼른 코트를 입고 나오세요!"

홈즈는 캠벨 부인이 어리둥절해하며 뭐라 항의하려는 걸 묵살하고, 부인을 끌다시피 해서 집 안으로 들어갔다가 순식간에 그녀의 두툼한 오버코트와 기다란 스카프를 챙겨 입혀 나왔다.

"이게 도대체 무슨 영문인지 모르겠네요."

우리가 대기하고 있는 잭 크럼프턴의 마차로 허겁지겁 되돌아갈 때 캠벨 부인이 말했다.

"가면서 다 말씀드리죠." 홈즈가 연신 서두르며 말했다.

"우선은 절 믿어주십시오. 서둘러야 한다는 걸요!"

"틴타겔 성으로 가주시오, 크럼프턴 씨." 홈즈는 캠벨 부인이 잭 크럼프턴의 옆자리에 올라타는 걸 도와주면서 말했다.

좁은 좌석이 그녀의 폭넓은 몸매를 받아들일 여유가 거의 없어서 크럼프턴은 한쪽 구석으로 바짝 당겨 앉아야만 했다. 우리가 모두 마차에 올라타자 거대한 백마는 고개를 돌려 아주 실망한 표정으로 새로 실린 짐들을 쳐다보더니 한숨을 크게 내쉬었다.

"너무 걱정하지 마라, 빌. 이 일이 끝나면 귀리를 듬뿍 줄게."

크럼프턴이 그렇게 말하고 고삐를 살짝 잡아채자 마차는 약간 빠른 속도로 굴러가기 시작했다. 짐말의 거대한 발굽이 축축한

땅을 파고들어 흙덩어리를 뒤로 날렸다.

"언니가 성을 구경하러 가셨다고요?" 홈즈가 물었다.

"네, 언니는 항상 그곳에 널려 있는 돌들 사이를 돌아다니길 좋아했어요. 난 그게 뭐가 좋은지 모르겠던데……." 캠벨 부인은 두 손을 맞잡고 비비 틀었다.

"이게 무슨 일인가요, 홈즈 씨? 무슨 일이 벌어진 건가요?"

"전 아무것도 생각하지 않고 있습니다, 부인." 홈즈가 얼른 대답했다.

"지금 가장 중요한 게 속도라는 걸 제외하고서는요."

난 홈즈가 텔레그래프 지의 괴상한 광고에 실린 문구와 거의 똑같은 문구를 사용하는 걸 듣고 깜짝 놀랐다.

"도대체 누가 그 전보를 보낸 건지 무척이나 궁금하군."

내가 말했다.

홈즈는 머리를 가로저었다.

"그것들이 누구든 간에 우리 좋으라고 한 건 아니네. 그리고 우리의 움직임에 대해서도 많은 걸 알고 있고. 내가 상황을 잘 파악하고 있지 않았더라면, 이걸 어떻게 생각했을…… 음, 물론 아직 모호하고……."

홈즈는 목소리가 점점 잦아들고, 그는 깊은 생각에 잠겼다.

잠시 동안, 우리 모두는 침묵을 지키며 앉아 있었고, 마차는 울퉁불퉁한 길을 달리며 튀어오르기도 하고 덜거덕거리는 소리를 내기도 했다. 말발굽은 딱딱하게 굳어버린 길바닥에 지속적으로 낙인을 찍고 있었다. 비와 안개와 튀어 오른 바닷물의 작디 작은 물보라가 뒤섞인 습기가 얼굴을 덮치며 달라붙었다. 작은 언덕의 꼭대기를 넘어서자 저 멀리 바닷바람에 수백 년 동안 시 달려온 삭막한 틴타겔 성의 거무스레한 윤곽이 눈에 들어왔다.

폐허에 도착하자 잭 크럼프턴은 마차를 '나이츠 암스(기사들의 갑옷)' 펍으로 방향을 돌렸다. 길가에 자리 잡고 있어 무척이나 목이 마른 관광객들에게 먹고 마실 것을 제공했을 게 분명한 곳이었다.

"언니가 펍의 난롯가에서 발을 녹이고 있을 지도 몰라요, 홈즈 씨." 캠벨 부인이 떨리는 목소리로 말했다.

"네, 그래도 직접 눈으로 확인하는 게 좋겠죠?"

홈즈는 좌석을 손으로 짚고 가벼운 동작으로 마차에서 뛰어 내리며 대꾸했다. 그는 펍 안으로 모습을 감췄다가 잠시 후, 고개를 저으며 나왔다.

"안 계신 것 같아요. 바텐더는 허드슨 부인 같은 사람을 오늘 본 적이 없다고 하네요." 홈즈는 침착한 목소리로 말했다.

캠벨 부인은 고개를 끄덕였지만, 쟁반 같은 얼굴은 근심으로 인해 잔뜩 찌푸려졌다.

"저희가 좀 찾아볼 테니 부인께서는 안에서 기다리시죠."

홈즈가 말했지만, 캠벨 부인은 고개를 가로저었다.

"나도 당신들과 함께 가고 싶어요."

그녀는 단호한 어조로 말했다.

"좋습니다." 홈즈가 그렇게 대꾸하자, 난 캠벨 부인이 마차에서 내리도록 도와줬다.

"빌 녀석에게 물을 좀 먹이고 저 안에서 기다리도록 합죠." 성으로 가려고 바위투성이의 언덕을 올라가는 우리의 등 뒤에서 크럼프턴이 큰소리로 말했다.

이슬비는 그쳤지만, 하늘에는 구름이 잔뜩 끼어 있고 바람이 바다 쪽에서 세차게 불어왔다. 성을 향해 가는 우리 일행 이외에 보이는 사람이라고는 우리보다 먼저 열차에서 내렸던 도보여행자들뿐이었다. 내가 보기에 그들은 배낭과 가죽바지까지 갖춰 입은 스위스 여행객들이 분명했다. 우리가 길을 따라 올라가고 있는데 그들이 내려오고 있었다. 그중 한 명은 머리카락이 완벽하게 블론드라 거의 흰색으로 보였고, 그에 걸맞게 세련된 작은 콧수염을 기르고 있었다. 그런데 모자를 푹 눌러 써서 얼굴 대부분이 보이지 않았다.

앞쪽에 콘월의 습기 많은 공기 속에서 허물어져가고 있는 음침한 틴타겔 성의 폐허가 보였다. 우리가 꼭대기에 도착하자마자, 홈즈는 둘레를 한 번 쓱 훑어보더니 아무 말도 하지 않고 배를 깔고 땅바닥에 엎드렸다.

"에구머니나!" 내 친구의 특이한 행동을 한 번도 보지 못했던 캠벨 부인이 깜짝 놀라 비명을 지를 뻔했다.

"걱정하지 마세요." 내가 부인에게 속삭였다.

"자신이 뭘 하고 있는지를 잘 알고 있으니까요."

잠시 후, 홈즈는 벌떡 일어서서 두 손에 묻은 흙을 털었다.

"이쪽일세!" 그는 큰소리로 외치고 허물어져가는 석조 아치형 입구 쪽으로 성큼성큼 걸어갔다.

몇 걸음을 더 걸어간 다음 홈즈는 다시 멈춰 서더니 주머니에서 확대경을 꺼내 땅바닥을 살폈다. 세찬 바닷바람에 몸이 덜덜 떨렸고, 코트 자락은 자꾸만 다리를 후려쳤다. 우린 폐허로 막 들어가기 직전의 바위 턱에 서서 수백 년 동안 허물어지고 있는 돌과 먼지가 풍기는 퀴퀴한 냄새를 맡고 있었다. 발 아래쪽에서는 바닷물이 소용돌이치며 콘월의 들쭉날쭉한 해안선을 맹렬하게 후려치고 있었다.

"이걸 보게, 왓슨," 홈즈가 말했다.

"허드슨 부인의 발자국이 이곳에서 길을 따라 나 있는데……."

"그게 언니 것이라는 걸 어떻게 알아요?"

캠벨 부인이 짜증난 목소리로 물었다.

"우선, 신발 무늬 때문이죠." 홈즈가 말했다.

"알고 계시는지는 모르겠지만, 언니는 구두에 몹시 까다로워 항상 똑같은 구둣가게에서 똑같은 형태의 구두를 주문하고 있죠. 이곳 땅이 축축해서 무늬를 보존하는 데 탁월하군요. 여기 세심하게 바느질된 것 보이시나요? 게다가 전 허드슨 부인이 오른발을 좀 더 조심스럽게 다룬다는 걸 알고 있었거든요. 날씨가 추워지면 류머티즘으로 고생한다고 들었으니……."

"맞아요!" 캠벨 부인이 소릴 질렀다.

"우리 집안사람들이 그걸로 고생하고 있어요. 나 자신도 가끔 고통을……."

"……여기에 오른쪽 발자국이 왼쪽 것보다 살짝 희미한 게 보이시나요? 이게 허드슨 부인의 발자국이라는 데는 의심의 여지가 없습니다. 하지만 이건," 홈즈는 반대쪽에서 다가온 좀 더 커다란 남자 발자국을 가리키며 말을 이었다.

"이건 아주 불길한데요. 이것도 런던에서 만든 구두로군요. 따라서 이걸 신은 사내를 이 지역주민이라고 볼 순 없겠죠. 여기 벼랑 끝에서 두 발자국이 만나고 있는 게 보이시나요? 다투기라도 한 듯 발자국들이 마구 엉켜 있고, 허드슨 부인의 발자국은 더 이상은 없는데, 남자 발자국은 계속 되고 있단……."

"그래, 자네 말이 맞네!" 내가 큰소리로 맞장구를 쳤다.

발자국의 의미는 너무나도 분명했다. 가엾은 홈즈의 하숙집 여주인은 이곳 바위투성이 곶 정상에서 마주친 어떤 사람의 손에 죽은 게 틀림없었다! 난 아래쪽에서 소용돌이치는 바닷물을 내려다보다가 갑자기 3년 전에 라이헨바흐 폭포에서 겪었던 그날의 끔찍한 두려움을 한 번 더 느껴야만 했다. 물안개 속으로 사라진 두 쌍의 발자국이 아무 말 없이 보여주던 이야기는 참담하기만 했다…….

"왓슨! 정신 바짝 차리게!"

난 홈즈가 내 양쪽 어깨를 강하게 잡는 걸 느끼고 정신을 차렸다. 그러고는 눈을 떴다. 1초나 2초 정도밖에 정신을 잃지 않았 겠지만, 그래도 절벽 아래로 떨어질…….

"괜찮으세요, 닥터 왓슨?" 걱정으로 인해 동그란 얼굴이 잔뜩 굳어버린 캠벨 부인이 큰소리로 물었다.

"하마터면 자넬 저곳에서 잃을 뻔했네, 왓슨."

홈즈가 씁쓸한 미소를 지으며 말했다.

"홈즈 씨가 당신을 붙잡지 않았다면 절벽에서 떨어졌을 거라 고요!" 캠벨 부인도 한 마디 덧붙였다.

"전 아무 이상 없습니다." 난 상당히 난처해하며 대꾸했다.

"저에 대해선 걱정하지 마세요. 제가 걱정하는 건 허드슨 부 인입니다. 부인이 혹시 잘못됐을까봐…….'

난 그 뒷말을 더 이상 잇지 못했다.

"아! 처음에는 안 좋게 보였는데, 이걸 보게!" 홈즈가 두 쌍의 발자국이 마주친 곳으로부터 벗어나는 사내의 발자국을 가리키 며 말했다.

"좀 색다른 게 보이나?"

"어……. 좀 더 깊이 박혔군!" 내가 큰소리로 말했다. 난 발자 국을 좀 더 꼼꼼히 살폈다. 발자국은 부드러운 까만 흙에 더 깊 이 들어가 있었고, 뒤꿈치는 더더욱 깊이 박혀 있었다.

"이 사람이……. 이 사내가 허드슨 부인을 들쳐 메고 간 게 틀 림없네!"

"정말 그랬을까요?" 캠벨 부인이 물었다.

"거의 확실합니다." 홈즈가 말했다.

"우린 이 발자국을 따라가야 합니다. 빨리요! 캠벨 부인," 홈즈는 그녀 쪽으로 고개를 돌리며 물었다.

"이 지역 조류의 밀물과 썰물 시간표를 알고 계신가요?"

"아, 그럼요. 그걸 아는 게 제 일이었으니까요. 최근에는 그런 걸 알아봤자 별 소용도 없더군요. 아버지께서 원양어선을 타셨던 분이라, 전 항상 그걸 따져보는 습관이……."

"알겠습니다, 그만 하셔도 충분합니다!"

홈즈는 조바심이 나서 부인의 말을 끊었다.

"오늘의 다음 밀물 시각이 언제인지 말씀해주실 수 있나요?"

"아, 물론이죠. 6시예요."

홈즈는 얼른 자신의 회중시계를 내려다봤다.

"벌써 5시 30분이잖아! 서두르게, 왓슨, 시간이 별로 없네!"

난 코를 거의 땅바닥에 대다시피 하고 서둘러 발자국을 따라가는 홈즈의 뒤를 쫓아갔다. 캠벨 부인은 긴 다리로 성큼성큼 걷는 홈즈를 놓치지 않으려고 짧은 다리를 잽싸게 놀리며 종종걸음을 걸었다. 길이 갈라지고, 한쪽 길이 바닷물 쪽으로 급경사를 이루며 내려가는 지점에 도달하자 홈즈는 날 돌아봤다.

"내가 예상했던 대로…… 이 녀석은 동굴 쪽으로 가고 있어!"

바위투성이인 콘월 해안에는 지난 수백 년간, 무수히 많은 밀수꾼들의 동굴이 널려 있는 것으로 잘 알려져 있었다. 지금은 동굴들이 더 이상 사용되고 있지 않지만, 아이들은 지금도 동굴을 탐험하며 놀고 있고 종종 어린애가 밀물에 갇혀 있다가 바다로 쓸려내려갔다는 기사가 나오곤 했다. 난 홈즈를 따라 급경사를 이룬 경사면을 따라 내려갔다. 캠벨 부인은 꼭대기에 서서 세찬 바람에 스카프를 휘날리며 점점 시커먼 구름이 몰려드는 하늘을 배경으로 윤곽만을 드러낸 채 우리가 내려가는 걸 걱정스럽게 지켜보고 있었다. 경사가 거의 끝나는 곳까지 내려갔을 때 빗방울이 조금씩 떨어지기 시작했다. 깊이 박혀 있지 않은 조약돌에 발이 미끄러지자 조약돌이 경사면을 따라 굴러내려가 물거품이 이는 아래쪽의 바닷물 속으로 빠졌다.

"조심하게, 왓슨!" 발이 미끄러지며 진흙투성이인 경사면을 따라 1, 2미터쯤 쓸려내려가는 날 보고는 홈즈가 소리쳤다. 난 고개를 끄덕이고는 발 딛을 곳을 좀 더 신중히 살피며 내려갔다. 마침내 우린 불쑥 튀어나온 바위에 내려설 수 있었다. 우리와 아래쪽의 밀려드는 파도 사이에 끼어 있는 3미터쯤 되는 암반이었다. 홈즈는 암반의 가장자리를 따라 돌며 어떤 흔적이라도 남아 있는 동굴이 있는지 신중하게 살폈다.

"저길 보게, 왓슨. 저기에 있군!" 홈즈는 바닷물이 밀려들어가는 바위의 갈라진 틈을 가리키며 갑자기 소릴 질렀다. 그건 정말 절벽 옆면에 자리 잡은 동굴처럼 보였고, 그 안으로 흘러들어간 바닷물은 다시 되돌아 나오는 것 같진 않았다.

"조류가 문제일세, 왓슨. 바닷물이 밀려들고 있네. 서둘러야 한다고!"

울퉁불퉁 튀어나온 바위들을 따라 미끄러지다시피 내려가는 홈즈를 따라 내려갔다. 바위 모서리에 손바닥이 찢어졌다.

우린 동굴 입구에 도달해서 안쪽을 들여다봤다. 안쪽은 매우 어두웠고, 안쪽의 물이 적어도 30센티미터는 차올라 있어 가슴이 내려앉았다. 하지만 홈즈는 잠시도 망설이지 않고 살을 엘 듯이 차가운 물속으로 뛰어들었다. 나도 숨을 크게 들이쉬고 홈즈의 뒤를 따랐다.

북쪽의 해류가 흘러드는 영국 서해안의 바닷물은 1년 내내 수영을 하기에 적당한 수온까지 올라가는 법이 없어서 물에 뛰어드는 순간, 숨이 멎어버릴 것만 같았다. 바늘로 찌르는 듯이 차가워서 불과 몇 초도 지나지 않아 두 발의 감각이 없어졌다. 하지만 홈즈는 씩씩하게 앞장서서 걸어갔고, 난 연신 숨을 몰아쉬며 비틀비틀 그의 뒤를 따라갔다.

얼마쯤 시간이 흐르자, 우리가 악착같이 이곳으로 들어온 목적을 달성했다. 끔찍하게 축축한 어둠 속에서 그 어떤 소리보다도 더 내 귀를 즐겁게 해줄 소리가 들렸다. 바위로 된 벽을 후려치는 파도 소리를 뚫고 희미하지만 분명히 우리의 이름을 소리쳐 부르는 허드슨 부인의 목소리였다.

"허드슨 부인!" 홈즈가 고함을 질렀다.

"여기예요! 이쪽이요!" 바위와 물로 된 깊숙한 곳에서 허드슨 부인의 목소리가 들려왔다. 눈이 어둠에 적응되자 바위를 배경으로 하고 웅크리고 있는 여자의 모습을 어렴풋이 분간할 수 있

었다. 홈즈와 난 바닷물을 철퍽거리며 득달같이 달려갔고, 홈즈
가 허드슨 부인을 품에 안았다.

"오, 홈즈 씨, 난 정말 죽는 줄…… 주님, 감사합니다, 정말 감
사합니다……. 닥터 왓슨도 와줬군요!" 부인은 발작적으로 계속
떠들었다. 난 허드슨 부인이 너무 수선을 피운다고 야단칠 수가
없었다. 목숨이 넘어가기 바로 직전에 구해지면 나 자신이라도
신경질적으로 되지 않을 수 없을 것 같아서였다.

홈즈는 허드슨 부인을 안고 물살을 가르며 밖으로 걸음을 옮
겼다. 파도가 이제는 마구 쏟아져 들어오는 상황이었고, 물거품
이 이는 파도가 확 덮쳐오는 바람에 홈즈는 발을 헛딛고 비틀거
렸다.

"괜찮은가, 홈즈?" 난 천둥소리를 내며 달려드는 파도 소리에
지지 않으려고 고함을 질렀다.

"아무 문제없네, 왓슨. 우린 최대한 빨리 밖으로 나가야 해!"
홈즈가 역시 고함을 질러 대꾸했고, 우린 한층 더 발걸음을 재게
놀렸다. 지금은 내 발이 있는지 없는지 아예 느껴지지가 않았다.
바닷물이 무릎 위까지 차오르고, 그에 따라 무감각도 몸을 따라
스멀스멀 위로 기어올랐다. 우린 쏟아져 들어오는 파도를 가르
며 밖을 향해 달렸고, 결국 바위가 툭 불거진 안전한 곳에 도달
했다. 내가 먼저 미끈거리는 바위 위로 올라갔고, 홈즈가 허드슨
부인을 밀어 올렸다. 홈즈가 마지막 젖 먹던 힘까지 짜내 바위
위로 몸을 끌어올린 순간, 높이 솟아오른 파도가 몰려들며 가까

스로 탈출했던 물구덩이 속으로 우릴 다시 처박으려고 했다.

난 그제야 허드슨 부인의 발과 손이 묶여 있는 걸 발견했다. 부인이 겁이 잔뜩 날 정도로 시커먼 동굴을 빠져나가려는 용기가 있었다고 하더라도 성공하지 못했을 게 뻔했다. 재빨리 부인의 결박을 풀어줬지만, 부인은 아직 격정에 사로잡혀 제정신을 차리지 못했다.

"아, 닥터 왓슨!" 허드슨 부인은 비명을 터뜨리며 내 어깨에 얼굴을 대고 흐느꼈다. 난 홈즈를 쳐다봤다. 홈즈가 감정적으로 자극받은 게 분명했다. 평소 때와 마찬가지로 자제심을 발휘하고 있었지만, 얼굴이 잔뜩 굳어있는 걸로 봐서는 허드슨 부인이 죽을 뻔한 이번 사건에 큰 충격을 받은 모양이었다.

"동생 분께서 위쪽에서 기다리고 계십니다."

잠시 후, 홈즈가 입을 열었다.

"더 이상 애간장을 태우게 해서는 안 되죠."

우리 세 사람은 비칠거리며 경사면을 올라갔다. 이제는 비가 본격적으로 쏟아졌고, 우리가 캠벨 부인이 있는 곳에 도달했을 때는 물에 빠진 생쥐 꼴이 됐다. 캠벨은 언니를 보는 순간, 더 이상 감정을 억제하지 못하고 달리다 미끄러지면서 우릴 마중했다.

"오, 언니, 감사하게도 살아 있었군요! 하느님, 감사합니다!" 자매는 서로를 끌어안고 엉엉 울었다.

우리가 괴상한 꼬락서니를 하고 '나이츠 암스' 펍으로 비틀거리며 들어섰지만, 주인은 바위처럼 무표정한 얼굴로 우릴 힐끔

처다보기만 했다. 잭 크럼프턴은 비터(쓴맛이 강한 맥주로 영국에서 아주 인기 있음) 한 잔을 앞에 놓고 구석진 곳의 테이블에 앉아 있었다. 그는 우릴 보자마자 고개를 가로저었다.

"이곳 바위들 사이를 돌아다니기에는 별로 좋은 날이 아닌 모양입니다요."

크럼프턴은 남아 있는 맥주를 입 안에 털어 넣고 말했다.

"댁으로 모셔다 드려야겠군요."

마차를 끄는 말인 빌이 뚱해 보이는 기다란 얼굴에 아무런 표정도 짓지 않고 펍 뒤쪽에 서 있었다. 듬성듬성 진흙과 먼지로 뒤덮여 흰색이라기보다는 회색 쪽에 가까워 보이는 등가죽을 빗방울이 두들겨 대는 바람에 김이 모락모락 피어올랐다. 축축해진 말 털이 풍기는 묘한 냄새가 공기 중에 맴돌았다.

"오, 불쌍한 빌." 이제 비에 흠뻑 젖은 마차에 올라탈 때 캠벨 부인이 말을 보며 안타까워했다.

"아, 아, 염려 안 하셔도 됩니다." 크럼프턴이 대꾸했다.

"말들은 빗속에 서 있는 것쯤은 신경도 쓰지 않으니까요. 그렇지 않냐, 빌?"

빌은 주인을 힐끗 처다보고는 한숨을 크게 내쉬었다.

"이 빌은 정말 좋은 녀석입니다요."

잭 크럼프턴은 고삐를 잡으며 경쾌하게 말했다.

* * *

　잠시 후, 캠벨 부인의 오두막에 도착했을 때는 일행 모두의 꼬락서니가 말로 다 표현할 수 없을 정도였다. 비에 푹 젖은데다가 추위가 뼛속까지 스며들어 덜덜 떨고 있었다. 잭 크럼프턴은 집 안으로 들어와 몸을 녹이라는 캠벨 부인의 간곡한 호의에 머리를 저으며 거절했다.

　"말씀은 감사합니다만, 빌 녀석을 마구간에 집어넣고 신선한 귀리를 한 양동이 주는 일이 더 급하구만요."

　크럼프턴은 모자를 살짝 기울여 작별인사를 했다. 홈즈는 수고를 끼친 데 대해서 마차 삯을 후하게 쳐줬고, 크럼프턴은 신나게 휘파람을 불며 비에 홀딱 젖은 채 캠벨 부인의 정원 아래쪽에 묵묵히 서 있는, 오랫동안 고생한 빌에게로 돌아갔다.

　우리가 뻣뻣해진 손가락 사이에 홍차 잔을 들고, 어깨에 담요를 걸친 채 활활 타오르는 불가에 둘러앉는데는 많은 시간이 걸리지 않았다. 방 안은 뗏장이 타오르는 달콤한 향기로 가득 찼다 (콘월에는 나무가 많지 않아 잔디와 그 뿌리가 섞인 흙인 뗏장이 불을 피우는 땔감으로 사용되곤 한다). 난 허드슨 부인 자매에게 의문의 전보와 신문에 난 괴상한 광고에 대해서 말해줬다. 가련한 허드슨 부인이 상당히 안정을 되찾자 홈즈는 시간을 지체하지 않고 납치에 대한 정보를 짜내기 시작했다.

"당신도 잘 알겠지만, 별다른 생각 없이 벼랑을 따라 이리저리 거닐고 있는데 반대 방향에서 웬 남자 한 명이 내 쪽을 향해 걸어오더라고요. 그러더니 걸음을 멈추고 내게 시간이 있느냐고 정중하게 묻지 않겠어요? 난 시간이 없다고 딱 잘라 말하고 돌아섰는데, 그 사람이 날 붙잡았어요……."

허드슨 부인은 감정이 북받치는지 말을 멈췄다. 홈즈는 감정이 조금만 드러나도 항상 그랬던 것처럼 눈길을 돌렸지만, 캠벨 부인은 두 팔로 언니를 껴안았다.

"걱정하지 말아요, 언니. 울고 나면 마음이 다 풀릴 거예요."

하지만 허드슨 부인은 정신을 차리고 이야기를 계속했다.

"당연히 난 발버둥을 치며 소리를 지르기까지 했지만, 그걸 들어줄 사람이 부근에 없었죠. 펍은 언덕 아래쪽의 길가에 자리 잡고 있는 터라 너무 멀리 떨어져……."

"다른 관광객들이나 다른 도보여행자들은 없었나요?"

홈즈가 물었다.

"오늘 날씨가 어땠는지는 홈즈 씨도 봐서 잘 아실 거예요." 허드슨 부인은 거의 사과하는 투로 말했다.

"이런 날에 산책을 나선 멍청이는 나 혼자뿐이었던 것 같아요."

"사실 우린 다른 사람들을 봤거든요. 도보여행을 하는 스위스인들 같던데……?" 내가 끼어들었다.

홈즈는 날 쳐다봤다.

"맞아, 그 사람들을 봤었지. 자네 혹시 그들을 똑똑히 봤나, 왓슨?"

"음, 그다지 오랫동안 쳐다본 건 아니지만……."

"그 사람들에게 특이한 점이라도 있던가?"

난 그때 그 장면을 떠올리려고 안간힘을 썼다.

"아, 생각나는 게 한 가지 있네. 한 사람의 머리카락이 아주 밝은색이더군. 흰색이 아니었는데도 거의 흰색처럼 보여 깜짝 놀랐다네. 그런 색은 거의 없다는 걸 알고 있나?"

"그래, 잘 알고 있지." 홈즈가 말했다.

"하지만 얼굴은 알아볼 수가 없었네. 모자를 눈썹 위까지 눌러 쓴데다가 우리를 지나칠 때는 땅바닥을 보고 있었으니까."

"그랬군." 홈즈가 담담한 어조로 말했다.

"그런데 말이지……." 홈즈의 날카로운 눈이 가늘어졌다. 나머지 세 사람은 홈즈의 집중력을 방해할까봐 두려워서 아무 말도 하지 않고 홍차만 조용히 홀짝거리며 앉아 있었다. 1분쯤 후, 홈즈는 깊은 생각에서 깨어나 허드슨 부인에게 다시 물었다.

"부인을 납치한 그 사람 말입니다. 인상착의를 설명해줄 수 있나요? 그 사람을 이전에 본 적이 있었나요?"

허드슨 부인은 불길을 똑바로 쳐다보며 입술을 깨물었다.

"그 사람은 컸어요. 무척이나요. 키가 180센티미터를 넘는데다가 힘도 엄청 셌어요. 내가 몸집이 작은 것도 아닌데," 허드슨 부인은 자신의 넉넉한 허리 사이즈를 언급했다.

"그런데도 내가 어린애나 되는 것처럼 가볍게 어깨에 둘러매더라고요. 그 사람 손은……."

부인은 말을 멈추고 온몸을 부르르 떨었다. 캠벨 부인이 다 이해한다는 듯 위로하며 언니의 손을 어루만졌다.

"손이 엄청 컸어요. 게다가 아주 거칠었는데, 오랫동안 손으로 하는 노동에 종사한 노동자의 것 같았죠."

"아주 훌륭합니다!" 홈즈가 큰 소리로 허드슨 부인의 기억력을 칭찬하는 바람에 모두 그를 쳐다봤다. 홈즈는 허드슨 부인이 느끼는 고통에 둔감한 것이 아니라, 사건에 대한 사실이 그 어떤 것보다도 중요했을 뿐이었다.

"그 사람 얼굴은요? 그 사람 얼굴을 봤습니까?"

"내가 기억하고 있는 것이라고는 그 사람의 작은 눈이 아주 빨갰다는 거예요. 돼지 눈처럼 빨갛더라고요. 밖에서 많은 시간을 보낸 사람처럼 얼굴색이 불그스름했어요. 그 사람 인상이 모두 좀 애매한데, 얼굴을 창문에 바짝 갖다 댔을 때의 모습 같았어요. 내 말이 무슨 뜻인지 알겠죠?"

홈즈는 의자에 몸을 푹 파묻고 등을 쭉 폈다.

"허드슨 부인, 정말 제대로 해내셨군요! 그런 끔찍한 일을 당하고 있는 상황 속에서도 중요한 요소들을 알아내고 기억하려고 애를 쓰셨으니 말입니다."

허드슨 부인은 얼굴을 붉히고 살짝 미소를 지었다. 아직도 가슴이 벌렁거리는 상황이었지만 홈즈의 그 말 한 마디가 자부심을 불러 일으켰고, 다른 어떠한 불길보다도 더 몸을 따스하게 만들어줬다.

"한 가지만 더 여쭙겠습니다. 그 사람 목소리에 대해서 말씀해주실 게 있나요?"

"으르렁거렸어요. 아주 나지막하게 떨리는 목소리였는데, 저 멀리서 들리는 천둥소리 같았어요."

"정말 잘해줬습니다, 허드슨 부인. 정말로요."

"내가 지금까지 이해할 수 없는 건 가엾은 언니가 위험에 처해 있다는 걸 당신이 어떻게 알았느냐는 것이에요."

캠벨 부인이 끼어들었다.

홈즈는 어깨를 으쓱했다.

"운에 맡길 수는 없었으니까요. 전보와 신문 광고를 함께 묶어놓고 보면 아주 사악한 결론이 나올 수밖에 없었죠."

"어떤 사람이 이런 일을 꾸몄을까요?" 캠벨 부인이 물었다.

"모르겠습니다." 홈즈가 대답했다.

"의심이 가는 사람이 있긴 하지만요."

"홈즈 씨에게 보복하고 싶어 하는 범죄자들이 셀 수 없을 정도야." 허드슨 부인은 여동생에게 자랑하는 기색이 역력한 목소리로 말했다.

곧 죽을 뻔하다가 극적으로 탈출했으면서도 자신이 홈즈가 하는 일의 일부가 됐다는 걸 아주 자랑스러워하는 것 같았다. 어쨌거나 허드슨 부인의 용기는 인정해줘야 할 것 같았다. 부인과 같은 일을 당한 대부분의 사람들은 지금도 상당히 불안해하고 있어야 정상이 아닐까 하는 생각이 들었다. 허드슨 부인이 상대적으로 빨리 마음의 평정을 되찾은 것은 홈즈를 잘 알고 있기 때문이라는 점도 있었다. 홈즈가 곁에 있다는 것만으로도 안심이 되고, 어떠한 일이 벌어지더라도 홈즈가 손을 써줄 것이라고 생각하게 되기 때문이었다. 홈즈는 다른 사람들의 신뢰를 북돋아주는 능력의 소유자였다. 사실 난 홈즈가 군인이 되었더라면 뛰어난 장군이 됐을 거라는 점을 가끔 언급한 적이 있었다.

"내가 이해할 수 없는 건 그들이 왜 날 그 자리에서 죽이지 않았느냐 하는 것이에요." 허드슨 부인은 홍차를 저으며 말했다.

"맞습니다, 그게 가장 중요한 점이죠." 홈즈가 말했다.

"한 가지 분명한 이유는, 내가 물불을 가리지 않고 덤벼드는 걸 바라지 않아서입니다."

허드슨 부인은 홈즈의 말에 숨겨진 찬사를 알아차리고 살짝 얼굴을 붉혔다.

"어쨌든 간에," 홈즈의 말이 이어졌다.

"부인께선 더 이상 위험에 처할 일이 없습니다. 이제," 홈즈는 불가의 의자에서 일어서며 말했다.

"왓슨과 전, 부인을 동생 분께 맡기고 런던으로 갈까 합니다."

"좀 더 이곳에 머무시는 게 좋지 않겠어요, 홈즈 씨?" 캠벨 부인이 잔뜩 긴장한 목소리로 물었다.

"제 말은, 이 일을 저지른 사람이 누구이든 간에, 음……. 또 다시 하려고 들지 않을까라는 뜻입니다."

"제 이론이 맞는다면, 두 분은 이제 아주 안전합니다."

홈즈가 말했다.

"그리고 저흰 최대한 빨리 런던으로 돌아가야 합니다. 하지만 꼭 그래야만 안심이 되신다면 왓슨과 제가 오늘밤은 이곳에 머무르도록 하죠. 물론 여분의 방이 있다면 말입니다."

"아, 방이야 많이 있죠." 캠벨 부인이 나섰다.

"이 오두막은 한 가족이 살도록 지어졌는데, 지금은 저 혼자 살고 있어서요. 폭풍우가 몰려오고 있으니, 당신들이 오늘 밤을 편히 지내고 가시면 정말 기쁘겠어요."

난 창밖을 쳐다봤다. 폭풍우가 기세를 올리기 시작했다. 마치 개가 헝겊인형을 던지고 노는 것처럼 바람이 나무들을 앞뒤로 흔들어대고, 나무들의 줄기가 잔뜩 휘어졌다가 흔들거렸다. 이런 밤중에 길을 간다는 게 불가능하지는 않지만 힘들 게 뻔했다.

"자네 생각은 어떤가, 왓슨? 오늘 밤을 이곳에서 지내도 괜찮겠나?" 홈즈의 질문을 듣는 순간, 안도의 한숨이 절로 흘러나왔다. 폭풍우가 몰아칠 텐데 감히 모험을 하고 싶지 않아서였다.

"그래, 나야 상관없네." 난 의도적으로 무심한 척 대답했다. 캠벨 부인의 난로가 지켜주는 따뜻한 방 안을 떠나 밖에서 기다리고 있는 분노에 찬 폭풍 속으로 들어가기가 몸서리쳐지도록 싫다는 걸 홈즈가 알아차리게 하고 싶지 않아서였다.

"좋습니다, 캠벨 부인, 호의를 감사히 받아들이겠습니다."

홈즈가 말했다.

"잘됐군요!" 집주인은 흥분한 어린애처럼 손뼉을 치며 큰소리로 말했다.

"살코기와 콩팥을 다져넣은 파이를 저녁식사로 내놓을 생각인데, 싫어하시는 건 아니죠?"

"아무것이라도 좋습니다." 홈즈가 대꾸했다.

"사실, 그 음식은 닥터 왓슨이 제일 좋아하는 것 중의 하나입니다."

"그건 틀림없는 사실이야." 빠른 속도로 예전의 모습을 되찾아가는 허드슨 부인이 끼어들었다.

"이 양반은 그것에 물냉이를 곁들여 먹는 걸 좋아한다구. 혹시 신선한 물냉이가 있니, 플로라?"

"그거야 있지." 캠벨 부인이 말했다.

"개울가에 지천으로 자라고 있어서 어제 좀 따뒀거든."

"내가 푸딩을 만들게." 허드슨 부인이 말했다.

"신선한 달걀 두어 개와 바닐라 조금, 그리고 네가 가지고 있을 게 분명한 두어 가지 재료만 있으면 돼."

자매는 홈즈와 날 불이 활활 타오르는 난로 앞에 놔두고 저녁 식사거리에 대해서 의견을 주고받으며 주방으로 향했다.

"허드슨 부인을 납치한 녀석 말이야, 혹시 알고 있는 녀석 같은가?" 내가 잠시 후에 물었다.

"아, 분명히 알고 있는 녀석일세. 꽤 오랫동안 보진 못했지만.

아직 교도소에 있는 줄 알았거든. 조지 심슨이라는 아주 위험한 녀석인데, 모리아티 교수를 위해 가장 지저분한 일들을 해치우곤 했던 이스트엔드의 시궁쥐 같은 녀석이지. 몇 년 전에 내가 녀석을 잡아서 뉴게이트 교도소로 보냈고, 그 이후로는 소식을 듣지 못했네." 홈즈는 의자에서 일어서서 죽어가는 난로 속의 불길을 헤집어 되살렸다.

"분명히 그 녀석인 것 같은데, 어떻게 뉴게이트를 빠져나왔는지 모르겠군……."

그 말이 떨어지는 것과 동시에 홈즈는 손가락들 끝을 서로 마주대어 두 손으로 뾰족탑을 만들고, 의자에 깊숙이 앉아 회색 눈으로는 불길을 멍하니 쳐다본 채 식사하러 오라는 소리를 들을 때까지 침묵 속으로 빠져들었다.

캠벨 부인이 요리한 살코기와 콩팥을 다져넣은 파이는 자랑했던 것만큼이나 맛이 있었고, 난 하루 종일 극심하게 몸을 움직였던 터라 음식을 허겁지겁 먹고 생강 맛이 나는 콘월의 맥주를 엄청나게 마셔댔다. 하지만 홈즈는 그리 많이 먹지 않았다. 우린 모두 지쳐 있어 저녁식사를 마치자마자 잠자리에 들었다. 다락방에 마련된 우리들의 침실에서 풀을 빳빳하게 먹인 깨끗한 시트 사이에 누운데다가 맥주를 많이 마셔 졸렸기 때문에 난 분명히 눕자마자 곯아떨어져야만 했다. 하지만 얼른 잠이 오지 않았다. 울부짖고 흐느끼며 처마를 연신 흔들어대는, 분노에 찬 바깥의 바람 소리에 귀를 기울이지 않을 수가 없었다. 우린 그런 폭풍우를 견뎌내도록 지어진 오두막의 두터운 벽 안쪽에서 안전을 보장받고 있었다. 난 두툼한 거위털 누비이불을 둘러쓰고 잠시 졸았다. 그러다가 갑자기 잠에서 깨어나 침대에 벌떡 일어나 앉았다. 방 안은 조용했다. 어떤 소리가 나서 내가 깨어난 건 아니지만, 홈즈가 자고 있던 침대에 있지 않다는 건 즉시 알아차렸다. 홈즈의 길면서도 마른 몸체가 창가에 앉아 있는 모습이 이제 간신히 어둠에 적응한 눈에 들어왔다. 홈즈는 창밖의 어둠 속을 노려보며 꼼짝도 하지 않고 앉아 있었는데, 아주 멀리서 번갯불이 번쩍일 때마다 선명한 옆모습이 훤히 드러나곤 했다.

"홈즈?"

"자넨가, 왓슨?"

"이 모든 사건의 배후에 누가 있다고 생각하나?"

잠시 적막이 흐르다가 홈즈가 입을 열었다. 아주 멀리서 들려오는 듯한 목소리였다.

"유령일세, 왓슨. 유령……."

✤

4장

투트힐
대장

우린 다음 날 아침에 일찍 일어났고, 홈즈는 아침 식사를 차려
주겠다는 캠벨 부인의 호의를 할 수 없이 받아들였다. 아마 날
위해서 그런 것이라는 생각이 들었다. 이유야 어떻든 간에 기차
역으로 떠나기 전에 캠벨 부인이 마련해준 아주 맛있는 스코틀
랜드 식 오트밀과 뜨거운 홍차로 기운을 북돋울 수 있어서 무척
이나 기뻤다.

"저희에게 아무런 일이 없을 거라는 게 확실한가요?"

우리가 런던행 열차를 기다리는 동안 캠벨 부인이 물었다.

"네, 확실합니다." 홈즈가 대꾸했다.

"평소와 조금이라도 다른 일이 생기면 제게 전보를 쳐주세요.
하지만 저라면 걱정 같은 건 하지 않을 겁니다."

열차가 역으로 들어와 멈춰 서며 연통에서 구름 같은 시커먼 연기를 뿜어 올리자 캠벨 부인이 우리 두 사람을 격렬하게 포옹했다. 난 부인의 진심을 보여준 이 행동에 감동했지만, 홈즈는 꽤 불편해하는 게 틀림없었다. 허드슨 부인과 난 그녀의 여동생이 보여준 이 행동에 쓴웃음을 지으며 서로 눈길을 살짝 마주쳤다. 어쨌거나 홈즈는 두 자매에게 따스한 작별인사를 건넸고, 내가 마지막으로 본 것은 자매가 서로의 팔짱을 끼고 출발하는 열차에 탄 우리에게 손을 흔들어주는 모습이었다.

홈즈는 우리가 차지한 객실의 좌석에 엉덩이를 걸치고 역에서 구입한 텔레그래프 지를 펼쳤다. 그는 뭔가를 찾고 있는 것 같았는데, 원하는 걸 발견한 게 분명했다. 홈즈는 탄성을 지르며 신문을 내게 내밀었다.

"이걸 보게, 왓슨. 어제와 똑같은 형태의 광고가 실려 있네. 바로 여기에!"

난 신문을 받아들고 광고란에 실린 문장을 읽었다.

"'페르마 씨가 쇼멜 씨에게 : 당신은 나의 나이트(기사)의 계획을 저지했지만, 나의 폰은 당신의 폰을 잡았다. 바위로부터 검이 뽑혔는데, 그 대가는 무엇인가?'"

난 신문을 다시 홈즈에게 돌려줬다.

"이게 무슨 뜻인지 잘 모르겠는데?"

"뜻은 분명하고도 남을 정도네." 홈즈가 단호한 어조로 말했다. "바위에 꽂힌 검은 아서 왕을 언급한 것일세. 이 메시지는 분명히 날 수령인으로 작정하고 실은 것이지."

"이 메시지가 자네를 겨냥하고 있다고?"

"왓슨, 자네도 '쇼멜'이 조잡한 애너그램(철자 순서를 바꾼 말)이라는 걸 분명히 눈치챘겠지?" 홈즈는 성마른 목소리로 말했다. "이 메시지가 날 겨냥한 것이라는 데는 의심의 여지가 없네. 내가 신경 쓰는 건 누가 이걸 보냈느냐 하는 점이지."

"자넨 누가 보냈다고 생각하는가?"

"우린 감시를 받고 있네, 왓슨. 우리가 행동할 때마다 미행 당하고 있고, 우린 훨씬 큰 게임에서 폰으로 사용되고 있다는 생각을 떨쳐버릴 수가 없군."

"감시를 받고 있다고? 누가 우릴 감시하고 있단 말인가?"

"왓슨, 자네도 어제 스위스인 '여행자들'을 봤지만, 그들에게서 가장 두드러지는 특징을 알아차리진 못했네."

"그게 뭔데 그러나?"

"그들의 신발이었네."

"그들의 신발이 어쨌다는 건가?"

"그래, 난 첫눈에 그걸 알아차렸네. 그들의 신발이 아주 새 것이었단 말일세."

"음, 내가 어떻게 그런 걸 놓칠……."

"생각해보게, 왓슨. 경험이 조금이라도 있는 도보여행자라면 새 신발을 신고 기나긴 휴일 동안 여행에 나서지 않을 것 아닌가? 여행을 떠나기 훨씬 전에 신발을 구입해서 미리 적당히 신어

쥐야 물집이 잡히는 사고를 면하겠지. 따라서 어떤 도보여행자가 어리석게도 새 신발을 신고 여행에 나설까 하고 내 자신에게 물어봤지. 결국 그들이 절대로 도보여행자는 아니며 사기꾼이라는 결론에 도달했다네."

"사기꾼이라고!"

"그래, 왓슨. 그들은 우릴 몰래 감시하라고 파견됐던 것일세."

"그런 것이지?"

"정말 그 이유가 뭘까?" 홈즈는 신문을 들어 보였다.

"우리의 행동 하나하나가 여기에 꼼꼼히 적혀 있는 걸 봤겠지? 녀석들이 허드슨 부인을 죽이려고 했다면 손바닥 뒤집는 것보다도 더 쉬웠을 걸세. 하지만 부인은 납치당했고, 우린 그녀를 구하기 위해 허겁지겁 런던을 떠나야만 했네. 신문에 실린 모든 흔적을 제대로 읽었다면 그렇게 할 수밖에 없었지만……."

난 신문을 다시 쳐다봤다.

"그렇다면 자네가 쇼멜 씨로군. 이젠 나도 그게 확실히 보이는구만. 그렇다면 이 페르마 씨는 누구인가?"

"내가 걱정하는 게 바로 그 점일세, 왓슨. 그건 불가능한 일인데, 혹시……." 홈즈는 창밖으로 흘러가는 전원지대를 멍하니 내다보고 있었다. 길을 따라 잘 다듬어놓은 생울타리와 농장들이 마을들로 대체되기 시작했다.

"유령들이 무덤에서 되살아나고 있는 게 아닌가 하는 생각이 드는군."

우리가 베이커 가로 돌아왔을 때, 허름한 누더기를 걸친 작은 소년 하나가 221B가 들어앉은 건물 벽에 등을 기대고 서 있었다. 난 그 소년이 홈즈가 가장 신뢰하는 베이커 가 특공대의 일원인 투트힐이라는 걸 알아봤다.

"홈즈 씨!" 투트힐은 우릴 보자 반갑게 맞았다.

"전 아주 오랫동안 선생님을 기다렸습니다. 선생님께서 지시하신 장소를 계속 지켜봤습니다."

"그 점은 고맙게 생각한다, 투트힐 대장."

홈즈는 아주 친절한 목소리로 대꾸했다.

"위층으로 올라가서 기운이 나게 할 걸 좀 먹고 자네가 본 걸 말해주지 않겠나?"

"그래 주시면 정말 감사하겠습니다."

투트힐 대장은 홈즈의 제안을 감사히 받아들이고 우리 뒤를 따라 가벼운 발걸음으로 계단을 올라왔다.

투트힐은 소고기 구이 한 덩어리를 거의 다 먹어치우고는 의자에 등을 기대고 앉아 한결 생기가 도는 영리한 눈빛으로 우릴 쳐다봤다. 고기를 게걸스럽게 입 안으로 쓸어 넣었던 걸로 봐서 그동안 몇 끼를 굶다시피 하고 지낸 게 분명했다.

"자, 우리에게 뭘 말해주려는 거지?" 홈즈가 파이프에 불을 붙이며 물었다.

투트힐은 눈까지 수북이 흘러내린 짙은 금발을 손으로 쓸어 올리고, 양쪽 뺨에 묻은 얼룩 몇 군데를 더러운 소매로 닦았다. "그게 중요한 것인지 아닌지는 잘 모르겠지만, 선생님께서 조금이라도 이상한 것은 항상 보고하라고 말씀하셔서요."

"그래, 내가 그렇게 말했었지, 투트힐." 홈즈가 말했다.

"뭘 봤기에 이러는 것인가?"

"음, 그 불쌍한 절름발이인 위긴스 씨를 계속 지켜보라고 말씀하신 걸 기억하시는가요?"

"그래서?"

"음, 빌리 킴볼이 위긴스 씨를 지켜보는 책임을 맡았는데, 어제 문을 노크해보니 대답이 없었답니다."

"그리고⋯⋯."

"그게 답니다. 전 선생님께 이걸 말씀드리리라 생각했고요."

"빌리는 위긴스 씨 상점 주위를 어슬렁거리는 수상한 사람을 봤다고 하던가?"

"아닙니다. 제가 직접 빌리에게 물어봤지만 아무도 보지 못했다고 했습니다."

"고맙네, 투트힐 대장. 그걸 내게 제때 잘 보고해줬네."

"전⋯⋯. 전 아무 일이 없기를 바라고 있습니다. 위긴스 씨는 좋은 분으로 제 동료들도 다 그렇게 생각하고 있고요, 선생님."

"걱정하지 말게. 내가 직접 그 문제를 조사해보도록 하겠네."

"알겠습니다, 선생님." 투트힐은 의자에서 벌떡 일어서서 허름한 옷가지를 바로잡았다. 그는 이제 긴바지를 챙겨 입어야 할 정도로 나이가 들었지만, 닳아서 반들거리는 반바지는 가냘픈 무릎을 간신히 가리고 있었다.

"맛있는 소고기를 주셔서 정말 감사합니다, 선생님."

"원, 무슨 말을 그렇게 하나, 투트힐? 어때, 고기를 좀 가지고 가지 않으려나?"

"아, 그렇게까지 폐를 끼친 순 없어……."

"얼른 집어넣게. 우린 다 먹지도 못한다네."

투트힐은 엄청나게 많은 양의 소고기를 양쪽 주머니에 억지로 쑤셔 넣고, 큼직하게 썰린 빵 두 덩어리까지 챙긴 다음에 떠났다. 홈즈는 한숨을 내쉬며 방문을 닫았다.

"지금 거리에는 저 애 같은 부랑아들이 수천 명이나 있네, 왓슨. 날마다 문제가 커지고 있는데도 사회는 그 문제를 해결하려고 노력해야 할 만큼 중요하다고 생각하지 않는 것 같네. 한 가지만은 분명하게 말해두겠네. 누군가가 이 세상의 투트힐 같은 애들과 그 애들이 살아가야만 하는 어려운 생활 사이에 끼어들지 않는다면 다들 범죄자로 전락할 가능성이 있다는 걸!"

"자네 같은 누군가를 말하는 것인가?" 난 미소를 지으며 말했다. 난 항상 특공대가 홈즈 자신이 비밀리에 자선을 베푸는 방법이 아닌지 의문을 품고 있었다. 홈즈 자신이 맡은 사건을 해결하는 데 도움을 주기 때문에 누더기를 걸친 소년들과 소녀들을 후원하고 있다는 구실 하에 자신의 감성을 드러내지 않고도 하고 싶은 일을 마음대로 하는 게 아닌가 하고 생각했다. 사실 특공대가 홈즈를 때때로 도왔던 건 사실이었다. 하지만 홈즈가 정기적으로 그 아이들에게 나눠주는 동전은 아이들에게 요구하는 서비스에 비하면 너무나도 과했다. 홈즈는 벌써 코트를 걸치고 있었다.

"가세, 왓슨." 홈즈가 말했다.

"투트힐이 말해준 게 마음에 걸려서 안 되겠네."

나도 얼른 코트와 모자를 걸쳤다.

"자넨 크게 걱정하지 않는 것 같았는데……."

"나도 모르겠네. 하지만 무슨 일이 있는지는 알아보고 싶네."

콘월에서 그렇게 매섭게 불어대던 폭풍우가 이곳에 불어 닥칠 것 같은 징후는 전혀 없었다. 오히려 런던에는 밝은 햇살이 비치는 아주 드문 시기가 찾아들고 있었다. 이런 날씨에 마차를 찾아낸 건 아무 일도 아니었고, 우린 몇 분도 채 지나기 전에 세인트 폴 대성당의 그늘에 가려진 위긴스 씨의 특이한 건물로 다시 가고 있었다.

이전에 갔던 그 좁은 길도 밝은 대낮에 보니 별로 위협적이지 않았다. 따라서 위긴스 씨의 상점 앞에 서게 되자, 난 주변을 둘러보고 길가에 있는 몇몇 건물들이 나름 존경할 만한 곳이라는 걸 알게 됐다. 골목길을 마주 하고 있는 것은 구두수선공과 마구(馬具)제조상, 은세공사 상점의 뒷문들이었다. 우린 버려져서 쌓인 썩은 야채를 넘어서서 문을 노크했다. 아무런 대답이 들리지 않았는데, 홈즈가 문을 살짝 밀자 조용히 열렸다. 홈즈는 걱정스러운 얼굴로 날 쳐다봤다.

"조심하게, 왓슨." 홈즈가 말했다.

"안쪽에서 어떤 걸 보게 될지 나도 모르겠네."

상점 안으로 들어서자마자, 난 뭔가가 으스스할 정도로 잘못됐다는 걸 즉시 느꼈다. 아주 어린아이가 울부짖는 것 같은 애절하고 찢어지는 울음소리가 우릴 맞이했다. 그건 원래 자신의 자리인 카운터 뒤쪽에 있는 앵무새 반두의 목소리였다. 하지만 우리가 등 뒤의 문을 닫자마자 그 소음이 순식간에 멈췄다. 적막은 좀 전의 울부짖음만큼이나 우릴 깜짝 놀라게 만들었다. 향수병들이 선반에 줄을 맞춰 놓여 있고, 병 속에 든 풍부한 색상의 액체는 가스 불빛을 받아 반짝거렸고, 반두는 횃대에 앉아 밝은 오렌지색 눈으로 우릴 쏘아보고 있었지만, 위긴스의 자취는 없었다.

홈즈는 뻣뻣하게 굳은 얼굴로 날 돌아봤다.

"이곳에서 살인이 벌어졌네, 왓슨. 아주 끔찍한 살인이."

난 앞쪽 방과 건물 뒤쪽에 위치한 위긴스의 연구실로 이어지는 좁은 통로를 갈라놓은 양단(금·은색 명주실로 두껍게 짠 비단) 커튼을 젖히고 들어서는 홈즈의 뒤를 따랐다. 우리가 통로를 따라 걷는 동안 난 100여 가지쯤 되는 향기를 들이마셨다. 그 중 몇몇은 산골짜기를 흐르는 계곡물처럼 산뜻했고, 일부는 사향 냄새가 났고, 일부는 꽃향기처럼 달콤했다. 우리가 연구실에 들어설 때쯤에는 향기를 너무 많이 맡아 머리가 어지럽기까지 했다.

연구실에 들어서는 순간, 우리가 그렇게 걱정했던 끔찍한 광경이 눈에 들어왔다. 위긴스는 하얀 연구복을 입고 연구실 책상에 앉아 있었는데, 몸이 축 늘어진 채 의자에 걸쳐있다시피 했다. 보는 순간 사망했다는 게 분명할 정도였다.

홈즈는 잠시 동안 동상처럼 가만히 서 있다가 날 향해서 돌아섰다. 평소에는 무표정하기만 했던 그의 얼굴이 분노로 인해 너무나 일그러져 있어 나도 모르게 한 발자국 뒤로 물러섰다.

"위긴스를 이렇게 만든 녀석이 누구이든 간에 하느님께 맹세코 대가를 치르도록 해주겠네! 내가 직접 위긴스의 복수를 해주겠다고 맹세하는 바일세!"

홈즈는 이를 악물고 쉭쉭거리는 소리로 크게 외쳤다.

난 홈즈의 침울한 기분에 방해가 될까 봐 아무 말도 하지 않았다. 난 연구실 내부를 둘러봤다. 이곳은 모든 게 정리가 잘 되어 있는 연구실이었다. 번쩍거리는 현대식 장비들이 두 개의 커다란 테이블 위에 놓여 있었다. 특별히 짜 맞춘 또 다른 선반들에는 향수 샘플을 담은 작은 유리병들과 비커와 시험관 피펫, 페트리접시 같은 여분의 장비들이 놓여 있었다. 위긴스가 자신의 연구실을 자랑스럽게 여기는 것도 당연했고, 다음에 찾아오면 우리에게 이곳을 구경시켜주겠다는 약속이 머릿속에 떠올라 한층 더 기분이 우울해졌다. 난 위긴스의 시신을 검사하고 있는 홈즈에게로 돌아섰다.

"이 시신을 어떻게 생각하나, 왓슨?" 홈즈가 물었다.

난 위긴스의 시신을 검사했다. 눈에 띄는 상처는 없었지만, 목을 둘러싼 빨간 부분과 얼굴에 드리운 자줏빛 안색은 목이 졸려 죽었다는 걸 암시했다. 난 홈즈에게 그렇게 말해줬고, 그는 어두운 표정으로 고개를 끄덕였다.

"빌어먹을 폭풍우 같으니라구! 우린 어젯밤에 콘월에서 묵지 않았어야 했어!" 홈즈는 비통한 어조로 소리쳤다.

"녀석들이 내가 런던 밖으로 나가도록 손을 쓴 게 아닌가 하는 의심이 딱 들어맞았는데……."

"맞는 말이긴 하지만, 자네가 런던에 있었다고 하더라도 이 일이 벌어지는 걸 막을 수 있었을까?"

난 홈즈를 달래려고 조용히 말했다.

"막지 못했을 수도 있네. 하지만 빠른 시간 내에 수사에 착수해서 단서를 잡아낼 수는 있었겠지."

"자네도 알다시피 이 사람을 죽이는 건 어렵지 않았을 걸세. 이 사람의 상태가 별로 좋지 않아 정상적으로 숨 쉬기가 수월한 게 아니었으니까 말일세." 난 가련한 시신을 내려다보며 말했다. "위긴스가 죽길 바라는 녀석이 도대체 누구란 말인가?" 의문이 나는 점을 나도 모르게 큰 소리로 외쳤다.

"내가 알아내고자 하는 것도 바로 그 점일세."

홈즈는 이를 악물며 굳은 표정으로 대꾸했다.

"자네도 알고 있겠지만, 우린 경찰에 신고해야 하네."

내가 말했다.

"알지, 알고말고. 하지만 경찰이 우르르 몰려와서 모든 걸 망쳐버리기 전에 찾아낼 수 있는 단서가 있는지 먼저 살펴봐야겠네." 홈즈는 위긴스의 책상 주변 바닥을 면밀히 조사하며 조급한 어조로 대꾸했다.

"여기에 뭔가 아주 작은 게 있구만."

홈즈는 그걸 집어 들어 램프 아래로 갖다 대고 살폈다.

"그게 뭔가?"

"머리카락일세, 왓슨."

"오?"

"그래, 하지만 위긴스의 머리카락은 아닐세. 어쩌면 살인자의 머리카락일 수도 있네. 어쨌든 간에 아주 밝은 색이어서 거의 흰색에 가깝고, 아주 굵은 편이군."

난 나이가 많은 백발의 사내가 불행한 위긴스를 살해하는 장면을 상상해보려고 했지만, 그럴 가능성이 거의 없어 보였다.

"다 된 것 같군." 홈즈는 범죄현장을 꼼꼼히 수색한 후 말했다.

"나머지는 스코틀랜드 야드에 맡겨두면 되겠어. 가세, 왓슨, 녀석들이 다른 곳에도 남겨놓은 단서가 있는지 알아보고 싶으니까."

난 홈즈를 따라 좁은 복도를 지나 앞쪽에 있는 상점으로 되돌아갔다. 반두는 우릴 보자 매우 흥분되는지 앉아 있던 횃대에서 펄쩍펄쩍 뛰었다.

"조……조……용히 해!" 반두가 큰소리로 말했다.

"조……조……용히 하라니까, 이……이……병신아!"

홈즈는 걸음을 멈추고 앵무새를 쳐다봤다.

"자네도 들었나, 왓슨?" 홈즈가 물었다.

"그래, 반두가 '조용히 해, 이…….'"

"반두가 뭐라고 말했는지는 나도 잘 알고 있네!" 홈즈가 자신의 말뜻을 알아차리지 못하는 내가 답답했던지 씩씩거렸다.

"녀석이 어떻게 말했는지가 중요하단 말일세!"

홈즈의 말을 알아듣기라도 하듯 앵무새가 좀 전에 했던 말을 되풀이했다.

"조……조……용히 하라니까, 이……이……병신아!"

"그래, 바로 이것이야. 자네도 무슨 뜻인지 알겠나, 왓슨?" 홈즈가 다시 물었다.

"반두가 말을 더듬었다는 뜻인가?" 내가 물었다.

"그래!" 홈즈가 고함을 질렀다.

"위긴스는 말을 더듬은 적이 없었단 말일세."

"어쩌면 그의 고객들 중 한 명이……."

"위긴스가 이 앵무새에 대해서 뭐라고 말했는지 기억나나? 새로운 말을 주워듣길 좋아하고, 따라서 항상 가장 최근에 들었던 문구로 바꾼다는 걸?"

"그래, 똑똑히 기억하고 있네."

"어때, 상상이 가지 않나, 왓슨? 여기에 두 명의 사내가 있었네. 한 명이 아니라. 그리고 앵무새는 둘 중의 한 명이 다른 사람에게 한 말을 그대로 따라 하고 있는 걸세!"

"맙소사! 그래, 자네 말이 맞네, 홈즈!"

홈즈는 자신의 주머니에서 아까 집어 들었던 머리카락을 꺼내 다시 불빛 아래에서 살펴봤다. 그의 얼굴이 어두워지더니 머리카락을 다시 주머니에 집어넣었다.

"이제 프레디 스톡턴을 방문할 때인 것 같군."

홈즈와 내가 지난 수 년 동안 다뤄왔던 수많은 추잡한 녀석들 중에서 프레디 스톡턴보다도 더 저질인 녀석은 거의 없었다. 스톡턴을 처음 만났던 것은 《발성이 되지 않는 테너의 괴상한 사건 (The Strange Case of the Tongue-Tied Tenor)》을 수사하면서였는데, 그 사건에서 이 녀석은 라이헨바흐 폭포에서 걸출한 범죄 경력의 막을 내리기 직전의 모리아티 교수에게 고용되어 있었다. 모리아티가 죽고 나서는 모런 대령의 부하로 잠시 일하다가, 홈즈가 갖은 고생 끝에 대령을 교도소로 보내버리자 협박과 절도에 나섰고, 때로는 폭력까지 행사한 녀석이었다. 런던의 범죄 사회에서조차도 프레디 스톡턴은 맥주 한 잔 값을 위해 친할머니의 목을 졸라 죽일 수 있는 놈이라고 소문이 나 있다고 홈즈가 말해준 적이 있었다. 신체적으로 스톡턴에게는 두 가지의 도드라진 특징이 있었다. 거의 흰색처럼 보이는 금발과 확연한 말더듬이라는 게 그것이었다.

이제 홈즈와 난 위험하기 짝이 없는 인물을 찾아 나섰다. 이륜마차를 잡아타자마자 홈즈는 마부에게 가난과 약탈자가 뒤엉켜 위험하고 비참한 상황을 연출하고 있는 이스트엔드로 가자고 지시했다.

"우리가 콘월에서 봤던 스위스 인 여행객들을 기억하고 있나, 왓슨?" 자갈길 위를 달려가며 앞뒤로 흔들리는 마차의 창가에 몸을 기대며 홈즈가 물었다.

"물론이네." 내가 자신 있게 대답했다.

"그중 한 사람은 스톡턴처럼 거의 흰색이다 싶은 금발이었네. 혹시 스톡턴이 그 여행객들 중 한 명일 가능성이 있다고 보는 건가?"

"단순한 가능성뿐만 아니라 충분히 그랬을 거라고 생각하고 있네." 홈즈가 착 가라앉은 목소리로 대꾸했다.

"불행하게도 난 그 사람을 힐끔 쳐다보지도 않았네. 자네도 알다시피 내 머릿속은 온통 다른 문제들로 복잡했던 터라. 그리고 자네도 알아차렸겠지만, 그 사람이 쓴 모자가 얼굴 대부분을 가리고 있었거든. 그 사람이 스톡턴이 맞는다면 우리가 녀석을 목격하고 나서 바로 런던으로 돌아왔을 게 분명하네. 그리고 우리가 자신을 알아봤다고 생각하고 있을지도 모르지."

우리가 탄 마차는 '더 드라운드 래트(물에 빠져 죽은 쥐)'라는 나지막하고 불결해 보이는 선술집 앞에 멈춰 섰다. 입구 위쪽에 걸려 있는 간판에는 죽은 게 분명한, 물에 잠긴 설치류가 그려져 있었다. 홈즈는 마부에게 요금을 지불했고, 우린 마차에서 내렸다.

"이 친구들과 함께 있을 때는 조심해야 하네, 왓슨."

홈즈가 술집 안으로 들어가기 전에 내게 말했다.

"자네를 보자마자 칼을 뽑아들 녀석들이니까."

난 군용 리볼버를 가져올 걸 그랬다는 생각을 하면서 고개를 끄덕였다. 난 숨을 깊이 들이쉬고 홈즈를 따라 술집 안으로 들어 갔다.

이 멋들어진 술집 안에 있는 손님들 중 전과가 없는 사람이 있 다고 하더라도 쉽게 알아볼 수 있을 것 같지는 않았다. '드라운드 래트'에 모여 있는 술꾼들보다 더 무정하고, 타락하고, 사악한 인 간들을 찾기는 무척이나 어려울 것 같았다. 홈즈와 난 이런 술꾼 들 사이에서 너무나도 별종으로 보여서―다른 건 다 제쳐놓고 옷 차림만 보더라도―난 우리의 안전이 걱정스러웠다. 우리가 안으 로 들어서자 거칠게 생긴 몇몇 녀석들이 우릴 노려봤지만, 홈즈 가 평소와 마찬가지로 침착하게 똑바로 쳐들어가자 그들은 눈길 을 돌려버렸다. 우릴 괴롭힐 가치가 없다고 느낀 모양이었다. 우 린 자욱한 담배연기를 헤치고 곧장 카운터로 걸어갔다. 거대한 몸집의 지저분한 바텐더가 오랫동안 우릴 무시하다가 결국 원하 는 게 뭔지를 물었다. 홈즈는 바텐더를 차분한 눈길로 노려봤다.

"프레디 스톡턴." 홈즈가 착 깔린 목소리로 말했다.

바텐더는 눈을 껌벅거리더니 색깔이 변한 커다란 이들을 드 러내며 폭소를 터뜨렸다.

"당신네 같은 신사 양반들이 무슨 일로 프레디 같은 녀석을 찾으시나?"

홈즈는 미소를 짓지 않았다. 굳은 표정을 하고 한 가닥의 근육도 움직이지 않았다. 바텐더는 더러운 행주만 만지작거리다가 이마를 찌푸렸다.

"프레디는 지금 이곳에 없수다."

"그럼 그 자가 있는 곳을 말해줄 수 있는 다른 사람을 소개해 주시지."

바텐더를 뭔가를 말하려고 하는 것 것처럼 보였는데, 이내 어깨를 으쓱하고 말았다.

"음……. 위컴 같으면 알지도 모르겠는뎁쇼."

"그 사람은 어디에서 찾을 수 있소?"

"뒷방에 있습죠."

홈즈는 가타부타 말을 하지 않고 바텐더가 가리켜준 쪽으로 걸어갔다. 통로를 지나 어둡고 코를 찌르는 듯한 고약한 냄새가 나는 뒷방으로 들어갔다. 몸집이 작은 흰색 테리어가 이빨 사이에 쥐 한 마리를 물고 흔들어대는 구덩이를 둘러싸고 있는 벤치에 열두어 명의 사내가 앉아 있었다. 구덩이 안에는 이 흉포한 짐승의 송곳니에 이미 운명을 맞이한 쥐들의 사체가 여기저기에 널려 있었다. 사내들은 껄껄 웃으며 테리어에게

"해치워, 빌리!"

"쥐새끼를 끝장내버려!"라고 큰소리로 재촉하고 있었다.

퀴퀴한 담배연기와 땀, 톱밥, 그리고 죽음이 혼합되어 내뿜는 이 방의 악취는 속이 뒤집어질 정도로 불쾌했다.

"위컴이 여기에 있나?" 홈즈가 고함을 질렀다.

몇몇 사내가 낄낄거렸다. 뚱뚱하고 팔에 털이 잔뜩 난 녀석이 문신으로 도배가 된 팔꿈치로 옆에 앉은 녀석의 옆구리를 쥐어박았다.

"어이, 위컴, 저 신사 양반이 부르시는 소릴 못 들었어? 널 찾으시잖아!"

옆자리의 친구는 키가 홀쩍 크고 야위었는데, 이들 중 유일하게 안경을 끼고 있었다. 그 안경이 타락한 귀족 같은 느낌을 줬다. 그는 불안한 눈길로 홈즈와 날 힐끔거렸다.

"당신이 위컴이오?" 홈즈가 정색하고 물었다.

"그렇다면 어쩔 건데?" 그는 비아냥거린답시고 대꾸했지만 거의 울 것 같은 표정이었다.

홈즈는 위컴에게 성큼성큼 걸어가 멱살을 움켜잡고 벤치에서 일으켜 세웠다. 위컴의 두 발이 바닥에서 떠오르며 버둥거렸다.

"그렇다면 당신 자신을 위해서라도 내가 알고자 하는 걸 털어놓아야지." 홈즈는 위컴의 얼굴을 자신의 얼굴 앞으로 바짝 끌어당기며 말했다.

위컴의 얼굴이 시뻘게졌다. 하지만 그게 겁을 먹은 것 때문인지, 아니면 홈즈가 숨을 쉬지 못하도록 꽉 움켜잡은 탓인지는 확실치가 않았다. 하여튼 간에 위컴은 캑캑거리며 대꾸를 하려고 했다.

"좋습니다, 좋아요, 나리. 뭘 아시고 싶은가요?"

홈즈는 잡았던 위컴의 멱살을 풀어줬다.

"한 가지만 알면 되네. 프레디 스톡턴은 어디에 있나?"

위컴은 목을 문지르며 도움을 청할 곳이 있나 주위를 둘러봤지만, 그의 동료들은 취조를 받다시피 하고 있는 위컴에게로는 눈길도 돌리지 않고 두 마리의 쥐새끼를 조물주에게 더 보내버린 열정적인 빌리의 활동에 더 열광하고 있었다.

"저……. 지금쯤이면 프레디를 페니 애니의 집에서 찾을 수 있을 것 같은데요." 위컴은 덜덜 떨리는 목소리로 말했다.

"그녀의 집은 램버스에 있는데, 그곳에 가서 아무나 잡고 물어보시면 됩니다."

홈즈는 그 말이 진실인지를 평가라도 하듯 위컴을 지그시 노려봤다. 그러더니 만족한 대답을 들었다고 판단한 듯 돌아서서 아무 말도 하지 않고 뒷방을 나섰다. 홈즈의 뒤를 허겁지겁 따라가는 내 귀에 위컴의 동료들이 조롱하는 소리가 들렸다.

"와우, 너 지금 무슨 짓을 했는지 알랑가 모르겠네, 위컴?"

"녀석들에게 나불대다니 너 제정신이냐? 프레디가 널 테리어먹이로 만들면 어쩔라고?" 그 뒤를 이어 쇠를 긁어대는 듯한 날카로운 웃음소리가 들렸다.

우리가 되돌아나올 때, 홈즈는 바텐더나 우릴 힐끔힐끔 쳐다보는 거친 사내들 중 어느 누구에게도 눈길을 돌리지 않았다. 홈즈는 이곳저곳의 테이블에서 우릴 쩨려보는 심술궂은 얼굴들은 전혀 신경을 쓰지 않는 것처럼 보였지만, 나 자신은 술집을 나서자마자 정말 기뻤다. 홈즈가 어떤 일에 정신을 쏟을 때면 자신의 안전에 대해서는 전혀 신경 쓰지 않는다는 성격상의 일면을 보여주는 사례였다. 하지만 난 쉽게 겁을 먹을 수 있는 사람이라 다시 런던 거리의 차가운 밤공기를 마시며 서 있게 되자 안도의 한숨이 절로 나왔다. 난 깊게 숨을 들이쉬었다. 비록 런던의 공기가 심하게 오염되어 있긴 했지만 그래도 우리가 방금 떠나온 곳에서 맡았던 악취가 심한 공기보다는 한 수 위였다.

난 홈즈에게 뭔가를 말하고 싶었지만 램프 불빛에 비친 단호한 그의 얼굴을 보는 순간, 말문이 막히고 말았다. 우린 마차를 불러 탔고, 이내 램버스의 구불구불한 길들로 접어들고 있었다. 마차는 상당히 괜찮아 보이는 상점들이 죽 늘어선 길가에 멈춰 섰고, 건물들의 위층에서 흘러나오는 불빛이 눈에 들어왔다. 우리가 마차에서 내리자 고함 소리와 웃음소리가 위층에서 들려오는 음악 소리를 압도하며 우릴 반겼다. 사람들이 여럿이서, 혹은 쌍쌍으로 건물들을 드나들었다. 대부분이 초라한 옷차림이었고, 얼굴들은 술기운으로 인해 벌겠고, 싸구려 진이 만들어낸 허접한 동료애를 발휘하여 서로의 팔짱을 끼고 있었다. 홈즈는 그 중 그래도 좀 나아보이는 커플을 불러 세웠다.

"혹시 이 건물들 중 페니 애니의 가게가 어디인지 말해줄 수 있나요?"

동행인의 팔에 매달리다시피 하고 있던 여자가 허리를 펴고 미소를 지으며 홈즈를 쳐다봤다. 립스틱은 뭉개져 있었고, 절반쯤 감긴 눈은 상당히 심하게 취해 있다는 걸 알려주고 있었다. 때 묻은 노란색 실크 숄이 한쪽 어깨를 간신히 가리고 있었다.

"그곳엔 왜 가려는 건가요, 내 사랑?" 그녀가 물었다.

"헤이, 뻔한 걸 뭘 묻고 그래?" 줄무늬 선원복을 걸친, 키가 작고 근육질의 동행인이 끼어들었다.

"신경 끄셔, 에디, 이 분이랑 말하고 있잖아."

그녀는 홈즈 쪽을 향해 돌아서며 말했다.

"저기 맨 끝에 있는 집이에요." 그녀는 환하게 불을 밝힌 채 창문을 통해 콘서티나(작은 아코디언같이 생긴 악기)의 음악을 쏟아 내고 있는 집을 가리켰다.

"고마워요." 홈즈가 말했다.

"언제든지 물어보세요." 그녀는 동행인에게 끌려가면서 말했다. 목적지를 향해 나아가는 홈즈와 나의 등 뒤에서 그 커플이 말다툼하는 소리가 들렸다.

"자긴 내 여자야, 메리. 그런데 왜 내 속을 썩이는 거지?"

"에디, 너무 오버하는 것 아냐? 우린 그저 즐기는 사이라고."

페니 애니는 런던 곳곳에 널려 있는, 질이 좋지 않은 연기자들이 다양한 고객들을 위해 노래하고 춤추는 수많은 '싸구려 극장'들 중의 하나였다. 공연이 끝난 다음에는 그 '연기자들'을 좀더 사적인 즐거움을 위해 돈으로 살 수 있는 곳이었다.

홈즈와 내가 호두 껍데기와 오렌지 껍질이 흩어져 있는 계단을 걸어 올라가는 동안, 머리 위쪽에서 떠들썩한 소음을 뚫고 들려오는 콘서티나의 소리와 함께 폭소와 고함 소리가 뒤범벅이 되어 들렸다. 선율을 타고 넘나드는 페니 휘슬(구멍이 여섯 개인 양철 피리로, 싸구려 장난감임)의 소리도 간간히 들렸다. '극장'은 건물을 개조한 것이었다. 기다란 방의 한쪽 끝에 조잡한 무대가 설치되어 있고, 여러 개의 벤치가 그 앞쪽에 놓여 있었다. 선원들과 부두 노동자들, 그리고 밤마실을 나온 사무원들로 보이는 사람들이 뒤섞여 그 벤치에 앉아 있었다. 청소부들이 부유해 보이는 상인들과 어깨를 마주하고 있고, 손님들 중 몇몇은 행상이나 노점상이라는 게 분명하게 드러나는 새빨간 실크 네커치프를 목에 두르고 있었다.

그런데 그중 한 명은 굳이 찾지 않더라도 두드러져 보였다. 건장한 체격에 근육이 울퉁불퉁하고 묘한 미소를 짓고 있는 모습은 오늘 밤에 봤던 수많은 사람들과 별반 다를 바가 없었지만, 용모에서는 커다란 차이가 있었다. 머리카락이 너무나 금발이라서 거의 흰색으로 보였고, 피부가 워낙 창백해서 그를 둘러싸고 있는, 햇빛에 그을려 검붉어진 얼굴들 틈에서 신호등처럼 빛났다. 난 그 사람을 보자마자, 지금은 앙증맞은 콧수염을 달고 있지 않음에도 불구하고 황무지에서 봤던 두 번째 스위스인 여행객이라는 걸 당장 알아봤다.

"여기에 있게, 왓슨!"

홈즈는 낮은 소리로 말하고 사람들을 헤치며 앞으로 나아갔다. 스톡턴은 뒤쪽에 놓인 벤치들 중의 하나에 앉아 있어서 홈즈가 다가가는 걸 볼 수가 없었다. 난 문 옆에 서서 무대를 바라봤다. 도발적인 옷차림을 한 마흔 살을 훌쩍 넘긴 여자가 콘서티나 연주자의 계속되는 연주에 맞춰 춤을 추고 있었다. 엉덩이와 가슴을 흔들고, 스커트를 홀딱 뒤집어서는 맨 앞줄에 앉아 휘파람을 불며 그녀를 잡으려고 손을 내미는 관객들에게 아랫도리를 보여줬다. 하지만 그녀의 동작이 너무 빨라 관객들은 항상 헛손질을 하기만 했다. 관객들은 그렇다고 해서 별로 신경을 쓰는 것 같지도 않았고, 폭소를 터뜨리며 그녀에게 응원을 보냈다.

춤추는 여자의 숱이 많은 머리카락은 눈에 번쩍 뜨일 정도의 빨간색으로 염색되어 있었고, 잔뜩 땀이 난 양쪽 뺨에는 화장이 줄줄 흘러내려 마치 무지개 색상의 눈물을 흘리고 있는 것 같은 인상을 줬다. 그렇지만 그녀에게는 진지하고 감동적인 뭔가가 있었다. 그녀는 관객들이 지불한 돈만큼의 여흥을 제공하고 있었고, 나 자신도 그녀의 지치지 않는 에너지와 확고한 결심에 찬사를 보내야만 했다. 콘서티나 연주자는 입술에 문 담배를 축 늘어뜨린 채 청중들의 머리 위쪽을 멍하니 쳐다보면서 똑같은 선율을 연속적으로 반복했다.

홈즈는 자신이 목표로 했던 곳에 도착했고, 내가 그곳으로 눈길을 막 돌렸을 때 그는 프레디 스톡턴의 멱살을 한 손으로 움켜쥐고 있었다. 스톡턴은 홈즈가 다가오는 모습을 보지 못했고, 막상 홈즈를 봤을 때는 일그러지는 얼굴 위로 정말 두려워하는 표정이 훑고 지나갔다. 홈즈는 관객들을 헤치며 스톡턴을 내가

서 있는 곳으로 질질 끌고 왔다.

"가세, 왓슨." 홈즈는 그렇게 말했고, 우린 극장을 떠났다.

일단 밖으로 나가자, 홈즈는 스톡턴을 건물 옆으로 끌고 가서 벽에 기대어 세웠다.

"좋아, 스톡턴, 어디 한번 들어보자구. 미리 주의를 주겠는데, 날 납득시킬 수 있어야 할 거야."

"난 당신이 무……무……슨 말을 하……하……는지 모르겠는데?" 스톡턴은 풀죽은 모습으로 말했다.

"아니, 넌 알고 있어. 그리고 꾸물대지 말고 얼른 토해내는 게 신상에 좋을 거야." 홈즈는 스톡턴의 먹살을 잡아 발바닥이 땅에서 15센티미터쯤 떨어지도록 들어 올리며 윽박질렀다.

"이제 1분을 줄 테니 예레미야 위긴스를 왜 죽였는지 다 말해!"

홈즈가 폭력을 행사하는 사람은 아니었지만, 스톡턴이 제대로 고백하지 않을 경우에 어떤 꼴을 당할지는 상상하고도 싶지 않았다.

"일이 그……그……렇게 될 상황이 아……아……니었어. 난 그 사람에게 아……아……무 짓도 안했단 말……말……이야." 스톡턴이 말을 더듬으며 필사적으로 핑계를 대려고 했다.

"그 양반에게 아무 짓도 하지 않았다고?" 홈즈는 분노로 인해 목이 다 쉬어 있었다.

"그 양반이 죽었는데, 네 녀석이 아무 짓도 하지 않았다는 게 말이나 돼?"

"그……그……건 힘을 많……많……이 쓰지 않았……았……
다는 거야. 난 그저……. 좀 겁을 주……주……려고 했을 뿐인
데……. 갑자기 그 사람이 죽……죽……었단 말이야."

홈즈가 스톡턴의 멱살을 더 세게 틀어쥐었고, 친구가 살인죄
로 기소되는 걸 원치 않는 내가 홈즈의 어깨에 한 손을 올렸다.

"홈즈." 난 최대한 부드러운 어조로 말했다.

"뭔가, 왓슨?" 홈즈는 벌컥 화를 내며 대꾸했다.

"이 녀석의 몸 상태가, 앓고 있는 병 말일세, 아차 하면 목이
졸려 숨이 넘어갈 수도 있네. 이전에도 내가 말했지만, 이 녀석
이 앓고 있는 병의 부작용 중의 하나가 호흡이……."

"알았네!" 홈즈는 사납게 대꾸하고 스톡턴의 멱살을 풀어줬다.

"누군가가 네 녀석과 함께 있었을 텐데……. 그게 누구였지?"

"위컴……. 그 멍청이였어." 스톡턴은 숨을 헐떡이며 우리가
좀 전에 '더 드라운드 래트'에서 만나고 왔던, 안경을 끼고 짐짓
점잖을 빼던 젊은이의 이름을 들먹거렸다.

"위긴스를 죽이려던 게 아니었으면, 네 녀석들은 그곳에 왜
갔던 거야?"

스톡턴은 잠시 망설였지만, 홈즈의 표정이 무척이나 진지하
다는 걸 알아차리고 더듬거리며 대답했다.

"우……우……린 정보를 얻……얻……으려고 했……했……
던 건데……."

"정보라니? 어떤 정보를?"

"당신이 그곳에 갔……갔……던 이유에 대해서. 하……하……지만 그 사람이 말을 하……하……려고 하지 않아서 겁을 좀 줘……줘……야 했는데, 그……그……러다가 그만……."

스톡턴은 말을 멈추고, 홈즈를 슬쩍 쳐다보고는 죄를 뉘우치기라도 하는 것처럼 얼른 고개를 떨궜다.

"나 그 사람을 죽……죽……일 생각 전혀 없……없……었어."

"그래, 그 말을 믿어주겠어." 홈즈가 딱 잘라 말했다.

"그런데 우리가 그곳에 갔던 이유를 알아내는 게 왜 그리 중요했던 것이지?"

스톡턴은 절망적인 눈길로 주위를 살피다가 주먹이 날아오길 기다리는 사람처럼 두 눈을 꼭 감았다.

"그……그……냥 날 죽……죽……여." 스톡턴이 떨리는 목소리로 말했다.

"내가 털……털……어놓으면, 그 사람이 무슨 수를 써……써……서라도 날 죽……죽……일 거야."

"누가? 누가 널 죽인다는 거지?"

"그 사람이!"

"네게 지시를 내리는 그 자식이?"

스톡턴이 고개를 끄덕였다.

"그 사……사……람보다는 네게 죽……죽……는 게 차라리 나아."

홈즈는 스톡턴을 살살 달래듯이 말했다.

"네 녀석이 털어놓지 않으면, 내가 무슨 수를 써서라도 네 녀석이 나불거렸다고 전해줄 거야. 하지만 지금 내게 털어놓으면, 그 사람도 내가 정보를 어디에서 얻었는지 모르지 않겠어?"

우릴 쳐다보는 스톡턴의 입가에 교활한 미소가 피어올랐다.

"넌 자신이 무……무……슨 말을 하고 있는지 모……모……르고 있어. 게다가 내가 누굴 위해 일……일……하고 있는지도 모……모……르고 있고."

"무슨 소릴? 우린 다 알고 있어." 홈즈가 시치미를 뗐다.

"알……알……기는 쥐뿔!"

스톡턴이 이번에도 반박했지만, 자신감은 좀 떨어진 것 같았다.

"죽은 자가 살아나고, 앉은뱅이가 걸을 것이다."

홈즈가 불쑥 성경의 한 구절 같은 걸 말했다.

"그가 살아난 것이지, 그렇지 않나?"

스톡턴의 얼굴은 자신의 머리카락처럼 새하얗게 변했다.

"그 분이 바로 악마야." 스톡턴은 쉰 목소리로 속삭였다.

"내 눈으로 직……직……접 보지 못했다면 나도 믿지 않……않……았을 거야."

홈즈는 자신의 얼굴을 스톡턴의 얼굴 앞으로 쑥 내밀었다.

"그 녀석은 우리가 위긴스 씨를 방문한 것에 대해서 왜 그리 관심을 가졌던 것이지?"

"내가 아는 것이라고는 향……향……수에 관한 뭔……뭔가라는 것밖에 없어. 위긴스가 알……알……고 있을 거라고 봤던 뭔가였어."

"네 녀석이 알고 있는 건 그게 전부야?"

"맹세하겠어. 위긴스는 내가 정보를 더 빼……빼……내기 전에 죽었단 말이야. 하늘을 두고 맹……맹……세하겠어."

홈즈는 스톡턴의 멱살을 풀어줬다.

"가세, 왓슨. 이 녀석에게서는 필요한 건 다 알아냈네."

"이 녀석을 위긴스 씨 살해범으로 경찰에 넘겨야 하는 것 아닌가?" 내가 물었다.

"그럴 기회가 있을 걸세." 홈즈가 걸음을 옮기며 말했다.

"지금으로선, 이대로 놔두는 게 전반적으로 우리에게 도움이 될지도 모르네……. 게다가 녀석이 맡은 일을 실패했다는 사실이 밝혀지는 날이면, 목숨이 언제 끊어질지도 모를 일이지."

우린 거리에서 파르르 떨면서 저주를 퍼붓는 스톡턴을 내버려두고 베이커 가로 돌아왔다.

난 이번 사건에서 불가능한 것들을 다시 정의하기 시작했다.

"정말 그럴 수 있는 건가, 홈즈?" 난 마음을 조이며 속삭였다.

홈즈는 양쪽 입 꼬리를 치켜세워 괴이한 미소를 지으며 날 쳐다봤다.

"맞네, 왓슨, 모리아티 교수가 죽음에서 깨어나 돌아온 걸세."

✤

5장

죽음의
공포

뭔가 말을 해야겠다는 생각이 든 것은 한참이 지난 후였다. 모든 징후들이 도저히 빠져나갈 수 없는 결론을 가리키고 있다는 걸 깨닫긴 했지만, 직면할 수밖에 없는 그 사실을 어떻게든 피하고 싶은 심정이었다. 모리아티가 살아 있다니!

홈즈는 담배에 불을 붙이고, 불가에 놓인 자신의 의자에 앉았다. 난 현기증을 느끼며 맞은편 의자에 털썩 주저앉았다.

"왓슨, 어쩌면 나의 오랜 숙적이 라이헨바흐 폭포에서 죽지 않았을 거라는 생각을 오랫동안 해오고 있었네. 믿기 힘든 일처럼 보일지도 모르지만 폭포의 일이 있고나서 얼마 지나지 않아 그 악당이 이 세상에서 아직 사라지지 않았을 거라는 생각이 들더군."

"하지만 자넨 분명히 봤잖⋯⋯."

"녀석이 떨어지는 걸 보긴 했지만, 녀석의 시신을 보진 못했네. 그리고 모리아티 같은 녀석은 자네가 생각하는 것보다 훨씬 더 많은 가능성을 가지고 있다고 봐야 할 걸세."

"하지만 그 골짜기는⋯⋯."

"아, 그게 있군. 그 폭포에 돌출된 바위 같은 것들이 있지 않았나 추정할 수 있을 뿐이네. 사실, 당시에 폭포를 좀 더 신중하게 살펴봤어야 했는데⋯⋯. 하지만 그때는 워낙 쫓기던 때라서 말일세. 자네도 알다시피 녀석은 곳곳에 동조자를 두고 있었고, 내 생명은 여전히 위험에 처해 있었잖은가?"

"그런데 어떤 점 때문에 녀석이 여전히 살아 있다고 생각하게 된 건가?"

홈즈는 벽난로 선반 위에 걸려 있는 라이헨바흐 폭포의 그림을 뚫어져라 노려봤다.

"범죄 사회 내부의 조짐을 꽤 오랫동안 살펴보고 나서였네. 다른 식으로는 도저히 설명할 수 없는 일들이 벌어졌거든. 하지만 그런 증거들이 차곡차곡 쌓이고 있음에도 불구하고 모리아티가 살아 있다는 걸 믿고 싶지 않더군. 큰 무더기가 된 사실들이 내 얼굴을 빤히 들여다보고 있는 데도 여전히 불가능한 일처럼 생각되더란 말일세. 오늘 밤까지는 그랬었네."

"오늘 밤이라고? 오늘 밤에 무슨 일이 벌어졌었는데?"

"사실 몇 가지 일이 있었지. 하지만 최종적으로 내게 확신을 준 것은 스톡턴의 얼굴이었네."

"녀석의 얼굴이?"

"난 단순히 겁을 먹은 걸 말하는 게 아닐세, 왓슨. 이런저런 것들이 혼합된 두려움을 깨끗이 증류해서 그 정수(精髓)만 짜낸, 너무나 순수한 공포를 말하는 것이네. 상상해낼 수 있는 모든 두려움들을 뛰어넘는, 가장 근원적인 공포 말일세……." 홈즈의 목소리가 점차 잦아들었고, 그의 눈은 먼, 허공을 바라보고 있었다.

"자넨 내가 쉽게 겁먹지 않는 사람이라는 걸 잘 알고 있겠지, 왓슨……."

"당연하지! 장담할 수 있네!"

홈즈가 날 쳐다봤는데, 그의 두 눈 속에는 내가 한 번도 본 적이 없던 취약성이 어려 있었다.

"그런데 난 라이헨바흐 폭포의 그 툭 튀어나온 바위에서 모리아티와 사투를 벌였을 때 정말 무서운 공포를 느꼈다네."

홈즈는 고개를 떨궜는데, 강렬한 감정의 소용돌이에 휘말려 있는 모습이었다.

"그런 걸 표현하는 우리말이 있는지 모르겠지만, 독일어로는 '토데스앙스트(Todesangst)'라고 부른다네. 문자 그대로 '죽음의 공포'지. 하지만 그건 죽는다는 것에 대한 두려움보다 훨씬 더 강한 것일세……. 사람의 정신 자체를 휘어잡는 공포 속에서의 죽음 같은, 바로 그런 두려움을 말하는 것이라네." 홈즈는 끔찍한 기억을 털어버리려는 듯이 온몸을 부르르 떨었다.

"내가 라이헨바흐 폭포에서 모리아티와 사투를 벌이던 바로 그 순간에 그러한 두려움을 느꼈고, 오늘 밤 프레디 스톡턴의 눈동자에서 봤던 것도 바로 그것이었네. 바로 그것 때문에 모리아티가 살아 돌아왔다는 걸 알게 된 것이고. 녀석이 어떻게 살아남았는지, 그리고 녀석이 무엇을 하려고 하는지는 잘 모르겠네. 내가 아는 것이라고는 녀석이 되돌아왔다는 것뿐일세."

우린 잠시 침묵을 지킨 채 난로 속에서 타고 있는 땔감나무의 탁탁거리는 소리를 듣고 있었다. 별로 할 말이 없을 것 같았다.

잠시 후, 홈즈는 의자에서 일어나 창문의 커튼을 살짝 들어 올리고 바깥의 거리를 내려다봤다. 어둠이 짙게 깔리고, 자갈을 밟고 달리는 말발굽 소리가 노점상들과 마부들의 호객 소리와 뒤섞여 밀려왔다.

"녀석은 저 밖의 어딘가에 있네, 왓슨. 녀석이 어떤 계획을 세우고 있는지는 아직 모르지만, 위긴스의 죽음 뒤에는 녀석이 있어. 무슨 수를 써서라도 난 녀석의 계획을 알아낼 것이고, 그렇게 되면 런던의 어느 누구도 내 눈을 피해 녀석을 감춰주진 못할 걸세."

내 몸이 부르르 떨렸다. 홈즈의 강한 의지가 담긴 말을 들은 후라, 모리아티에 대한 추적이 상상 이상일 것이라는 생각이 들어서였다.

"그렇다면 모리아티가 텔레그래프 지에 자네에게 보낸 메시지를 남겼단 말인가? 그 페르마 씨라는 이름으로?"

"맞아. 자네도 그 이름을 알고 있을 텐데, 왓슨? 피에르 드 페르마는 17세기의 유명한 수학자였네. 모리아티 자신이 수학자이고, 우연한 기회에 녀석이 지금까지 증명된 적이 없는 페르마의 마지막 정리를 증명하기 위한 작업을 하고 있다는 걸 알게 됐네. 따라서 모리아티는 가명으로 그 이름을 선택했다고 봐야지."

"녀석이 벌이려는 게임이 무엇인지 궁금해지는군."

"나도 그 점이 궁금하네, 왓슨. 예를 들자면, 녀석이 메리웨더 양에게 그렇게 관심을 쏟아 붓는 이유가 무엇일까?"

"메리웨더 양이라니?"

홈즈는 살짝 미소를 지으며 머리를 한쪽으로 갸웃했다.

"그래, 바로 그녀 말일세. 녀석은 우리가 위긴스를 방문한 게 그녀와 관련이 있다는 걸 알았던 게 분명하네. 그날 밤에 연주회에서 우리가 그녀의 좌석 바로 뒤에 앉았던 게 그저 단순한 우연이라고 생각하진 않겠지?"

"난 그 문제에 대해선 아예 생각 자체를 해보지 않았네."

"연주회 표 두 장을 어디에서 구했다고 했었지, 왓슨?"

"어디 보자……. 아, 그래. 우편물로 배달되어 왔네. 감사하다는 쪽지가 붙어서 말일세. 서명은 되어 있지 않았는데, 내가 돌봐주는 환자들 중 한 명이 보내준 것으로 생각했었지."

"그 편지봉투를 보관해뒀나?"

"버린 것 같아. 그런 선물을 받는 게 별로 이상한 일이 아니라서……."

"딱하게 됐군. 봉투에 단서가 남아 있을 가능성도 있는데 말이야."

"단서라고? 그럼 자넨 이게……."

"……누군가가 우릴 연주회에 보내려고 꾸민 수작일세."

"모리아티가?"

"녀석이 아니면 다른 누군가이겠지……. 이 게임에는 두 명 이상의 선수가 뛰고 있을지도 모르네, 왓슨."

"누구……."

"아직은 모르겠지만, 꼭 알아낼 생각이네."

그 순간, 갑자기 들려오는 현관 벨소리에 우리가 나누던 대화가 방해를 받았고, 난 방문객을 확인하려고 의자에서 일어섰다. 홈즈는 여전히 창가에 서서 거리를 살폈다.

"하! 그녀가 돌아왔군. 그렇지 않을까 생각하고 있었는데 말일세."

"누가 돌아왔다는 건가?" 난 문간에서 걸음을 멈추고 물었다.

"우리의 친구, 메리웨더 양이네. 자네가 그녀를 친절하게 모셔오겠나, 왓슨?"

"내려가고 있는 중일세."

난 계단을 하나씩 건너뛰며 허둥지둥 내려갔다. 메리웨더 양이 정말로 문 앞에 서 있었고, 내가 문을 열자마자 마치 쫓기고 있다는 생각이 들 정도로 다급하게 문 안으로 들어섰다.

"오, 닥터 왓슨, 정말 감사합니다!" 메리웨더 양은 반짝반짝 빛나는 눈동자에 두려움을 가득 채운 채 몸을 파르르 떨면서 말했다. 옷을 다급하게 차려입기라도 한 듯이 목덜미에 틀어올린 쪽찐 머리에서 까만 머리카락 몇 가닥이 삐져나와 있었다.

"무슨 일이신가요, 메리웨더 양?"

그녀는 대답을 하지 않고 근심어린 눈길로 계단을 봤다.

"홈즈 씨는 계신가요?"

"네, 있습니다. 사실은 그 친구가 아가씨를 모셔오도록 날 내려 보낸 겁니다."

"아, 이렇게 감사할 데가!"

그녀는 탄성을 내지르며 계단을 단숨에 올라갔다.

나도 얼른 그녀를 따라 올라갔고, 간단한 인사가 오간 다음, 메리웨더 양은 난로 앞에 앉아 홈즈가 건네주고 그녀가 기꺼이 받아든 브랜디를 홀짝거리고 있었다. 오늘 그녀는 목 둘레가 하얀 레이스로 장식된 연한 파란색 드레스를 입고 있었는데, 지난번에 그녀를 봤을 때 입고 있던 노란색 드레스처럼 모든 면에서 완벽하게 어울린다는 생각을 나도 모르게 하고 있었다. 메리웨더 양이 입었는데 매력적으로 보이지 않는 드레스가 존재하기라도 하는 걸까 하는 의문에 빠져들고 있는데, 홈즈의 말이 내 몽상을 방해했다.

"자, 이제, 메리웨더 양," 홈즈가 말했다.

"어떤 연유로 하찮은 저의 도움을 받고자 이곳을 방문하신 건 가요?"

메리웨더 양은 브랜디 잔을 두 손으로 가볍게 잡고 암사슴의 그것처럼 천진난만한 커다란 갈색 눈으로 홈즈를 올려다봤다.

"오, 홈즈 씨……."

그녀의 목소리는 무척 떨렸는데, 곧 울음을 터뜨릴 것 같았다.

난 홈즈를 쳐다봤다. 감정을 거의 표출하지 않는 그의 얼굴인데도 불쾌감이 가득 했다. 홈즈는 메리웨더 양의 맞은편에 앉아 점잖게 입을 열었다.

"로열 앨버트 홀에 장갑을 두고 떠났던 날 밤에 어떤 일이 벌어졌는지를 정확히 말해주는 것으로 시작하는 게 어떨까요?"

메리웨더 양은 깜짝 놀란 얼굴로 홈즈를 쳐다봤다.

"그런데 그걸 어떻게 아셨어요?"

홈즈는 손을 흔들어 질문을 묵살했다.

"아가씨가 그날 밤에 이미 곤란한 처지였다는 건 분명했고, 따라서 그게 무슨 일이었는지 처음부터 하나도 빼지 않고 이야기를 하는 게 좋을 겁니다."

메리웨더 양의 눈에서 곧 떨어질 것처럼 보이던 눈물이 순식간에 사라진 걸로 봐서 홈즈의 권위적인 말투가 효과를 발휘한 게 분명했다. 그녀는 의자에서 몸을 꼿꼿이 세우고 길게 숨을 들이쉬었다.

"먼저 선생님께서 얼마나 많이 알고 계시는지 알아야겠어요." 메리웨더 양은 위엄을 갖추고 말했다.

"이 일에는 제 명예가 손상되는 것보다 더 많은 것들이 달려 있는 터라……."

"네, 네, 그러시겠죠. 좋습니다." 홈즈가 초조한 어조로 대꾸했다.

"아가씨께서 무엇보다도 그분의 신뢰를 배신하고 싶지 않다는 건 충분히 이해합니다."

홈즈의 이 말에 메리웨더 양은 몸이 바짝 얼어붙었고, 날 얼른 힐끔 쳐다봤다. 하지만 홈즈가 무슨 말을 하고 있는지를 내가 전혀 모른다는 걸 알아차리고는 크게 웃었다. 하지만 그건 허세를 부리려고 억지로 쥐어짜낸 무기력한 웃음이었다.

"선생님은 무척이나 영리한 분인 게 틀림없군요. 적어도 다른 사람들은 다들 그렇게 말하고 있는데, 그렇다고 하더라도 이건 알고 계실 가능성이 별로……."

"어떤 근엄하신 분이 아가씨께 은혜를 베풀고 있는지를 알고 있느냐고요?" 홈즈가 느긋하게 대꾸했다.

"친애하는 메리웨더 양, 뭘 보고 아가씨의 비밀이 잘 지켜지고 있다고 생각하는 거죠?"

홈즈의 이 말에 메리웨더 양의 안색이 창백해졌고, 얼른 브랜디를 한 모금 마셨다. 그녀는 더 이상 허세를 부릴 수가 없었고, 홈즈를 애원하는 눈길로 쳐다봤다.

"그럼 선생님은 정말로 알고 계시는군요."

그녀가 조용히 말했다.

홈즈는 메리웨더 양의 잔에 브랜디를 좀 더 따랐다.

"제가 알고 있는 걸 정확히 말씀드리죠, 메리웨더 양. 지금까지 아가씨는 비밀을, 남에게 알려지면 존귀한 분을 매우 수치스럽게 만들 비밀을 조심스럽게 보호해왔습니다."

홈즈의 이 말에 방문객의 안색은 한층 더 창백해졌고, 떨리는 두 손으로 브랜디 잔을 간신히 입술에 갖다 댔다.

"하지만 지금까지 아가씨와 그분은 조심에 조심을 기했던 터라 그 비밀이 안전하다고 생각하고 있었죠. 2, 3일 전에 그 비밀이 안전하다는 생각을 위협하는 어떤 일이 벌어진 겁니다. 협박 편지를 받았겠죠. 그 첫 번째 지불은 우리가 아가씨를 처음으로 봤던 로열 앨버트 홀에서 치러지도록 되어 있었습니다. 그런데 약속된 시각에 심부름꾼이 그 돈을 받으러 나타나지 않자, 아가씨는 꽤나 불안해하며 그곳을 떠났습니다. 지금까지 제 말에 틀린 부분이 있습니까?"

우리의 방문객은 감탄하는 눈길로 홈즈를 쳐다보며 고개를 가로저었다.

"선생님께서 모든 걸 알고 있고, 모든 걸 보고 있다는 말들을 많이 들었는데, 정말 그 명성 그대로이시군요."

홈즈는 그녀의 칭찬에 전혀 반응하지 않고 말을 이어갔다.

"전 단지 아가씨께서 오늘 밤에 이곳을 방문하신 게 간절히 보호하고 싶은 미묘한 문제와 관련이 있을 거라고 추정하고 있습니다. 그것과 관련된 어떤 일이, 제가 도움이 될지도 모른다는 느낌이 든 일이 벌어진 겁니다. 그런데, 그분은 아가씨께서 제 도움을 바라고 있다는 사실을 전혀 모르시는 것 같군요."

메리웨더 양은 당장에라도 쓰러질 것처럼 보였다.

"맞습니다, 그분은 전혀 모르고 계십니다. 제가 협박받고 있 다는 걸 아시는 날에는 당황해서 어쩔 줄을 몰라 하실 겁니다. 제 말은……." 그녀는 몹시 허둥대며 말을 끊었다.

"무슨 말씀인지 잘 압니다." 홈즈가 말했다.

"아가씨께선 그 분이 이 문제로 전혀 곤란해지지 않도록 최선 을 다하고 계실 겁니다."

"그렇게 하는 게 정말로 중요해요, 홈즈 씨. 만약 그분의 이름 이 드러난다면 그분이 어떻게 하실지 상상이 가질 않네요. 선생 님께선 저의 곤란한 처지를 이해해 주시겠죠?"

"물론입니다. 그리고 그렇게 신중한 행동에 칭찬을 드려야겠 군요, 메리웨더 양. 그건 그렇고, 아가씨의 후원자께서 지금 사 용하고 계신 흥미로운 향수를 주신 겁니까?"

홈즈의 말에 젊은 아가씨의 두 뺨이 붉어졌다.

"네, 그분이 주신 거예요."

메리웨더 양이 내 쪽을 향해 돌아섰다.

"닥터 왓슨, 선생님은 비밀을 지키는 게 왜 그리 중요한지 알 고 계시겠죠?"

두 사람이 무엇을 이야기하는 것인지 조금이라도 알고 있다면 당연히 비밀을 지키겠노라고 막 대답하려는 순간, 홈즈가 그 곤란한 상황을 모면하게 해줬다.

"전 닥터 왓슨에게 아무런 비밀도 없습니다. 우린 모든 사건에 함께 일하고 있으니까요."

"음, 선생님께선 제가 매우 못됐다고 생각하고 계신 게 분명해요." 메리웨더 양은 천진난만하지만은 않은 말투로 말했다.

"제가 어떻게 생각하느냐 하는 건 중요한 게 아닙니다."

홈즈가 딱 잘라 말했다.

"전 어떤 훌륭한 남자를 사랑하고 있다고, 그리고 저도 그분께 사랑받았으면 하는 희망을 품고 있다는 것만 말씀드릴 수 있어요. 그리고 만약에 그분이 위대한 인물이 되신다면 어쩔 수 없지만, 그렇다고 해서 제가 그분을 사랑하는 걸 막을 수는 없을 거라는 것도요."

"아가씨의 숭고한 사랑은 칭찬을 드려야겠네요, 메리웨더 양." 홈즈가 말했다.

"하지만 아가씨의 행동을 군이 정당화하실 필요는 없습니다. 전 지금 아가씨를 괴롭히고 있는 문제에만 관심이 있거든요."

"좋아요." 메리웨더 양은 홈즈의 대답에 만족한 게 분명했다. "지난 며칠 동안에 발생했던 일들을 최대한 상세하게 말씀드릴게요."

"제발 그렇게 해주십시오." 홈즈는 그녀의 맞은편에 놓인, 평소에 앉던 의자에 자리를 잡고 양손의 손가락들을 한 데 모아 뾰족탑을 만들고 두 눈을 반쯤 감아 소위 말하는 '청취' 자세를 취했다.

"음, 제가 미행을 당하고 있는 게 거의 확실해요."

메리웨더 양이 이야기를 시작했다.

"연주회가 있었던 날 밤 이후로 제가 사는 건물 밖에 두 명의 사내가 잠복해 있거든요. 하루 중 아무 때나 밖을 내다봐도 그중 한 명이나 다른 사람이 길 맞은편의 건물 그림자에 몸을 숨기고 있거나 인도에서 어슬렁거리는 모습이 항상 보였어요."

"그자들은 아가씨께서 자신들을 알아챘다는 걸 알고 있나요?" 홈즈는 눈을 감은 채 물었다.

"그런 것 같지는 않아요……. 그런데 그 사람들이 오늘 밤 이곳으로 따라왔을 거라고는 추정할 수 있어요."

"그거야 의문의 여지가 없겠죠. 왓슨, 내 대신 좀 살펴봐주겠나?" 홈즈는 내게 창문을 가리켰다. 창가로 가서 커튼을 살짝 들어 올리는 순간, 밖에서 뭔가 움직이는 게 눈길을 스쳤다. 확신할 순 없지만, 누군가가 길 맞은편에 있는 상점 입구의 그림자 속으로 뒷걸음질 친 것 같은 생각이 들었다.

"아가씨를 쫓아온 녀석을 본 것 같은데. 확신할 순 없지만, 내 생각에는……."

"고맙네, 왓슨. 그것으로 됐네."

홈즈는 의자에서 상체를 곧추세우며 말했다.

"녀석들은 더 이상 협박을 게임으로 하는 게 아닙니다. 협박을 목적으로 시작했다고 하더라도 지금은 아니라는 뜻입니다."

"그렇다면 저 사람들은 제게서 무엇을 원하는 걸까요?"

메리웨더 양은 불안해하는 목소리로 물었다.

"아가씨의 망토 안주머니에 가지고 계신 걸 원하는지도 모릅니다." 홈즈가 차분하게 말했다.

우리의 방문객은 하얗게 질리며 다시 큰소리로 웃었다. 이번에도 즐거움이라고는 전혀 깃들지 않은, 그저 억지로 입술을 비틀고 터져 나온 소리였을 뿐이었다.

"어째서……. 홈즈 씨, 그게 대체 무슨 뜻인가요?"

"메리웨더 양, 이제 가식은 다 벗어버렸으면 고맙겠군요."

홈즈는 짜증이 가득 한 목소리로 말했다.

"제 도움이 정말로 필요하시다면 모든 걸 탁 털어놓으셔야 합니다."

홈즈의 이 말에 바이올렛 메리웨더의 어깨가 축 처졌고, 그녀의 얼굴에서도 생기가 상당 부분 사라져버렸다.

"좋아요, 홈즈 씨." 그녀는 의자에서 일어나서 내가 받아 옷걸이에 걸어뒀던 그녀의 망토를 가지고 왔다.

"선생님께서 어떻게 알아차리신 것인지는 모르겠지만……."

"메리웨더 양, 아가씨는 거짓말을 제대로 못하는 사람입니다. 이 방이 매우 따뜻한데도 처음 들어오셨을 때 머뭇거리며 망토를 벗지 않으려고 하시더군요. 일단 벗은 다음에는 적어도 여섯 번 이상 망토가 걸려 있는 곳을 힐끔거렸고요. 망토에 있는 것이 무엇이든 간에 커다란 가치가 있는 물건임에는 틀림없습니다. 적어도 아가씨께는요."

"이것이 어느 누구에게도 커다란 가치가 있다는 것을 선생님 께서도 동의해주실 것으로 생각해요." 메리웨더 양은 그렇게 말 하고 팔을 우리 쪽으로 쭉 뻗어서 손바닥을 폈다.

난 내 자신을 한 번도 보석 애호가로 여겨본 적이 없었는데도 바이올렛 메리웨더의 손바닥에 놓인 물체를 보는 순간, 나도 모 르게 헉 하고 숨을 들이쉬었다. 보자마자 스타사파이어(사파이어 와 같은 빛깔로, 연마(研磨)하면 여섯 줄의 별빛을 띠는 보석)라는 걸 알아 봤지만, 이처럼 크고 광채가 나는 보석은 단 한 번도 본 적이 없 었다. 보석은 열대의 바다처럼 파란색으로 투명했고, 내부 깊숙 한 곳에 자리 잡은 하얀 별 모양의 무늬가 불빛을 받아들여 무수 히 많은 각도로 반사했다. 어쩌면 빛이 그 핵심으로부터 생성되 어 주변의 모든 것들을 이 세상의 것 같지 않은 광채로 비쳐주는 것처럼 보였다. 넋을 빼놓을 정도로 황홀한 보석이어서 난 영원 히 그것을 바라보며 번쩍거리는 중심부에 내포된 비밀을 파헤치 고 싶었다.

"아름답지 않나?" 홈즈가 물었고, 난 보석의 광채에서 눈을 뗄 수 없어 그저 고개만 끄덕였다.

홈즈는 메리웨더 양에게로 얼굴을 돌렸다.

"이런, 이런……. 메리웨더 양, 이걸 아가씨께서 소유하고 계 시다는 걸 알았더라면……. 그분이 아가씨께 주신 모양이군요."

"맞아요, 그분이 주셨어요. 선물로 받기에는 너무 과분하다고 말씀드리기는 했지만요."

"그분조차도 이것의 가치를 다 알고 계셨는지 모르겠군요." 홈즈가 중얼거렸다.

"그게 무슨 뜻이죠?" 우리의 방문객이 물었다.

"100퍼센트 확실한 건 아니지만, 아가씨께서 지금 들고 계신 것은 다름 아닌 '인도의 별'이라고 생각됩니다."

홈즈의 이 말은 메리웨더 양에게서는 아무런 감동도 이끌어 내지 못했지만, 난 입이 딱 벌어지고 말았다.

"'인도의 별'이라고!" 난 헐떡거리며 말했다.

"이게 실제로 존재했구만!"

"그게 뭔데요?"

메리웨더 양이 어리둥절한 표정을 지으며 물었다.

"약 300년 전으로 거슬러 올라가서 이런 보석이 존재했다는 소문이 있었습니다." 내가 말했다.

"이야기인즉슨, 실론에서 채굴됐고, 인도의 한 왕자가 자신의 신부에게 약혼 선물로 주려고 그 보석을 구입해서 인도로 가져 갔답니다. 하지만 그 직후에 두 사람은 살해됐고, 보석은 사라졌 습니다. 아마도 그들을 살해한 놈이 그걸 훔쳤을 겁니다. 이 보석 에 대한 수많은 이야기들이 상당히 오랫동안 사람들의 입에 오 르내리다가 가라앉곤 했죠. 저 자신도 수년 전에 동양을 여행하 고 있을 때 처음으로 듣게 됐습니다. 이 보석이 존재한다는 것을 한 번도 의심해본 적은 없지만, 이렇게 눈앞에서 보게 될 줄은 꿈에도 생각하지 못했습니다."

"맙소사, 전 전혀 모르고 있었어요!" 메리웨더 양이 말했다.

"이 보석에 붙어 다니는 미신이 여러 가지 있다는 건 잘 알려진 사실입니다." 홈즈가 말했다.

"예를 들면, 부당한 소유자에겐 죽음을 가져다준다는 게 있죠."

"그렇담 이걸 없애버리는 게 좋겠네요."

메리웨더 양이 온몸을 부르르 떨면서 말했다.

홈즈가 손을 내밀었다.

"제가 좀 봐도……?"

"네, 물론이죠."

그녀는 보석을 홈즈에게 건넸고, 홈즈는 보석을 높이 들어 올려 난로의 적갈색 불빛에 비춰봤다. 보석은 마치 자석이라도 되는 것처럼 모든 빛을 끌어당기더니 아름다움과 광채를 1천 배로 확대해서 쏟아냈다.

"제가 이걸 보관하겠다면 반대하실 겁니까?" 홈즈가 물었다.

메리웨더 양은 잠시 망설이다가 유순한 갈색 눈으로 날 쳐다보며 말했다.

"아니오. 선생님께서 그게 가장 좋은 방법이라고 생각하신다면 따르겠어요."

"전 그렇게 생각합니다." 홈즈가 확고한 어조로 잘라 말했다.

"이 작자들이 아가씨를 쫓고 있는 이유가 이 보석 때문인지 아닌지는 모르겠지만, 아가씨께서 굉장한 가치가 있는 뭔가를 선물 받았다는 걸 알고 있고, 따라서 아가씨께서 미행당하고 있는 건 확실합니다. 아가씨께서 이 보석을 소지하고 있지 않으면 적어도 당분간은 훨씬 안전할 겁니다. 메리웨더 양, 이런 상황에 대해서 저희를 제외한 다른 누구에게 말씀하신 적이 있나요?"

"아니오."

"녀석들은 쫓고 있는 게 무엇이든 간에 아주 복잡한 게임을 벌이고 있습니다. 아가씨께선 그자들에게 폰에 불과하기 때문에 조심에 조심을 기해야 한다고 조언을 드려야겠습니다. 다른 사람과 동행하는 게 아니라면 아무 데도 가지 마시고, 어떤 일이 있더라도 밤에는 밖에 나가지 마십시오. 그리고 매일 제게 연락을 주십시오. 아가씨의 안전을 확인해줄 투트힐이라는 믿을 수 있는 젊은이를 보낼 테니, 제게 보낼 편지를 이 친구에게 건네주십시오." 홈즈는 의자에서 일어나서 코트를 걸쳤다.

"오늘 밤에는 제가 집까지 바래다 드리죠. 어디에 살고 계신가요?"

"블랙히스에요. 감사합니다, 홈즈 씨."

메리웨더 양은 의자에서 일어나면서 말했다.

"선생님도요, 닥터 왓슨." 그녀의 따스한 손바닥이 내 손바닥을 가볍게 누르자 뭔가 모를 온기가 내 몸을 타고 흘렀다. 이런 일은 아내가 세상을 떠난 후 몇 년 동안이나 없었던 터라서 생각하고 자시고 할 여지가 없었지만, 바이올렛 메리웨더 양이 내게 영향을 미쳤다는 점을 고백해야겠다.

"여기 있네, 왓슨, 잘 받게나." 홈즈는 그 귀중한 보석을 마치 아이들의 장난감이나 되는 것처럼 툭 던지며 말했다.

"오래 걸리진 않을 걸세." 그는 등 뒤로 방문을 닫으며 말했다.

난 덜덜 떨리는 두 손으로 보석을 들고 있었는데, 얼른 내려놓고 싶진 않았다. 거의 넋을 놓은 채 한참 동안이나 보석을 멍하니 들여다보고 서 있었다. 보석을 들여다보면 볼수록 행복, 사랑, 평화, 성취감 등등의 모든 것들이 내 손아귀에 쥐어져 있는 것 같은 생각이 들었다. 이것은 한 조각의 돌이고 땅에서 캐낸 무생물이라고 나 스스로에게 연신 말을 해봤지만, 반짝거리는 그 깊은 속을 들여다보면 그러한 현실감은 어느덧 사라져버렸다. 한참 후에야 보석을 사이드보드의 쿠션 위에 조심스럽게 내려놓고 파이프를 입에 물며 소파에 털썩 주저앉았다.

방 안은 평소와 달리 텅 비어 있는 느낌이 들었다. 난 테이블에서 메리웨더 양의 브랜디 잔을 집어 들고, 허드슨 부인이 집을 비우고 있어 내가 직접 설거지를 하기로 마음먹었다. 방 안의 물건들을 정리하고 술잔들을 씻고 파이프들의 담배 찌꺼기를 비우는 동안 내내 메리웨더 양의 부드러운 두 뺨과 도톰한 입술을 생각했다. 정리를 끝내고 소파에 앉아 바이런 경의 시집을 들고 읽어보려고 했지만, 내 정신은 스치듯 짧은 시간 동안 악수하면서 느꼈던 그녀의 부드러운 손의 감촉 주위를 맴돌며 떠날 줄을 몰랐다……

현관문을 급박하게 두드리는 소리가 날 몽상의 세계로부터 끌어냈다. 이런 시간에 방문한 사람이 누구인지를 확인하려고 창밖을 내다봤다가 왕실 문장이 선명하게 박혀 있는 무척이나 화려한 마차가 집 앞에 서 있는 걸 보고 깜짝 놀랐다. 얼른 머리카락을 매만지고 옷깃을 똑바로 세운 다음 서둘러 계단을 내려갔다.

현관문 밖에는 실크로 안을 댄 암적색 망토와 반짝거리는 검은색 기병장교 구두로 우아하게 차려입은 신사가 서 있었다. 키는 중간 정도였고, 윤기가 자르르 흐르는 검은색 머리카락과 햇볕에 보기 좋게 그을린 피부의 소유자였다.

"닥터 왓슨이신가요?" 신사의 억양은 매우 교양이 있어 보였고, 외국인의 것인 듯한 기색이 약간 묻어났다.

"그렇습니다." 난 그의 위엄에 약간 위축이 되어 대꾸했다.

"잠시 들어가도 될까요?"

"물론입니다." 난 앞장서서 계단을 올라갔다.

"홈즈 씨는 지금 계시지 않은가요?" 신사는 코냑을 마시겠느냐는 나의 제안을 정중히 사절하고 물었다.

"네, 일이 있어 잠시 외출했습니다. 좀 앉으시겠어요? 성함이……?"

"이런, 실례했습니다." 그는 망토를 한쪽으로 젖히고 소파에 앉았다.

"전 셰르베즈 백작이자 헌팅던 백작입니다."

그는 겸손하게 어깨를 으쓱했다.

"뭐, 이름은 거창하게 들리지만 별 것 아닌 작위일 뿐이죠. 하여튼 운이 좋아 왕자 전하의 신임을 얻은 덕분에……."

"웨일스의 왕자(영국 황태자) 말씀입니까?"

난 내 귀를 믿을 수 없어 황급히 되물었다.

"그렇습니다. 우린 학교를 같이 다녔고, 황태자 전하께선 봉사해준 사람들을 잊지 않는 분이라서요……. 음, 전하께선 여성의 영향력에 항상 취약점을 보이신다는 것만 말씀드리죠. 하여튼 전하께선 직접 개입하지 않는 게 낫다고 판단하셨는지 다소 미묘한 문제를 처리하시려고 절 대신 보내신 겁니다. 선생께서 언짢게 생각하시지 않았으면 합니다."

"무슨 말씀을요. 전 다 이해합니다." 난 허둥대며 대꾸했다.

"그 문제라는 건 어떤 젊은 아가씨에게 준 선물에 관한 겁니다. 열정이 넘치는 순간에 결코 신중하지 못한 결심으로 이뤄진 행동이었죠. 그 선물은 금전적으로 상당한 액수일 뿐만 아니라 과소평가할 수 없는 정치적인 의미까지 있는 것이라서요. 자세한 것까지 다 말씀드릴 수 없어 죄송합니다만, 우리 영국과 막강한 외세와의 관계에 심각한 영향을 미칠 수 있다는 정도만 알아주셨으면 합니다……." 백작은 눈을 들어 방 안을 쭉 훑어보다가 사이드보드 위에 놓인 보석에 눈길을 멈췄다.

"이런, 맙소사!" 그는 소파에서 벌떡 일어서며 사이드보드 쪽으로 한 걸음 다가섰다.

"이럴 수가 있는……?" 그는 내 쪽으로 얼굴을 돌렸다.

"하지만 바로 이게……. 제가 말씀드렸던 게 바로 이것이었습니다! 도대체 이걸 어떻게 손에 넣으신 겁니까?"

"바로 그 문제의 그 아가씨가 30분 전쯤에 가지고 온 겁니다."

"오, 황태자 전하께서 무척이나 기뻐하실 겁니다!"

백작은 우아하게 생긴 자신의 손바닥을 마주대고 문질렀다.

"그 분께선 겁을 먹으셨거든요……. 음, 선생께서도 상황이 아주 미묘하다는 걸 잘 아실 겁니다. 그런데 이게 이곳에 있군요! 제가 들고 가서 전하께 돌려드려도 되겠습니까?"

"잠깐만요, 그건 우리가, 정확하게 말하자면 홈즈 씨가 맡아두고 있는 겁니다."

"아, 아, 당연히 그러시겠죠. 홈즈 씨께는 황태자 전하께서 친히 이 문제에 대한 감사의 말씀을 전하실 겁니다."

"하지만 아가씨는……."

"아, 어쩔 수 없는 일 아니겠습니까?" 백작은 어깨를 으쓱하며 말했다.

"제가 말씀드렸다시피 전하께선 분별없는 행동을 하셨지만, 사랑이라는 걸 하게 되면 남자들이 어떻게 되는지를 선생께서도 잘 알고 계시리라 믿습니다."

"그거야 그렇긴 하지만……."

"그렇다면 이 문제에 관해선 더 이상 말할 필요는 없겠군요."

백작이 보석을 향해 손을 뻗자 내가 그 앞을 가로막아 섰다.

"죄송하지만, 백작께선 내 친구 셜록 홈즈가 돌아올 때까지 기다리셔야겠습니다. 제 마음대로 가져가시게……."

백작이 오른손을 재빨리 움직였고, 곧 이어 내 갈비뼈를 누르는 리볼버의 단단한 총구를 느껴야만 했다.

"용서하십시오, 닥터 왓슨. 전 이런……. 무례한 방법을 사용하고 싶지 않았습니다. 이젠 어쩔 수가 없군요." 백작은 보석을 낚아채서 자신의 허리띠에 있는 실크 파우치에 집어넣었다.

"안녕히 주무십시오, 닥터 왓슨. 그리고 무한한 협조에 감사드립니다."

백작은 허리를 숙여 인사하고 망토를 펄럭이며 사라졌다. 난 현관문의 걸쇠가 딸깍 하고 걸리는 소리가 들리는 순간, 백작의 뒤를 쫓아 계단을 쏜살같이 내려갔다. 거리로 뛰어나갔을 때는 백작의 마차가 막 어둠 속으로 사라지고 있었다. 난 그의 뒤를 쫓으려고 마차가 있는지 주위를 두리번거렸다. 하지만 단 한 대도 보이지 않아 2, 3분이 지난 후에는 추적을 포기하고 터덜터덜 계단을 올라가야만 했다.

난 소파에 앉아 홈즈가 돌아오기를 기다렸다. 바위가 들어앉은 것처럼 무거운 내 심장은 갈비뼈를 둔중하게 두들겨댔다. 총구에 눌렸던 갈비뼈에서는 아직도 희미하게나마 통증이 느껴졌다. 하지만 방심하지만 않았더라면 이렇게 쉽게 보석을 빼앗기지 않았을 거라는 자책감을 떨쳐버릴 수가 없었다. 30분이 더 흐르자, 계단을 올라오는 홈즈의 가벼운 발자국 소리가 들렸다. 난 벌떡 일어나 문을 열어줬다.

"아, 왓슨, 잠을 자지 않고 기다려줄 필요는 없었는데……."
홈즈는 코트를 벗어 옷걸이에 걸고 불가로 다가가 몸을 녹였다.
"그런데 그걸 어디에 뒀나?"

난 심장이 내려앉는 것 같았다.

"홈즈……." 입을 열었지만, 뭐라고 할 말이 없었다. 홈즈는
날 흥미롭다는 듯 쳐다봤다.

"무슨 일이 있었나?" 홈즈가 부드러운 어조로 물었다.

난 모든 걸 다 털어놨고, 홈즈는 귀를 기울여 들으면서 마차에
새겨진 문장과 백작의 옷차림, 그리고 여러 가지 자세한 사항들
에 대해 질문을 던졌다. 내 말이 다 끝나자 그는 잠시 동안 아무
말도 하지 않고 그대로 앉아 있었다. 지금까지 살아오면서 이처
럼 비참하게 느껴진 적은 단 한 번도 없었다. 뭐라고 변명할 말
도 없어, 멍청한 짓에 대한 비난을 각오하고 그대로 멍하니 서
있었다. 하지만 다시 입을 연 홈즈의 목소리는 놀랍게도 부드럽
기 짝이 없었다.

"사실은 내 잘못일세." 홈즈가 말했다.

"내가 너무 서둘러서 출발했던 터라 녀석이 이처럼 신속하게
움직일 거라는 예상을 하지 못했거든. 녀석은 우리와 대적할 준
비를 하고 당장 실천할 수 있는 계획을 두어 개 갖추고 있었던
게 분명하네. 자네에게 경고를 했어야 했어. 잊지 말고 했어야
했는데……. 자책하지 말게, 왓슨."

홈즈의 말이 친절하면 할수록 난 더 자신을 탓할 수밖에 없었다. 난 메리웨더 양과 황태자 전하를 실망시켰고, 무엇보다도 홈즈를 실망시킨 게 안타까웠다.

"홈즈, 난……." 내가 뭐라고 사과의 말을 하려는 순간, 홈즈가 자신의 손을 내 어깨에 올려놓았다.

"신경 쓰지 말게, 왓슨. 자네가 저항하지 않은 게 천만다행이었네. 백작이라고 했던 녀석은 전혀 주저하지 않고 방아쇠를 당겼을 걸세. 녀석이 어떻게 생겼다고 했지?"

"음……. 나보다 키가 많이 크진 않았지만, 매우 체격이 좋고 우아하게 생겼네. 어느 나라인지 콕 집어 말할 순 없지만 외국인 같은 억양도 좀 있었고. 머리카락이 새카만데다가 피부 색깔이 상당히 검었었네."

"상당히 검었단 말이지? 혹시 인도인 같지는 않던가?"

"나도 그런 생각을 안 한 것은 아니지만, 억양이 영국의 대학교에서 교육을 받은 것처럼 들리더군."

홈즈는 자신의 이마를 문질렀다.

"흐음……. 그런 인상착의를 가진 녀석이 런던의 범죄계로 흘러 들어왔다는 정보는 없었는데……. 하지만 모리아티의 거미줄이 워낙 넓고 멀리 퍼져 있어 그런 녀석을 부하로 거느리고 있다고 추측하는 건 어려운 일이 아니지. 너무 신경 쓰지 말게나, 왓슨." 홈즈는 나의 우울한 얼굴을 보며 위로의 말을 건넸다.

"지금 중요한 건 이제 무엇을 하는가 일세. 오늘 밤에 행동하기에는 너무 늦었으니 일단 좀 쉬도록 하세. 이 밤중에 자네가 집으로 돌아가지 않고 이곳에 머물러준다면, 자네의 안전에 대해서 더 이상 걱정하지 않아도 될 것 같네만."

"그게, 저……." 내가 뭐라고 말을 하려고 하자 홈즈가 말허리를 자르며 끼어들었다.

"자네가 오늘 밤에 위험을 무릅쓰고 밖으로 나가지 않으면 훨씬 더 안전할 거라고 생각하네."

난 여전히 죄책감이 강하게 느껴졌지만 고개를 끄덕이고 말았다.

"자네의 생각이 그렇다면야 따라야겠지."

"분명히 그렇게 생각하고 있네."

난 홈즈의 조언에 따라 침대에 들었지만, 홈즈나 나나 잠을 제대로 잘 것 같지는 않았다. 난 침대에서 마차 바퀴가 자갈을 튀기며 어둠 속으로 사라져가는 소리와 촛불의 불빛을 반사하며 반짝거리는 보석의 광채를 꿈꾸며 밤새 몸을 뒤척거렸다.

6장

레스트레이드
경감의 방문

난 커피 냄새를 맡으며 잠에서 깨어났다. 하늘 높이 떠오른 가을의 창백한 태양을 보고 기상 시각이 많이 늦었다는 걸 깨달았다. 홈즈가 이미 여러 시간 동안 깨어 있었을 게 틀림없다고 생각하며 서둘러 아래층으로 내려갔더니 식탁에 식사가 차려져 있고, 허드슨 부인이 커피를 잔에 따르고 있었다.

"허드슨 부인! 일주일은 콘월에 더 계실 줄 알았는데요."

"휴일을 단축해야겠다고 생각했어요. 지금은 제 여동생보다 홈즈 씨께 제가 더 필요할 것 같았거든요."

부인이 대수롭지 않다는 듯 말했지만, 그 말 속에 숨어 있는 홈즈에 대한 애정을 충분히 느낄 수 있었다.

"부인 말씀에는 이의가 전혀 없습니다." 난 식탁에 앉으며 말했다.

"그건 그렇고, 홈즈는 어디에 있죠?"

"홈즈 씨는 외출했어요."

허드슨 부인은 내 잔에 커피를 부으며 대답했다.

"달걀을 어떻게 해드려요?"

"배가 별로 고프지 않은데요." 난 침울한 어조로 말했다.

"닥터 왓슨, 선생님이 실수를 저질렀다고 해서 자책하거나 날 책망할 필요가 있어요?" 허드슨 부인이 단호한 어조로 말했다.

"홈즈가 다 말해줬군요. 그렇죠?"

난 기분이 나빠서 퉁명스럽게 물었다.

"맞아요, 다 말해줬어요. 그리고 그런 일은 누구에게나 벌어질 수 있는 거예요. 지금은 달걀을 어떻게 먹을 것인지에나 신경 쓰세요."

난 갑자기 웃음이 터져 나왔다.

"부인께서 돌아오시니 좋군요."

"그게 뭐가 그리 웃기는 일인지 모르겠군요." 허드슨 부인은 한 마디 툭 던지고는 주방으로 무거운 발걸음을 옮겼다.

아침식사를 마친 다음, 난 홈즈가 어디에 갔는지를 알려줄지도 모를 뭔가를 찾아보려고 방 안을 살살이 뒤졌다. 소파 위에 텔레그래프 신문 조간의 광고란이 펼쳐진 채 놓여 있었다. 페르마 씨가 게재한 또 다른 광고가 있는지 꼼꼼하게 살폈는데, 곧 그 노력의 대가를 얻어냈다.

'페르마 씨로부터 쇼멜 씨에게,' 라는 문구로 시작됐다.

"나의 나이트(기사)가 입지를 확보했지만, 룩(성(城))은 보호하지 못하고 포기했다."

난 신문을 내려놓고 이 문구의 의미를 열심히 머릿속에서 굴려봤지만, 도저히 그 의미를 종잡을 수 없었다. 홈즈와 모리아티에게는 말할 것도 없이 이 의미가 분명하겠지? 뜻을 알아내기 위해 골머리를 썩이고 있는데 허드슨 부인이 방 안으로 들어섰다.

"레스트레이드 경감께서 선생님을 뵈러 왔어요. 안으로 모실까요?"

"네, 그렇게 해주세요. 감사합니다, 부인."

스코틀랜드 야드의 레스트레이드 경감은 어쭙잖은 자만심을 잘 맞지 않는 양복처럼 걸치고 있는 키가 작고 호리호리한 사내였다. 자신이 내세우고 있는 자신의 겉모습조차도 믿어야 할지 말아야 할지 갈팡질팡하는 그런 인상의 사내였다. 벌컥벌컥 화를 잘 내고, 쉽게 모욕감을 느끼는데다가, 무엇보다도 잘난 척하기를 좋아했다. 수많은 다른 사람들과 마찬가지로 워낙 뛰어난 셜록 홈즈의 지성에 주눅이 들었고, 자신의 사건을 해결하기 위해 너무나도 자주 위대한 탐정의 도움을 받아야 한다는 사실을 억울해했다. 그럼에도 불구하고 이 사람의 쥐새끼 같은 얼굴에는 뭔가 감동적인 것이, 어린아이의 천진난만함이 어려 있었다.

레스트레이드는 방 안으로 들어서다가 내가 혼자 있다는 걸 알아차리고는 얼굴에 안도하는 기색이 살짝 스치더니 실망하는 기색을 뚜렷이 드러냈다.

"홈즈 씨는 안 계신가 보죠?" 레스트레이드가 물었다.

"그러네요. 제가 뭐 도와드릴 것 있습니까, 경감님?"

레스트레이드는 나른한 동작으로 소파에 앉았다.

"괜찮으시다면, 이곳에서 홈즈 씨를 기다리겠습니다. 언제쯤 돌아오실 것 같습니까?"

"뭐라고 드릴 말씀이 없군요. 심지어 어디에 갔는지도 모르고 있으니까요."

레스트레이드는 한숨을 내쉬며 양손으로 자신의 모자를 비틀었다.

"정말 엄청 골칫거리군요." 레스트레이드가 중얼거렸는데, 이건 홈즈가 집에 없어서 그렇다는 것인지, 아니면 홈즈를 보러 오게 만든 자신의 사건이 그렇다는 것인지를 알 수가 없었다. 잠시 침묵이 이어지다 레스트레이드가 다시 말했다.

"어젯밤에 홈즈 씨가 자신이 알고 지내던 가엾은 불구자의 죽음에 대해 할 말이 있다는 전보를 받아서……."

"아, 위긴스 말씀이군요."

"경찰 일을 하면서 눈뜨고 못 볼 꼴들도 많이 봤습니다만……. 그 사람은 목이 졸려 죽은 것 같더군요. 홈즈 씨는 그 일을 어떻게 알게 된 거죠?"

홈즈가 레스트레이드에게 무엇을 말해줬는지 잘 몰랐기 때문에 레스트레이드의 질문에 딴청을 부렸다.

"아, 홈즈를 잘 아시면서 그러세요? 런던에서 벌어지는 일들 중에서 홈즈가 모르고 지나가는 게 거의 없잖습니까?"

모리아티 교수가 살아서 돌아왔을 거라는 가설은 홈즈 자신이 밝히는 것이 낫겠다는 생각이 들어 레스트레이드에게는 입도 뻥긋하지 않았다. 사실 나 자신이 그걸 믿어야 할지 확신이 들지 않았기 때문이기도 했다. 런던의 대낮이 비록 회색빛으로 우중충하긴 하지만, 벌건 대낮에 그럴 수도 있다는 걸 받아들이기에는 좀 무리였다.

레스트레이드는 홈즈의 담배가 들어 있는 페르시아 슬리퍼를 집어 들어 안쪽을 슬쩍 살펴보고는 다시 테이블 위에 내려놓고 깊은 한숨을 쉬었다.

"뭐 좀 마실 걸 드릴까요?" 내가 물었다.

레스트레이드는 기대가 가득한 눈길로 날 쳐다봤다.

"고맙지만, 술을 마시기에는 좀 이른 것 같지 않습니까?"

"홍차나 다른 마실 걸 말한 건데요."

레스트레이드의 얼굴이 실망감으로 인해 약간 일그러졌다.

"아, 그렇군요. 당연히 그래야겠죠. 홍차면 감사하겠습니다." 그는 별로 설득력이 없는 목소리로 말했다.

"홍차를 지금 당장 마실 수 있는지 허드슨 부인께 물어봐야 겠네요." 난 잠시 동안 레스트레이드를 자기 마음대로 하게 놔두고 허드슨 부인에게로 내려갔다. 그녀는 주방에서 소매를 팔꿈치까지 걷어 올리고 무엇을 만들려는지 페이스트리 반죽(밀가루에 기름을 넣고 우유나 물로 반죽한 것. 얇게 겹겹이 펴서 파이 등을 만드는 데 사용함)을 쾅쾅 내려치고 있었다. 밀가루가 사방팔방으로 날아다녔다.

"아, 예, 당장 갖다 드릴게요." 허드슨 부인은 내가 홍차가 준비되겠느냐고 묻자 즉시 대답했다. 허드슨 부인이 베이커 가로 다시 안전하고 건강하게 돌아와 있다는 사실이 정말 기뻐서 갑자기 그녀의 뺨에 키스하고 싶다는 충동을 느꼈다. 실제로 키스를 하자 부인은 깜짝 놀란 표정으로 날 쳐다봤다.

"이게 무슨 일이래요, 닥터 왓슨?" 부인은 허둥대며 호들갑을 떨었지만, 마음속으로는 무척이나 기뻐하고 있는 게 분명했다.

내가 다시 거실로 돌아왔을 때, 레스트레이드는 초조하게 방 안을 서성거리고 있었다.

"선생이 아래층에 있을 때 이게 왔습니다." 그는 내게 크림색의 우아한 편지봉투를 건네며 말했다. 홈즈 앞으로 온 편지였고, 겉면에 '디오게네스 클럽'이라는 글자가 인쇄되어 있었다.

"홈즈 씨의 형님께서 다니시는 클럽 이름 아닌가요?"

레스트레이드가 물었다.

"회원들끼리도 이야기하길 꺼리는 괴짜들이 모이는 곳이라는 걸 알고 있습니까?"

"네, 그렇다더군요." 난 가볍게 대꾸하고 봉투를 내 재킷 주머니에 쑤셔 넣었다.

"아, 알고 계시리라고 생각했습니다. 제 생각을 말하자면, 그

클럽은 좀 괴이한 곳인데…… 하여튼 제가 종사하는 이런 직업에 오래 있으면 있을수록 모든 게 다 괴이하게 보이는 법이라서요. 홈즈 씨 형님의 성함이 어떻게 된다고 했죠?"

"마이크로프트입니다."

"아, 그랬죠. 그분은 요즘 어떻게 지내신다던가요?"

"음, 저도 잘 모르겠어요. 홈즈의 말에 의하면, 형님은 습관의 노예라고 하더군요. 그리고 홈즈는 자신의 형님에 대해서 별로 말을 하지 않는 편이고요."

"두 사람이 다 이곳 런던에 살고 있으면서 그런다는 게 좀 이상하지 않은가요?"

레스트레이드는 작은 소리로 메마른 웃음을 날렸다.

"홈즈 씨가 소위 말하는 가정적인 사람이 아니라서 그런 모양이군요."

"네, 제 생각도 마찬가지입니다."

허드슨 부인이 홍차를 가지고 들어오자 레스트레이드는 스코틀랜드 식 쇼트브레드(밀가루와 설탕에 버터를 듬뿍 넣고 두툼하게 만든 비스킷)를 게걸스럽게 먹어치웠다.

"이것, 나쁘지 않은데요."

레스트레이드는 입 안을 비스킷 덩어리로 꽉 채운 채 말했다.

"홈즈 씨가 언젠가 자신의 형님이 무언가 정부의 일을 하고 있다고 말씀하셨던 기억이 나는군요."

마이크로프트 홈즈가 '정부의 일을 하고 있다'고 말하는 건 큰 바다가 '물과 관련되어 있다'고 말하는 것과 다를 바가 없었다. 셜록 홈즈는 과장해서 말하는 법이 없는 사람인데도 마이크로프트가 바로 영국 정부라고 말한 적이 있었다. 홈즈의 말에 따르면, 마이크로프트의 능력이 워낙 뛰어나서 정부 모든 부처의 정책들을 통합해서 조정하고, 국가적인 차원에서 그의 개입이 없는 일들은 거의 벌어지지 않는다고 했다. 마이크로프트는 자신을 축으로 하여 수레바퀴처럼 천천히 돌고 있는 정부의 정중앙에 앉아 있는 거대한 '논리기계' 같은 존재였다.

레스트레이드와 난 찻주전자를 거의 비우고 두 개째의 쇼트브레드를 먹어치웠다. 레스트레이드가 소파에서 일어나서 바지에 묻은 빵 부스러기를 털어냈다.

"음, 닥터 왓슨, 이제 가봐야겠네요. 홈즈 씨께 제가 다녀갔다고 전해주셨으면 합니다. 사건에 관해 새롭게 전해드릴 게 없어서 죄송하다는 말도요. 홈즈 씨가 이 사건과 관련되어 있다고 말씀하신 스톡턴 녀석을 찾으려고 제 부하들이 쫙 깔렸습니다. 하지만 녀석은 마치 허공 속으로 사라져버린 것처럼 종적이 묘연하네요. 아, 그리고 그 앵무새는 본청으로 가져다 놨습니다. 홈즈 씨는 앵무새가 말하는 것에 뭔가가 있다고 생각하시는 것 같던데, 제가 보기에는 쓸데없는 말들만 늘어놓는 것 같더군요."

레스트레이드는 홍차를 한 모금 더 마시고 찻잔을 내려놓은 후에 어기적거리며 코트를 걸쳤다.

"홍차 감사했습니다, 닥터 왓슨. 그리고 홈즈 씨께서 뭔가를

더 알아내신 게 있다면 제게 연락해달라고 말씀 좀 해주셨으면
합니다."

"그렇게 하죠, 경감님."

레스트레이드가 떠나고 얼마 지나지 않아 방문이 벌컥 열리
고 홈즈가 들어왔다. 얼굴에 난 상처에서 피가 줄줄 흘러내렸고,
왼팔을 붙잡고 있었다.

"홈즈!" 난 의자에서 벌떡 일어서며 깜짝 놀라 외쳤다.

"진정하게, 왓슨, 별일 아니니까." 홈즈는 상처가 심각해 보이
는데도 아무 일도 아니라는 듯이 말했다.

"이게 무슨 일인가, 홈즈?"

홈즈는 다소 불안정한 걸음걸이로 난로 쪽으로 다가가서 자
신의 의자에 털썩 주저앉았다.

"사냥개 역할로 게임을 시작했는데, 마지막에는 여우의 역할
로 바뀌고 말았네. 역할이야 어떻게 됐든 간에 알고 싶었던 걸
얻은 것으로 만족해야지."

"어디에 갔던 건가?"

홈즈는 대답하는 대신에 여전히 테이블 위에 펼쳐져 있는 텔
레그래프 지를 힐끔 쳐다봤다.

"오, 자네 나름대로 탐정 노릇을 하고 있었던 모양이군, 왓
슨……."

"내가 뭘 했던가는 신경 쓰지 말게. 자네에게 무슨 일이 벌어
진 건가?"

"음……. 자네도 페르마 씨가 게재한 광고를 읽었던 터라 충분히 추리해낼 수 있을 거라고 생각했는데……."

"홈즈, 지금은 게임이나 하고 있을 때가 아니네."

난 방 한쪽 구석에 있던 의료장비를 가져오며 말했다.

"제발 그냥 말해줄 수……."

"알았네, 알았다구." 홈즈가 좀 퉁명스런 어조로 말했다.

"자네가 우기니 말해주도록 하지. 난 모리아티가 무슨 마음을 먹고 있든 간에 날 어떤 함정으로 유인하리라고 예측했네. 그까짓 함정이야 미리 있다는 걸 알아차리고 상황에 맞게 행동하면 쉽게 빠져나올 수 있다는 자신감이 내게는 있었단 말일세."

"날 데려갈 수도 있었을 텐데……"

난 홈즈에게 배척받았다는 게 마음이 아파 투덜댔다.

"시간이 없었네." 홈즈가 즉시 대답했다.

"이건 좀 나중에 해도 되는데, 왓슨." 내가 상처를 닦아내려고 하자 홈즈는 몸을 움찔거리며 반응을 보였다.

"아니, 놔둬서는 안 되네. 당장 치료할 걸세."

내가 보통 때와는 달리 강압적으로 나가자 홈즈는 어깨를 으쓱하고 내가 하는 치료에 몸을 맡겼다.

"모리아티가 무슨 계획을 세웠는지는 모르겠지만, 어느 정도는 먹혀들었나 보군." 난 홈즈의 얼굴에 난 상처와 멍에 요오드 용액을 바르며 말했다.

"모리아티의 최대 결점은 자신의 자만심일세, 왓슨. 지적인 면에서 오만함으로 가득 찬 인물이지. 녀석은 날 완벽하게 잘못된 방향으로 이끌 수 있었는데도 스포츠맨십을 발휘한답시고 내 손이 닿는 범위 내에 해결책을 놔두고 싶어 안달했단 말이네."

홈즈는 테이블에서 신문을 집어 들었다.

"이 문장을 해독하는 데 있어서 뜻이 여러 가지로 해석될 수 있는 단어를 사용한 것 보이나? 예를 들면, 룩(rook)은 성이기도 하지만 새의 일종이기도 하단 말일세."

"그래, 그건 맞는 말이네."

"그런데 그게 협잡꾼이나 노름에서 속임수를 쓰는 녀석을 가리키는 은어이기도 하네. 난 우연한 기회에 모리아티의 부하 중의 한 명인 조지 심슨을 알게 됐지. 자네도 기억나나? 허드슨 부인을 납치한 게 바로 이 녀석일 가능성이 농후한……."

"그래, 기억하고 있네. 제발 좀 가만히 있게나."

"그런데 이 심슨이라는 녀석이 고질적인 도박꾼이라는 거야. 사실 녀석이 모리아티의 수족 노릇을 하는 이유는 끊임없이 쌓여가는 도박 빚 때문이지. 어쨌거나 모리아티는 심복을 두는 걸 별로 좋아하지 않는다고 알고 있는데, 이 심슨이라는 작자는 어찌어찌해서 거의 모리아티의 오른팔이 됐단 말일세. 그런 까닭에 이 수수께끼의 광고에서 언급한 '룩'이 심슨이라는 결론을 내렸지. 따라서 심슨 씨가 즐겨 다니는 도박장을 방문해야겠다고 마음을 먹은 걸세."

홈즈는 요오드 용액이 상처에 닿자 얼굴을 찡그렸다.

"노름꾼들은 밤을 새워가며 도박을 하는 경우가 많고, 난 도박이 막 끝날 때쯤 그곳에 도착할 수 있었네."

"자넨 그곳에서 뭘 찾아낼 수 있으리라고 기대한 건가?"

"정확히 말하자면 내가 알아낸 것이지, 왓슨. 모리아티의 다음 번 움직임 말일세."

"그게 뭔데?"

"음……. 주먹다짐이라는 좀 무식한 방법을 사용해서 심슨 씨를 설득했다네. 보석을 훔치는 게 훨씬 더 큰 협박 계획의 일부라는 걸……."

"아, 자네의 그 말을 들으니 기억이 나는군. 레스트레이드 경감이 아까 찾아왔었네."

"아, 그래? 스톡턴이 위긴스 살해범일 수 있다고 슬쩍 귀띔을 해줬거든."

"아참, 그리고 이게 자네 앞으로 왔더군."

'디오게네스 클럽'에서 왔던 편지를 까맣게 잊고 있다가 갑자기 생각이 나서 말했다. 재킷 주머니에서 편지를 꺼내 홈즈에게 건넸더니 홈즈는 황급히 봉투를 열고 편지를 읽었다.

"흐음……." 잠시 후, 홈즈가 입을 열었다.

"이 사람들이 도움을 받으려고 마이크로프트를 찾아간 모양일세. 형이 날 만나자고 하는 걸 보니 사태가 정말로 심각한가보네." 홈즈는 편지를 접어 자신의 주머니로 집어넣었다.

"아참, 레스트레이드에게 모리아티가 다시 등장했다는 걸 말해줬나?"

"아니, 그건 자네가 말해주는 게 좋을 것 같아. 좀 더 정직하게 말하자면, 그 사람이 내 말을 믿어줄지 의심스럽더군."

"자네 말이 맞겠지." 홈즈가 말했다.

"이거 좀 아이러니하지 않나? 녀석의 부활이 성경에 나오는 것 같아서 말일세. 이번에는 부활한 게 예수가 아니라 폭포(the Fall, '추락'이라는 뜻도 있음)에서 떨어진 사탄이라는 게 좀 그렇지만. 밀턴의 '실락원' 구절 기억나나, 왓슨?"

"정확하게 기억하고 있는지는 모르겠지만, 학창 시절에 읽었던 이런 부분이 기억에 남아 있네." 내가 말했다.

마음은 자신의 것이니, 그 안에서는
지옥에서도 천국을, 천국에서도 지옥을 만들 수 있어라.

"모리아티는 자신이 구축해놓은 지옥에 살고 있네, 왓슨. 그리고 지옥에 홀로 있으면 외로울 수 있으니까 다른 사람들을 그곳으로 끌어들이려고 평생 애써온 녀석일세."

이 말은 평소의 홈즈답지 않게 철학적이라는 생각이 들어 그대로 홈즈에게 말해줬다. 그랬더니 홈즈는 어깨를 으쓱했다.

"그럴지도 모르지. 하지만 이 점에 대해서는 여러 해 동안 생각했었네, 왓슨. 그리고 자네도 내가 철학적인 사고를 하는 걸 좀 용납해주면 좋겠군."

"물론일세, 홈즈. 당연히 그래야지."

홈즈는 좀 뻣뻣한 동작으로 의자에서 일어섰다.

"카페 로열에서 제대로 된 점심 식사를 하기엔 좀 늦은 것 같지만, 일단 식사를 하고나서 형을 방문하기로 하세."

7장

습관적으로
행동하는 사람

마이크로프트 홈즈는 워낙 습관적으로 행동하는 사람이라, 이 사람을 보고 시계를 맞춰도 문제가 없을 정도였다. 그의 일상 생활은 신성시되어 변한 적이 없었다. 마이크로프트는 화이트 홀에 있는 자신의 사무실에서 낮 동안 근무하다가 오후 4시 45분 정각에 디오게네스 클럽으로 가서 7시 40분까지 그곳에 머물렀다. 이 클럽은 펠맬에 있는 그의 검소한 하숙집과는 정반대의 건물이고, 홈즈와 난 카페 로열에서 양갈비구이로 든든히 배를 채운 다음 격조 높은 이 클럽으로 가고 있었다. 홈즈는 하루 종일 아무것도 먹지 않은 사람처럼 허겁지겁 식사했는데, 그건 사건을 수사하고 있는 중이어서였다.

우리가 런던에서 가장 비사교적인 사내들이 모여 서로에게

폐를 끼치지 않고 호젓한 생활에 빠져드는 별난 건물인 디오게네스 클럽에 들어선 것은 정각 5시 57분이었다. 이 클럽에 발을 들인 게 꽤 오래 전의 일이긴 했지만, 홈즈와 내가 현관의 넓은 홀에 들어서자마자 몇 년 전에 처음으로 이곳을 방문했던 때가 떠올랐다. 바뀐 건 아무것도 없었다. 현관 복도는 이전과 마찬가지로 무덤 같은 적막이 감돌았고, 그 전과 동일한 우아한 유리판을 통해 큼지막하고 우아한 독서실이 들여다보였다. 심지어 그때의 그 사람들이 가죽 안락의자에 앉아 신문을 읽고 있는 것 같은 생각이 들기조차 했다. 난 홈즈의 뒤를 따라 팰맬을 내려다볼 수 있는 자그마한 대기실로 들어갔다. 실내에서는 오래된 가죽과 책 냄새가 났다.

"이곳에서 잠시만 기다려주면 곧 돌아오겠네."

홈즈는 속삭이듯 말했다.

난 고개를 끄덕이고는 카우치를 덮고 있는 커다란 터키식 쿠션에 털썩 주저앉았다. 거리에서 들려오는 소음을 제외하고 들리는 것이라고는 로비에 있는 괘종시계가 끊임없이 똑딱거리는 소리뿐이었다. 사방으로 둘러싸인 두터운 돌로 된 벽 내부에는 시간이 존재하지 않기라도 한 것처럼 이곳은 모든 게 미라가 된 듯한 분위기였다. 이곳에 들어와 있는 사람들은 오랫동안 나이를 먹지 않고, 두툼하게 속을 채운 안락의자에 앉아 꼼짝도 하지 않고 침묵을 지키다가 간간히 신문의 페이지를 넘길 때만 바스락거리는 소리를 낸다고 믿을 뻔했다.

홈즈가 자신의 형님인 마이크로프트와 함께 되돌아왔다. 내가 기억하고 있던 바로 그 사람이었고, 허리둘레가 약간 두터워진 것 같기는 했다. 마이크로프트는 손을 내밀어 악수를 청했고, 그의 회색 눈은 따스하게 반짝거렸다.

"닥터 왓슨, 다시 볼 수 있게 되어 반갑군요. 셜록, 네게도 같은 말을 하고 싶지만, 싸움판에서 이제 막 벗어난 사람처럼 보이는구나."

마이크로프트는 멍이 잔뜩 든 홈즈의 얼굴을 보고 덧붙였다.

홈즈는 짜증이 난 듯 손사래를 쳐서 마이크로프트가 비아냥거리는 걸 막았다.

"사실은 이게 상당히 미묘한 문제라서 자칫 실수하면 큰 일이 벌어진다는 것이지." 마이크로프트가 설명을 시작했다.

"국제관계에 관한 문제라고 할 수도 있어."

그는 목청을 가다듬고 혹시 누가 엿듣지나 않는지 방 안을 둘러봤다. 돌판을 깐 텅 빈 복도에서는 아무런 소리도 들려오지 않았지만, 마이크로프트는 목소리를 한층 더 낮췄다.

"어떤 인도의 왕자가 보석을 지닌 주인에게 커다란 행운을 가져다주는 것으로 알려진 보석을 하나 소유하고 있었다더구나."

"인도의 별 이야기로군." 홈즈가 단정적으로 말했다. 마이크로프트는 눈을 가늘게 뜨고 동생의 얼굴을 살폈다.

"그렇다면 네가 이미 수사에 착수했나 보구나. 왜 내게 말하지 않았니?"

홈즈는 어깨를 으쓱 했다.

"지금 말하고 있잖아."

"그건 그렇다 치고, 먼저 내가 알고 있는 걸 말해주마. 바로 그 인도의 왕자가 우정의 표시로 인도의 별을 황태자 전하께 선물로 드렸다. 그리고 그 인도의 왕자가 다음 주에 런던을 방문할 예정이고, 자신의 선물이 영국 왕관을 장식하는 보석들 중의 하나로 되어 있는 모습을 보고 싶다는 뜻을 분명히 밝혔다. 그런데 왕관을 장식하고 있던 이 보석이 어느 순간에 사라져버렸다. 누가 그걸 훔쳐갔는지를 아무도 모른다는구나."

마이크로프트는 자신의 재킷 주머니에서 종이 한 장을 꺼내 홈즈에게 건넸다.

"오늘 아침에 외무부 장관께서 이 편지를 받았다. 이걸 보자마자 내게 연락을 취했고. 만약 이 보석이 제때 회수되지 않는다면 심각한 외교 문제를 촉발시킬 가능성이 높다."

난 홈즈의 어깨 너머로 편지를 훑어보면서 내 친구의 방법을 사용해서 그걸 분석해보려고 했다. 편지는 짙은 상아색의 무늬가 없는 종이에 활자체로 적혀 있었다. 자세히 들여다보니 투명무늬가 언뜻 보이는 것 같아 대부분의 문방구점에서 구할 수 있는 평범한 편지지라는 걸 알아차렸다. 잉크는 검은색이었고, 글자는 굉장히 강력한 개성의 소유자가 쓴 것으로 보였다.

편지의 내용은 이랬다.

정부가 내 요구사항을 다 들어줄 때까지 인도의 별을 내가 소유하겠다. 나의 첫 번째 요구사항을 24시간 이내에 보내도록 하겠다.

"이건 좋지 않아, 셜록, 아주 좋지 않다구."

마이크로프트는 이마를 찌푸리며 말했다.

"좋지 않고말고." 홈즈가 대꾸했다.

"그건 그렇고, 이 인도 왕자의 이름이 뭐지?"

"찬단 타고르 라바라스 왕자라고 해. 너도 알겠지만, 라바라스 왕자는 인도인의 상당히 많은 부분을 대표하는 인물이고, 인도 내의 다른 집단과의 전쟁을 선포하기 직전이지. 라바라스 왕자는 상당한 영향력을 가지고 있고, 지금은 인도 내의 다른 어떤 지도자보다도 더 많은 추종자들을 거느리고 있어. 불행하게도 그 추종자들 중에는 극단주의자들도 상당수 포함되어 있어 왕자와 선린관계를 유지하는 게 아주 중요한 일이란 말이야. 인도는 지금 정치적으로 상당히 불안정한 상태지. 영국의 지배를 완전히 물리치자고 선동하는 집단들이 있을 뿐만 아니라 인도 내에서도 내전과 종교전쟁이 벌어질 위험성이 존재하니까 말이야."

"무슨 말인지 알겠어."

홈즈는 그렇게 대꾸하고 마이크로프트에게 우리가 지난 며칠 간에 겪었던 모든 일들을 말하기 시작했다. 이야기가 소유자에게 행운을 가져다준다는 보석 부분에 이르자 마이크로프트가 홈즈의 말을 막았다.

"정당한 소유자에게 그렇다는 것이지."

마이크로프트가 씩 웃으며 말했다.

"대부분의 미신들과 마찬가지로 이 보석에도 어두운 면이 있어. 자격이 없거나 불법적으로 보석을 소유한 자는 저주를 받도록 되어 있다는 것이지. 라바라스 왕자의 편에 선 사람들 중 어떤 특정 종파는 그러한 저주가 일어나도록 난폭한 행동을 저질러야겠다고 느끼고 있는 게 틀림없어."

"그것 참 심각한 문제로군." 홈즈가 한 마디 거들었다.

"정말, 셜록, 네가 이미 이 일에 개입하고 있으니 기쁘구나."

"날 그렇게 믿어줘서 고마워, 마이크로프트. 그런데 이 말을 해야 할지……."

"녀석이 돌아왔다는 것 말이냐?"

홈즈는 깜짝 놀란 눈으로 자신의 형을 멍하니 쳐다봤다.

"형이 그걸 어떻게 알고 있는 거야?"

마이크로프트는 물개의 물갈퀴발만큼이나 두툼한 손을 흔들어 홈즈의 질문을 털어버렸다.

"셜록, 네가 그렇게 놀라는 모습을 보이다니……. 날 너무 우습게보고 있었던 것 아니니? 내가 너처럼 에너지가 넘치는 사람은 아니지만, 그래도 너처럼 모든 걸 대강 보지 않고 관찰은 하고 있단다. 사실, 우리 형제는 똑같은 결론에 도달했으리라고 확신하고 있다. 녀석이 어떤 방식으로든 이 모든 일의 배후라는 결론 말이야. 내 말이 맞지 않니?"

"그래, 맞아." 홈즈가 낮은 목소리로 말했다.

"그런데 왜 내게 말하지 않았어?"

"이유야 간단하지. 나도 너처럼 그저 의심을 품었을 뿐이니까. 지금까지는 그랬다는 거야. 이 사건에는 녀석의 작품이라는 게 또렷이 드러나는 측면이 있어 어느 누구라도 다른 결론을 내릴 수 없을 걸?"

"그래, 나도 형과 똑같이 생각했어."

마이크로프트는 한숨을 내쉬고 자신의 재킷 가슴주머니에서 또 다른 종이 한 장을 꺼내 아무런 말도 하지 않고 동생에게 건넸다. 홈즈는 그걸 읽고 나서 다시 그걸 형에게 돌려줬다.

"그렇다면 이게 녀석의 게임이란 말이군."

홈즈가 우울한 어조로 말했다.

"그게 뭔가?" 난 머리가 명석한 두 형제들 사이에 낀 세 번째 바퀴(쓸모없는 사람)라는 기분을 느끼며 물었다.

"인도의 별에 대한 교환 조건으로 영국 재무부(Exchequer)의 돈을 달라는 요구서일세."

"맙소사!"

"녀석이 그처럼 배당금이 큰 게임을 하고 있다면 그만한 보상을 요구하리라는 걸 예상했을 걸세. 자네도 위험성이 큰 게임을 한다면 성공할 확률이 조금이라도 높기를 기대하지 않겠나?"

홈즈는 의자에 몸을 파묻고 팰맬을 굽어보는 창밖을 멍하니 쳐다봤다. 사람들이 득시글거리는 런던의 일부인 이곳은 잘 차려입은 남자와 여자들이 끊임없이 오고 갔다.

"녀석에게는 이 모든 게 어느 정도는 게임이겠지."

홈즈는 침울한 어조로 중얼거렸다.

"게임에 불과할 뿐이야……."

그가 갑자기 의자에서 벌떡 일어섰다.

"바로 그거야! 게임! 우린 그 점을 간과해선 안 돼, 바로 그곳에 해답이 있으니까!"

"도대체 무슨 말을 하는 거니?" 마이크로프트가 물었다.

"체스란 말이야, 친애하는 마이크로프트. 체스판 위에서 벌이는 전쟁."

"그게 모리아티와 무슨 관련이 있는데?"

"형이 조금 전에 내 말을 자를 때 막 하려던 이야기가 바로 이것이었어." 홈즈는 모리아티가 텔레그래프 지에 실었던 광고에서 사용한 체스 용어에 관해서 설명했다.

"내가 잘못 알고 있지 않다면……."

홈즈가 신중한 어조로 말했다.

"넌 틀린 적이 거의 없잖아."

마이크로프트가 당연하다는 듯이 받아넘겼다.

"우리가 사용하는 '엑스체커(exchequer)'라는 단어가 체스판을 의미하는 라틴어의 '사카리움(saccarium)'으로부터 나온 것이야."

"네 말이 맞다." 마이크로프트가 맞장구를 쳤다.

"로마인들은 조세 수입을 체스판과 거의 같은 사각형의 판에 기재했지. 바로 거기에서 유래된 단어가 맞아."

"이 말에 뭔가가 있어." 홈즈는 방 안을 서성거리며 말했다.

"그걸 찾아내기만 하면 돼."

"셜록, 그 정신 사납게 왔다 갔다 하는 것 좀 제발 그만 두면 안 되겠니? 나까지 초조해진단 말이다."

홈즈는 걸음을 멈추고 자신과 신체적으로는 완전히 반대지만 정신적으로는 흡사한 뚱뚱한 형을 쳐다봤다. 홈즈의 얼굴에는 형제애 같은 표정이 떠올라 있었는데, 그래도 그런 표정을 지었느냐고 직접 물어본다면 즉시 아니라고 부인할 사람이었다.

"형은 몸을 조금이라도 과도하게 사용하는 것이라면 한 번도 참아본 적이 없지?"

마이크로프트는 거대한 어깨를 으쓱했다.

"난 뭐든 낭비하는 게 싫어, 셜록, 정신적이든 신체적이든 간에. 에너지를 과도하게 사용하는 것을 볼 때마다 대자연을 학대하는 것처럼 보인단 말이다."

홈즈는 씩 웃고 다시 의자에 앉았는데, 그래도 초조한 듯 기다란 손가락들은 의자 팔걸이 위에 올려놓고 연신 꿈지럭거렸다.

"당연히 여자도 한 명 개입되어 있겠지?"

마이크로프트가 물었다.

난 깜짝 놀라 그를 멍하니 쳐다봤다.

"그걸 어떻게 아셨습니까?"

마이크로프트가 껄껄 웃었다. 그의 목에 잡힌 여러 겹의 살들로부터 굴러나오는 저음의 웃음소리였다.

"친애하는 닥터 왓슨, 이르거나 늦거나 간에 여자가 항상 개입되는 법일세. 어마어마한 가치가 있는 보석이 걸려 있으면 특히나 더 그렇지. 사실 사람들을 시켜 우리가 이렇게 대화하고 있는 중에도 그 여자의 배경을 캐보라고 했네."

"뭘 좀 알아낸 게 있어?" 홈즈가 물었다.

"아직까지는 없는 모양이다. 그 여자는 현재 살고 있는 곳에 두어 달 전에 입주했고, 그러다 보니 우체국에서는 이전에 받은 우편물에 대한 기록이 전혀 없다고 했다. 우린 신중하게 조사를 해야 하는 부담이 있어 진전 속도가 느릴 수밖에 없어."

"그렇다면 형님께선 그 여자를 의심하고 계신 건가요?"

난 심장이 쿵 가라앉는 것 같아 떨리는 목소리로 물었다.

마이크로프트는 어깨를 으쓱하고 오른손에 끼고 있는 금으로 된 인장반지를 이리저리 비틀었다.

"그 여자가 시저의 아내였다고 하더라도 난 의심부터 하고 볼 걸세."

"내 형도 여자들이 전혀 그렇지 않는데 '상대적으로 약한 성별'로 불리고 있다고 나처럼 비뚤어진 견해를 가지고 있어서 이러는 걸세." 홈즈가 끼어들었다.

"그래 봤자 자기만 손해지." 난 중얼거리듯 투덜댔다.

"아, 왓슨, 그렇게 삐지지 말게나." 홈즈가 말했다.

"문제가 되는 아가씨에게 좀 빠져들었다고 해서 우울해할 필요는 없네."

난 얼굴이 화끈 달아올랐다.

"난 그런 게 아니……."

홈즈가 자신의 손을 내 어깨 위에 올려놓았다.

"용서해주게. 난 자넬 부끄럽게 할 의도는 전혀 없었네. 그건 비난이 아닐세. 그녀가 워낙 매력적인 아가씨라서 그런 것뿐이지."

"자네가 여자들의 그런 면도 알아차릴 줄은 몰랐네."

내가 뚱한 목소리로 말했다.

마이크로프트가 폭소를 터뜨렸다.

"셜록 이 녀석은 항상 여자들을 모르는 것처럼 가장하고 있네. 나처럼 모든 걸 인지하고 있으면서도 말일세. 인지한 것에 따라 행동하느냐 하지 않느냐는 차이가 있긴 하지만. 나 자신은 뭘 봐도 직접 행동하는 법은 없지."

"다 맞는 말이야." 홈즈가 말했다.

"예전에 아주 놀라운 이야기를 읽은 적이 있었어. 허먼 멜빌이라는……."

"미국인 작가 말인가?"

"그래, 바로 그 사람이야. 그 소설에 등장하는 주인공이 어떤 면에서 형과 아주 닮은 것 같아. 주인공의 이름은 바틀비였어."

마이크로프트가 씩 웃었다.

"그건 나도 읽었어. 그 사람이 굶어 죽었던 것 같던데……? 나로 말할 것 같으면 전혀 그렇게 될 것 같지 않으니까 걱정은 접어둬라." 그러고는 불룩 튀어나온 자신의 배를 탁탁 두들겼다.

"나와는 달리 넌 좀 야위어 보이는구나, 셜록."

마이크로프트는 동생의 마른 몸매를 훑어보며 말했다.

"셜록이 요즘 식사를 하긴 하는 건가요, 닥터 왓슨?"

"허드슨 부인이 집에 없을 때는 별로 식사를 한 적이 없는 것 같은데, 지금은 부인이 돌아왔으니까 달라지겠죠."

"잘됐군. 모리아티가 허드슨 부인을 더 이상 이용해 먹을 일은 없겠지. 녀석은 자신의 움직임을 미리 계획해두고 있었을 거야. 체스를 둘 때 으레 그러는 것처럼……."

홈즈가 앉아 있던 의자에서 벌떡 일어섰다.

"이제 알겠어!" 홈즈가 소릴 버럭 질렀다.

"녀석의 체스판은 '재무부'가 아니야! 형, 이 건물 안에 런던 지도가 있을까?"

"독서실의 떡갈나무 책상 위에 지도가 몇 장 있을 거야."

"왓슨, 수고스럽지만 그 지도 갖다 주겠나?" 홈즈가 물었다.

"아, 물론이지."

난 홈즈의 의도가 무엇인지 궁금해서 얼른 대답했다.

"아마 맨 위쪽 서랍에 있을 걸세."

마이크로프트가 내게 말하고는 다시 홈즈 쪽으로 돌아섰다.

"네가 그 지도로 뭘 하려고 하는지를 알겠어……. 똑똑해, 정말 똑똑하단 말이야."

난 서로의 머리가 닿을 정도로 바짝 숙이고 다급한 어조로 낮게 속삭이는 형제를 뒤로 하고 처음 클럽에 들어섰을 때 봤던 널찍한 거실로 향했다. 그곳과 연결된 복도를 덮고 있는 나무로 된 딱딱한 바닥을 딛는 발자국 소리가 시끄러울 정도로 울려퍼져 장중한 거실을 차지하고 있는 사람들의 성난 눈길을 받을 각오를 하고 있었다. 그런데 거실로 들어서는 순간, 사실상 무시되고 말았다. 비바람에 시달린 흔적이 역력한 얼굴의 늙은 대령 한 명이 안경 너머로 날 힐끔 한 번 쳐다봤을 뿐 어느 누구도 내게 관심을 두지 않았다.

난 까치발로 두터운 페르시아 산 카펫을 지나 반대편 벽에 자리 잡고 있는 육중한 떡갈나무 책상으로 다가가 맨 위쪽 서랍을 열었다. 서랍 안에는 모서리가 접힌 두어 장의 런던 지도 이외에는 아무것도 들어 있지 않았다. 난 그것들 중에서 그래도 덜 낡은 지도를 추려서 까치발로 홈즈와 그의 형님이 기다리고 있는 곳으로 되돌아왔다.

"제대로 찾았군, 왓슨!"

홈즈는 내가 방으로 들어서자마자 지도를 낚아채며 소리쳤다. 그리고는 우리들의 앞에 놓여 있는 나지막하고 작은 커피테이블 위에 지도를 펼쳤다. 자신의 주머니에서 펜을 꺼내더니 지도 위의 런던을 중심으로 사각형 하나를 그렸다. 그런 다음 사각형 안쪽에 가로세로로 줄을 그어 런던의 위쪽에 체스판을 겹쳐 놓은 것처럼 보이도록 만들었다.

"자, 여기에 체스판이 있습니다!"

홈즈는 의기양양한 모습으로 소리쳤다.

마이크로프트는 흥미진진한 눈길로 지도를 들여다봤다.

"그렇다면 자넨 녀석이 진정으로 체스 게임을 하고 있다고 생각하는 것인가?" 내가 물었다.

"정말 그렇게 생각하고 있네. 처음에는 녀석이 은유적인 의미로 체스를 두고 있다고 생각했는데, 지금은……. 템스 강이 런던을 거의 균등하게 반으로 가르고 있는 게 자네도 보이나? 런던의 북쪽 절반을 우리 진영으로, 그리고 남쪽 절반을 녀석의 영역으로 간주한다면, 우린 지금 체스판과 거의 흡사한 형태를 보고 있는 셈이지."

"정말 재미있구나, 셜록." 마이크로프트가 말했다.

"이렇게 해놓은 걸 보니 뭔가 할 말이 있나 보지?"

"녀석은 이곳에서 첫 번째 수를 썼어."

홈즈는 위긴스의 향수 상점이 위치해 있는, 코벤트가든의 세인트폴 대성당 뒤쪽에 X표를 그렸다.

"허드슨 부인은 어떡하고?" 내가 물었다.

"맨 먼저 녀석은 부인을 납치했고……."

"그건 그저 연습이었을 뿐이네. 녀석은 진정한 첫 번째 수를 두는 동안 체스판으로부터 우릴 떼어두길 원했던 것이지. 그 결과 가엾은 위긴스의 죽음을 초래했고. 우리가 거기에 대항해서 프레디 스톡턴으로부터 정보를 끌어내자,"

홈즈는 램버스에 또 하나의 X자를 그렸다.

"녀석은 다음 수로 '기사(나이트)'를 베이커 가로 보내서 그 보석을 낚아채도록 만들었던 것이야. 오늘 아침에 심슨으로부터 정보를 짜내고 있는 동안, 말 그대로 반격을 당한 꼴이지."

"그곳이 어디였는데?" 마이크로프트가 물었다.

"여기, 서더크야." 홈즈는 아무렇지도 않게 범죄가 저질러지는 악명 높은 슬럼가에 또 하나의 X자를 그렸다.

"음, 축하해줘야겠구나, 셜록." 마이크로프트가 말했다.

"그리고 지도에 그려보겠다는 발상이 천재적이라는 것도 칭찬해야겠다."

"우린 언제나 모든 노력을 기울여서 녀석보다 적어도 한두 수 먼저 둬야 해. 마이크로프트, 형은 체스에 관한 전문지식을 가지고 있지? 어렸을 때 꽤나 체스를 잘 뒀던 것으로 기억하고 있거든. 지금도 그런 거야?"

마이크로프트는 우람한 어깨를 으쓱했다.

"예전 같지 않아. 지금도 때때로 체스를 두긴 하지만 전문가라곤 할 수 없지. 정신을 단련하는 데는 무척이나 쓸모가 있지만, 실제로 시합을 하고 싶거나 하진 않았거든. 그리고 너도 날 상대로 해서 곧잘 이기곤 했잖아? 어쨌거나 내가 좀 연구를 하면 원래 있었던 능력을 되찾을 수 있을지도……."

"우린 시간이 없단 말이야!" 홈즈가 외쳤다.

"우리가 갖고 있지 못한 단 한 가지가 바로 그 시간이라고!"

"셜록, 제발 목소리 좀 낮춰라." 마이크로프트는 자신의 어깨 너머로 숙연할 정도로 조용한 홀을 돌아다보며 말했다.

"시끄러운 소리가 나면 이곳에 있는 신사분들이 얼마나 짜증을 낼지 잘 모르는 모양이구나."

홈즈는 마이크로프트의 말에 대꾸하지 않고 우리 안에 갇힌 호랑이처럼 방 안을 왔다 갔다 했다. 마이크로프트와 난 아무 말도 하지 않고 홈즈의 눈치를 보고 있었는데, 홈즈가 갑자기 걸음을 멈추더니 안락의자들 중 하나에 털썩 주저앉았다.

"너무 신경 쓰지 마, 어떻게든 해야 할 일이니까."

홈즈는 팔걸이에 올려놓은 양손을 움찔거리며 말했다.

"형이 해야 할 게임이란 소리야."

홈즈가 정색하며 마이크로프트에게 말했다.

마이크로프트는 한숨을 내쉬었다.

"선택의 여지가 없는 것 같구나. 이렇게 마구잡이로 몰아치는 일이 없었으면 하고 바랐는데……. 내가 틀에 박힌 일상생활이 흐트러지는 걸 얼마나 싫어하는지 너무 잘 알고 있잖니?"

"마구잡이로 몰아치는 건 내게 맡겨둬." 홈즈가 말했다.

"형에게 바라는 건 체스 게임의 전문성뿐이야. 아참, 스코틀랜드 야드의 도움이 필요할지도 모르는데, 그들에게 어디까지 말해도 되는 거지?"

마이크로프트는 이번에는 살이 찐 어깨를 으쓱했다.

"네가 원하는 도움을 얻는 데 필요한 것이면 무엇이든 상관없다. 하지만 이런 정보를 널리 퍼뜨리지는 말아다오. 따라서 네가 거느리고 있는 거리의 부랑아들에게는 입도 뻥긋하면 안 된다."

홈즈는 짜증난 표정으로 손사래를 치며 마이크로프트의 마지막 당부를 묵살해버렸다.

"형이 아이들을 싫어한다고 해서 내 협조자들을 비방해선 안 되지. 투트힐 단장과 그의 친구들이 내게 정말 크나큰 도움을 줄 것이라고 장담할 수 있어."

이번에는 마이크로프트가 짜증을 낼 차례였는데, 자신의 동생과 똑같이 마치 파리라도 쫓는 것처럼 손사래를 치는 걸 보고 웃음이 터질 뻔했다.

"내가 걱정하는 게 한 가지 있다." 마이크로프트가 말했다.

"모리아티가 공격을 시작하면 조금도 주저하지 않고 체스판에서 네 말들을 제거해버릴 것이다. 가엾은 위긴스 씨의 경우처럼……. 네가 그런 일에 대비하고 있는지 궁금하구나."

홈즈는 창문을 통해 사람들로 북적거리는 팰맬 가를 멍하니 내다봤다. 창문으로 들어온 흐릿한 회색 햇빛을 받고 있는 그의 얼굴이 무척이나 우울해 보였다.

"모르겠어." 홈즈는 낮은 목소리로 중얼거렸다.

"내가 할 수 있는 일이라면 뭐든지 할 거라는 생각밖에 없어서……." 그러다가 갑자기 우리 모두에게 전염병처럼 덮쳐오는 암울한 분위기를 털어버리기라도 하듯 온몸을 부르르 떨었다.

"아무것도 약속할 순 없지만, 내가 할 수 있는 일이라면 최선을 다하겠다."

마이크로프트는 고래가 깊은 바다 속으로부터 수면으로 솟구치듯 깊이 몸을 파묻고 있던 안락의자에서 일어섰다.

"어쨌거나 이 한 가지만은 꼭 명심해야 한다, 셜록. 어떤 식으로든 녀석을 제지해야 한다는 걸. 녀석이 제 마음대로 움직이도록 놔두면 이 세상이 불안에 떨어야 할 테니까 말이다."

"알았어." 홈즈가 자신의 형을 쳐다보며 대답했다.

"그 일을 나보다 잘할 수 있는 사람은 없을 거야."

✢

8장

상대의 수까지
연구하라

홈즈와 난 클럽에서 가벼운 저녁식사를 함께 하자는 마이크 로프트의 초대를 흔쾌히 받아들였다.

"셰프가 나쁘지 않아. 벨기에 사람인데, 프랑스 사람과 거의 흡사할 정도로 솜씨가 좋단 말이야." 마이크로프트는 주홍색의 두터운 비단 휘장으로 가려진 프랑스식 창문 바로 옆의 한쪽 구석에 있는 조용한 식탁으로 안내됐을 때 이렇게 속삭였다.

주방에서 풍겨오는 음식 냄새에 구미가 동했다. 고기 굽는 냄새와 신선한 버터의 향이 코를 자극했다. 식당 안은 거의 비어 있었는데, 웨이터들이 소리를 전혀 내지 않고 조용히 오갔다. 디오게네스 클럽의 고용조건 중의 하나가 침묵을 지키는 능력이 아닌가 하는 의문이 들었고, 매니저가 직원들에게 특이한 성향의 회원들을 방해하지 못하도록 발뒤꿈치를 들고 걸으라고 지시하는 모습이 눈앞에 선했다.

어쨌거나 식당 내에서는 대화가 금기사항이 아니었고, 홈즈는 식사하는 내내 마이크로프트와 체스 게임에 대해서 대화를 나눴다. 형제의 이야기에 귀를 기울여보니 일반적으로 널리 알려진 다양한 공격 전략들은 물론이고, 생소한 전략도 몇 가지 논의하는 듯했다. 홈즈는 마이크로프트가 종이에 간략하게 그린 체스판에 눈을 고정시키고 꼼짝도 하지 않고 앉아 있었다. 난 식사를 마칠 때까지 열 마디 정도만 혼잣말하듯이 중얼거렸고, 어른들이 세상에서 벌어지는 일들에 대해 이러쿵저러쿵 떠들어댈 때 그냥 한쪽 구석에 조용히 앉아 있는 아이 노릇을 하기로 마음먹었다. 사실, 엄청난 능력의 두뇌를 소유한 이 형제들 앞에 서면 어린애처럼 주눅이 들게 마련이었다. 사실 나 자신의 정신적인 능력도 대화를 이끌고 나가거나 남에게 훈시를 할 정도는 됐지만, 이 두 사람의 지적인 거인들에 비하면 확연히 열등하기 때문에 그저 얌전히 앉아 그들의 대화를 듣는 것으로 만족했다.

"모리아티의 전략이 지금까지는 기존의 패턴을 따르는 것 같지는 않구나." 마이크로프트가 맛있게 연어를 먹으며 말했다.

"하지만 두어 가지는 명백해 보여. 예를 들면, 닥터 왓슨으로부터 인도의 별을 빼앗아 간 녀석은 분명히 '나이트'로 움직인 건데……."

"자신의 수를 두기 위해 왓슨을 '훌쩍 뛰어 넘었기' 때문이라 그렇게 본 모양이지?" 홈즈가 대꾸했다.

"그래, 맞았어. 체스판의 모든 말들 중에서 '나이트'가 가장 기발한 녀석인데, 특히 상대방을 포로로 잡기 위해 다른 말들을 뛰어 넘을 능력을 가지고 있는 것만 봐도 그래."

난 어느 누가 내 머리 위를 '훌쩍 뛰어 넘었다'는 생각만 해도 기분이 좋지 않았는데, 특히나 모리아티의 공범이 그랬으니 정말 짜증이 났다. 하지만 아무 말도 하지 않았다.

"어쨌거나," 마이크로프트는 '파테 드 캉파뉴'를 두텁게 한 조각 썰어내며 말을 이었다.

"무슨 일이 있어도 잊지 말아야 할 게 한 가지 있다. 신중한 체스 기사는 항상 자신이 두는 수뿐만 아니라 상대방의 수까지도 면밀하게 연구해야 한다는 것이다. 자기의 수만 고집하면 바로 재앙을 불러들이는 법이지. 몇 수가 채 지나기도 전에 멋들어진 공격 한 방으로 승리를 거둘 때도 있겠지만, 팽팽하게 균형을 이루는 대부분의 게임에서는 상대방을 약화시키는 작은 성공들이 누적되어 승리를 거두게 된다. 비록 수세에 처한 기사라도 명확한 공격 계획을 가지고 있어야 해……. 다음에는 그 자신이 수를 둘 차례니까. 난 그렇게 믿고 있는데 셜록, 네 생각은 어떠니?"

"맞는 말이야."

"넌 그게 무엇이 될지를 예측해내야 한다. 달리 말하면, 네가 상대방처럼 생각하도록 애써야 한다는 말이다."

고개를 끄덕이는 홈즈의 회색 눈이 불길처럼 이글거렸다.

"나도 이미 똑같은 결론을 내리고 있었어. 녀석처럼 막강한 적수를 쳐부수는 유일한 방법은 나 자신을 녀석의 입장에 두는 것이지. 나 자신을 모리아티처럼 생각하는 연습을 해야겠어."

마이크로프트와 난 눈길을 교환했다. 우린 둘 다 그러한 도전이 홈즈의 신체적, 정신적 건강에 미칠 위협을 잘 알고 있었다. 벌써 지금부터 그의 신경에 부담이 되고 있다는 증거가 나타나기 시작했다. 홈즈의 얼굴은 핼쑥하고 초췌해 보였고, 하얀 테이블보 위에 올려놓은 손가락들이 연신 바르르 떨렸다.

우리가 디오게네스 클럽을 나설 때 마이크로프트가 날 한 쪽으로 불러 세웠다.

"저 애를 잘 좀 살펴주시게, 닥터 왓슨."

마이크로프트는 낮은 소리로 말했다.

"우리 모두에게 큰 위험이 닥치고 있는데, 셜록이 가장 크게 느끼고 있는 것 같으니."

"절 믿어주십시오."

비록 장담은 했지만, 나 자신이 확신하지 못해 목소리가 가볍게 떨렸다.

＊ ＊ ＊

홈즈는 베이커 가로 돌아오는 길에 평소와는 달리 말이 없었다. 우리들의 거실로 들어서자마자 홈즈는 자신의 참고 서적이 꽂혀 있는 책꽂이로 가서 브리태니커 백과사전을 꺼냈다.

"여기에는 체스 게임에 대해서 뭐라고 써놨는지 한번 보자구." 홈즈는 책장을 넘기며 말했다.

"이거 참 기묘한데?" 그가 잠시 뭔가를 읽더니 말했다.

"자넨 체스가 극동에서 고안해냈다는 걸 알고 있었나? 인도일 가능성이 가장 높다는군."

"예전에 나도 그런 말을 들은 적이 있는 것 같네. 수백 년 전이라고 적혀있지 않나?"

"그래, 꼭 인도의 별처럼 말일세……. 이 사건에 관련된 모든 단서들이 인도와 연결되어 있으니 괴이하군."

"그저 우연의 일치일 수도 있네. 어쨌거나 그곳의 문화가 아주 풍요롭고 오래됐지 않은가."

"왓슨, 우연의 일치라는 건 게으른 작자가 정형화된 양식을 보는 시각일 때가 대부분이라네. 내 말을 좀 들어보게. '체스'라는 단어는 페르시아 어로 '왕'을 의미하는 '샤(shah)'에서 유래된 것으로, '체크메이트(체스의 장군)'는 '왕이 죽는다'라는 의미의 '샤 마트(shah mat)'에서 유래된 것이라는군."

홈즈는 눈을 들어 날 쳐다봤다.

"자넨 당연히 그게 무슨 뜻인지 알아차렸겠지?"

난 고개를 끄덕였다.

"황태자께서 위험에 처할 수도 있다는 것이지."

"나도 그렇게 될까 봐 걱정이 되는군. 그럴 가능성은 분명히 존재하는 것이고, 우린 그에 따라 적절하게 대응해야만 하는데……. 그 양반이 정말로 그렇게 어이없는 일을 저질렀을까? 그럴 의도가 있었다고 치고, 그걸로 뭘 얻고 싶었던 걸까?"

"난 모르겠네, 홈즈." 난 내 회중시계를 내려다보고 말했다. "밤이 너무 늦었네. 자넨 어젯밤에도 잠을 거의 자지 못했지 않은가. 난 잠을 자지 못하면……."

"자넨 침대로 가게나, 왓슨, 나도 곧 뒤따라 갈 테니."

홈즈는 벽난로 위의 파이프 걸이에서 해포석 파이프를 집어 들며 말했다.

"두어 가지 심사숙고 할 게 있어서 말일세."

"알았네, 홈즈. 하지만 너무 늦게까지 깨어 있어서는 자네 건강에 도움이 되지 않는다는 걸 잘 알고 있겠지?"

"그럼, 잘 알고 있지."

홈즈는 그렇게 대답했지만, 그의 정신은 이미 다른 곳으로 가 있는 게 분명했다. 홈즈는 섀그 담배를 파이프에 채워 넣자 양반 다리를 하고 자신의 안락의자에 앉아 벌써 사색에 잠겼다. 난 한숨을 내쉬고 침대가 있는 위층으로 터덜터덜 걸어 올라갔다. 홈즈가 앞으로 여러 시간 동안 잠자리에 들지 않을 게 뻔해서였다. 홈즈는 언제나 홈즈일 것이고, 그걸 바꾸기 위해 내가 할 수 있는 일이라고는 아무것도 없었다.

* * *

비록 창문 커튼 사이로 스며들어 침실 카펫 위로 떨어지며 모든 색상을 빼앗아가 방 안을 칙칙하고 침울하게 만들어버린 새벽의 찬 공기에 잠을 깨긴 했어도 난 그날 밤에 잠을 푹 잔 편이었다. 10월의 런던 새벽이야말로 그 어느 것보다도 음울하기 짝이 없었다. 난 잠시 동안 회색 햇살이 조금씩 몰려오는 걸 지켜보다 선잠에 빠져들었다가 커피 향기를 맡고 완전히 잠에서 깨어났다.

"아, 왓슨, 오늘을 살아가는 사람들 중에 자네를 넣어야 할지 슬슬 궁금해지기 시작했다네." 홈즈는 내가 눈을 부비며 계단을 비틀비틀 내려오는 모습을 보며 쾌활한 목소리로 말했다.

"아주 깊이 잠들었던 모양이지?"

"아, 신경 써줘서 고맙네." 날 아랫사람으로 보는 듯한 홈즈의 태도에 살짝 화가 나서 퉁명스럽게 대꾸했다. 홈즈의 눈가에 다크서클이 짙게 자리 잡고 있는 걸로 봐서 휴식을 거의 취하지 못한 게 분명한데도 무척이나 원기 왕성했다. 홈즈가 아침식사를 무척이나 맛있게 먹어치우는 걸 보니 내 마음 한 구석에 쌓여 있던 근심이 어느덧 사라졌고, 나도 식욕을 뽐내며 허드슨 부인의 훈제 청어를 부리나케 입 안으로 쓸어넣었다.

"자네가 식사를 마치는 대로 우린 스코틀랜드 야드로 가봐야 할 것 같네." 홈즈가 말했다.

"응?"

"시간을 낼 수 있다면 자네가 나와 동행해줬으면 하네. 레스 트레이드와 상의할 사소한 일이 한두 가지 있거든."

난 훈제 청어를 가득 입에 채운 채 고개를 끄덕였다.

"당연히 함께 가야지. 잠깐 진료소에 들려서 맥키니가 어떻게 해나가고 있는지만 확인하면 되네. 그 사람이 지난 며칠간 내 일을 대신해주고 있어서 말일세."

"그래, 그렇다고 했지."

"가서 확인을 하고, 자네가 좋다면 야드에서 자넬 만나겠네."

"그렇게 해주게. 우리의 경감 나리께서 가엾은 위긴스의 사망과 같은, 나보다는 자네가 더 대답할 수 있는 질문을 두어 가지 할지도 모르니까 말일세."

우린 한 시간쯤 후에 야드에서 만나기로 약속했고, 난 맥키니가 일을 제대로 하고 있는지를 알아보기 위해 진료소로 갔다. 맥키니는 에든버러 의과대학을 갓 졸업한 유능한 젊은 친구였다. 그는 이전에도 나 대신 진료를 한 적이 있었고, 내가 없을 때에도 모든 일들을 문제없이 해낼 것이라는 믿음이 있었다.

진료소에 도착했을 때 맥키니가 환자를 보고 있어서 난 대기실에 앉아 내 앞으로 온 우편물들을 살펴봤다. 반송 주소가 없고 우표도 붙어 있지 않은 평범한 편지봉투가 눈길을 끌었고, 봉투를 개봉하자 종이 한 장만 안에 들어 있었다. 종이에는 커다란 활자체로 'K.Kt.-B4'라고만 적혀 있었다. 닥터 맥키니가 진찰실에서 나와 내게 인사할 때까지 난 이 알쏭달쏭한 문장의 의미를 머릿속으로 곰곰이 생각해봤다. 맥키니는 키가 크고, 잘 구워진 볏짚 같은 색상의 곱슬머리에, 켈트 족 특유의 기다란 얼굴을 한 잘 생긴 스코틀랜드 인이었다.

"이 편지, 언제 배달된 건가?" 내가 물었다.

"아, 물어보실 줄 알았습니다. 생강빛 구레나룻을 기른, 키가 자그마한 이상한 사람이 불과 몇 분 전에 갖고 온 겁니다. 말은 한 마디도 않고, 그저 이걸 내 손에 쥐어주고 가버렸습니다."

난 즉시 워털루 역에서 내 손에 신문을 쥐어줬던 난장이를 머릿속에 떠올리며 깜짝 놀랐다. 미행을 당하고 있다는 불편한 기분이 들었다. 하지만 맥키니에게는 아무 말도 하지 않고 편지지를 주머니에 쑤셔 넣었다. 우린 내 환자와 치료법, 진료비 등과 같은 다양한 문제에 대해서 15분 정도 이야기를 나눴는데, 그 동안에는 주머니 속에 넣어둔 편지지를 까맣게 잊고 있었다. 난 닥터 맥키니와 두어 건의 진료에 대해서 검토한 다음, 진료소를 출발해서 곧장 스코틀랜드 야드로 향했다.

야드에 도착하자 즉시 레스트레이드의 사무실로 안내됐는데, 셜록 홈즈가 직접 문을 열어줬다.

"어서 들어오게, 왓슨! 마침 레스트레이드 경감에게 위긴스의 살해를 둘러싼 상황들을 설명하려던 참인데 날 좀 도와주게."

사무실로 들어서자, 인간과는 다른 동물이 실내에 있다는 걸 즉시 알아봤다. 임시적으로 횃대로 사용되는 레스트레이드의 의자 위에 앵무새 반두가 앉아 있었다.

"들어오게, 왓슨!" 반두는 인간 세상의 것 같지 않은 이상한 목소리로 재잘거렸다.

홈즈가 씩 웃었다.

"왓슨, 자네도 봤겠지만 저 새는 정말 자네를 좋아하는군."

"저 새는 이곳에서 뭘 하고 있는 건가?"

난 스코틀랜드 야드의 사무실에서 가엾은 위긴스의 애완동물을 보게 된 것에 깜짝 놀라 물었다.

레스트레이드가 의자에서 일어섰다.

"이 녀석은 지금 잠정적으로 구금되어 있습니다."

그는 헛기침을 하고 홈즈를 힐끔 쳐다봤다.

"전, 음……. 알려줄 정보가 좀 더 있을지도 모른다고 생각해서요." 퉁명스럽게 말하는 레스트레이드의 얼굴이 약간 벌게졌다.

"위긴스 씨를 누가 살해했는지를 알아내는 데 이 새가 선생께 도움이 되는 것으로 알고 있습니다만……." 그가 날 쳐다보며 말했다.

"틀림없는 사실이라니까요." 레스트레이드의 쑥스러운 상황을 우아하게 못 본 척하며 홈즈가 나섰다. 마음이 약하게 보이고 싶지 않다는 욕구를 이해하는 사람이 있다면 그건 홈즈였다.

"그렇다면 아직도 프레디 스톡턴의 흔적이 발견되지 않은 건가요?" 홈즈가 물었다.

"네, 하지만 지금 우리가 대화를 나누고 있는 중에도 몇몇 부하들에게 스톡턴을 찾도록 지시해뒀습니다."

레스트레이드가 대꾸했다.

"머잖아 녀석을 재판에 회부할 수 있을 거라고 봅니다."

"홈즈가 경감님께……." 내 말이 더 이어지기 전에 홈즈가 말허리를 자르며 끼어들었다.

"내가 막 그걸 말하려던 참이었네, 왓슨."

홈즈는 내게 의미심장한 표정을 지어 보였다. 난 고개를 끄덕이고는 레스트레이드의 책상 맞은편에 놓인, 나무로 등받이가 높게 만들어진 의자에 앉았다.

"……말하려던 참이었네, 왓슨." 반두가 횃대 위에서 몸을 위아래로 까딱거리며 따라 했다. 레스트레이드는 화가 난 눈길로 앵무새를 노려보고 다시 우리에게로 눈길을 돌렸다.

"닥터 왓슨이 들어왔을 때 제게 말하려던 게 무엇이었습니까?"

홈즈가 막 말을 하려는 순간, 문에서 들려오는 노크 소리에 의해 방해를 받았다.

"무슨 일인가?" 레스트레이드가 물었다.

문이 열리고 체격이 다부진 젊은 경사가 들어왔다. 금발을 짧게 치고 군인 같은 태도의 경사였는데, 레스트레이드를 보자 멋들어지게 경례를 붙였다.

"그래, 모건, 무슨 일인가?" 레스트레이드가 물었다.

"말씀 나누시는데 죄송합니다만 경감님, 꼭 보고를 드려야 할 일이 있어서요."

"그래? 얼른 말해주게나. 그게 무슨 일인가?" 레스트레이드가 다급하게 재촉했다.

모건은 홈즈와 날 힐끗 쳐다보며 머뭇거렸다.

"괜찮아, 모건. 이 분들은 내 수사를 도와주시고 있어." 레스트레이드가 짜증난 목소리로 말했다.

"그러시다면……. 경감님, 프레디 스톡턴이 발견되긴 했는데……."

"그래?" 레스트레이드가 의자에서 벌떡 일어서며 물었다.

"템스 강에서 시신으로 발견된 것 같습니다, 경감님."

"녀석이 죽었다고? 지금 스톡턴이 죽었다고 내게 말하는 건가?"

"그렇습니다, 경감님. 죽은 것처럼 보인다는 겁니다."

"죽었다는 거야, 아니라는 거야? 이건 어떻게 보이느냐의 문제가 아니잖아!" 레스트레이드가 소릴 꽥 질렀다.

"아, 녀석은 분명히 죽었습니다, 경감님. 시신의 신원을 확인해준 녀석의 친구를 확보했고, 녀석의 머리카락이 워낙 독특해서요. 먼저 목을 졸라 죽인 다음에 시신을 강으로 던져버린 것 같습니다."

"녀석이 어떻게 죽을 수 있지? 어떻게 이런 일이 벌어진 거냐고?" 레스트레이드는 화가 잔뜩 나서 갈라진 목소리로 고함을 질렀다.

모건 경사는 깜짝 놀라 한 걸음 뒤로 물러섰다. 레스트레이드는 한숨을 길게 내쉬었다.

"흉한 꼴을 보여줬군. 미안하게 됐네, 경사……. 그럼, 나가보게."

모건 경사는 멋들어지게 경례를 올려붙이고 뒤로 돌아 사무실을 빠져나갔다. 레스트레이드는 고개를 절레절레 저었다.

"저 모건이라는 친구 말입니다……. 저렇게 경례하는 것에 신경을 쓰는 걸 보니 자신이 아직도 군대에 있는 것으로 생각되는 모양입니다." 레스트레이드가 맘에 들지 않는다는 듯 중얼거렸다. 그러고는 의자에서 일어서서 반두 바로 뒤쪽의 창턱에 놓인 주전자를 들고 물을 한 컵 따랐다. 앵무새는 재미 나는 듯 레스트레이드의 동작을 그대로 따라하다가, 물을 보자마자 입을 딱 벌리고 끝이 뾰족한 검은색 혀를 쑥 내밀었다. 레스트레이드가 컵을 내밀자 반두는 물을 입 안에 넣고, 물을 모구멍 너머로 삼키려고 얼굴을 위쪽으로 들었다.

"이건 설명할 수 있을 것 같군요, 경감님." 홈즈가 말했다. "닥터 왓슨과 내가 스톡턴과 대화를 나눴을 때, 녀석은 우리에게 뭔가를 털어놨다가는 자신의 고용주로부터 보복을……. 받지 않을까 겁을 내더군요. 말을 했든 안 했든 간에 녀석이 우리와 함께 있는 걸 사람들이 봤던 게 좋지 않은 결과를 낳은 것 같네요."

"녀석의 고용주라고요? 누가 고용주라는 겁니까?"

레스트레이드가 물었다.

홈즈는 두 손을 깍지 끼고 레스트레이드를 똑바로 쳐다봤다.

"그런 놈이 있습니다, 경감님. 런던에서 벌어지는 사악한 일들의 절반 정도는 이놈이 배후라고……."

"아, 예," 레스트레이드가 진력이 나는지 건성으로 대꾸했다.

"사악한 모리아티 교수에 대해서 닥터 왓슨이 정리한 내용을 읽어봤습니다. 뭐랄까……. 그런 인간이 존재했다는 것 자체를 믿기 힘들더군요." 그는 내게 윙크를 보내며 덧붙였다.

"소설로서야 아주 좋았지만요."

"경감님, 모리아티 교수가 실재 인물이라는 걸 보증할 수 있습니다. 게다가 지금 멀쩡히 살아 있다는 것도요."

홈즈가 확실한 어조로 대꾸했다.

레스트레이드가 이번에는 애원하는 듯한 눈길로 날 쳐다봤지만, 난 홈즈의 말이 맞다고 고개를 끄덕였다.

"안타깝지만 홈즈의 말이 맞습니다, 경감님. 모리아티가 라이헨바흐 폭포에서 살아남았다는 것도 맞는 말입니다."

레스트레이드의 얼굴이 벌게졌다.

"그런데……. 그런데 제가 왜 그런 악당을 모르고 있었을까요?"

홈즈는 어깨를 으쓱했다.

"대부분의 사람들이 그런 사람이 있다는 걸 모르고 있어요. 바로 그게 녀석이 가지고 있는 힘의 비밀이었고요. 그런데 런던으로 되돌아와 자신의 제국이 난장판이 된 걸 발견하고는 통제력을 다시 확립하려고 한층 더 기를 쓰고 행동하는 중입니다. 녀석의 움직임이 더욱 더 공개적이고 무자비해진 걸 보면요. 나에 대한 도전에는 허세의 기운이 가득한데, 이전에는 눈을 씻고 찾아봐도 보이지 않던 기운이에요."

홈즈는 상체를 앞으로 쑥 내밀고 자신의 날카로운 팔꿈치를 무릎 위에 올려놓았다.

"바로 이 점 때문에 우리가 녀석을 이겨낼지도 모른다는 희망을 품게 된 겁니다. 녀석이 이전에는 냉정한 이해타산을 바탕으로 행동한 반면, 지금은 자만심을 바탕으로 행동하니까요."

"그렇다면 그런 녀석이 실제로 존재한다는 겁니까?"

레스트레이드가 다시 의자에 앉으며 조심스럽게 물었다.

"안타깝지만 그렇습니다." 홈즈가 대꾸했다.

"그리고 녀석이 스톡턴의 죽음에 책임이 있다고 확신하고 있고요. 스톡턴이 실수를 한 가지만 한 게 아니라 두 가지나 저지른 것에 대한 본보기를 보이고 싶어서 죽였다는 데 의문의 여지가 없습니다."

"두 가지 실수라니요?" 레스트레이드가 물었다.

"그 첫 번째는 위긴스를 죽인 것이었죠." 내가 말했다.

"그렇다면 위긴스를 죽일 의도가 없었다는 뜻입니까?"

"당연히 없었죠." 홈즈가 나를 대신하여 대답했다.

"위긴스로부터 정보를 짜내기 위해 스톡턴을 보낸 것이었는데, 그 목적을 달성하기도 전에 위긴스가 죽은 겁니다. 목을 졸려 살해당한 건데, 방금 경사가 들어와 보고한 스톡턴의 피살 방법과 동일하잖아요?"

"그럼 두 번째 실수라는 건요?"

"아, 당연히 우리에게 말을 한 거죠. 우린 공공연히 프레디 스톡턴을 찾아 나섰거든요. 우리가 수색을 하는 동안, 런던의 범죄자들 절반은 우릴 봤을 겁니다." 홈즈가 말했다.

"스톡턴은 우리가 이미 알고 있는 사실 이외에는 아무것도 털어놓지 않았지만, 모리아티가 살아 있고, 또 런던에 있다는 내 의심을 확인해준 셈이었죠." 홈즈는 우리가 타락한 인생들이 우글거리는 여러 장소를 방문했던 것을 포함해서 지금은 세상을 떠난 프레디 스톡턴과 나눴던 대화를 간략하게 설명해줬다. 홈즈의 설명이 이어지는 동안, 레스트레이드는 한가롭게 반두의 깃털을 쓰다듬고 있었고, 앵무새는 그에 대한 응답으로 부리를 레스트레이드의 어깨에 대고 문질러댔다.

"음, 그러니까……." 레스트레이드는 홈즈의 설명이 끝나자 말했다.

"자신의 부하에게 정말 그런 짓을 했다면 제가 생각했던 것보다 훨씬 나쁜 녀석이로군요."

홈즈는 쓸쓸한 미소를 지었다.

"이 녀석은 어떤 사람이 상상할 수 있는 것보다 더 나쁜 놈입니다. 레스트레이드, 당신을 위해 하는 말인데, 무슨 일이 있더라도 이 녀석과는 얼굴을 맞대고 싸우지 않기를 바랍니다."

걱정한다고 해준 홈즈의 말이 자존심을 건드렸는지 레스트레이드가 발끈하며 쌀쌀맞게 말했다.

"그럴 기회가 온다면 제가 능히 감당할 수 있다는 걸 보여드리죠, 홈즈 씨."

"아, 물론 그러시겠지요." 홈즈는 더 이상 말다툼하기가 싫었는지 레스트레이드를 다독거렸다.

"녀석이 자신의 부하까지 제거할 정도로 무자비한 녀석이라는 건 분명한 사실이고, 다음번 수를 어떻게 두려고 마음먹었는지 궁금해 죽겠군요."

"아참! 그걸 깜빡 잊고 있었다니! 자네에게 보여줄 것이 있네." 내가 진료소를 떠나기 전에 쑤셔 넣었던 쪽지를 찾아 주머니를 뒤적거리며 말했다.

"여기 있네. 이걸 보고 뭐 알아낼만한 게 있나?"

난 쪽지를 홈즈에게 건네며 물었다.

홈즈는 쪽지를 잠시 살펴보더니 레스트레이드에게 건넸다.

"이건 추리하고 자시고 할 것도 없이 간단하군. 그렇지 않아요, 레스트레이드?"

레스트레이드는 쪽지를 들여다보다가 얼굴을 들었다.

"일종의 암호 같은 데요?"

"그 점은 정확합니다." 홈즈가 말했다.

"체스의 수니까요."

"뭐라고요?" 레스트레이드는 쪽지를 다시 살폈다.

"그건 어떤 수를 가리키기 위해 체스 기사들이 사용하는 약칭입니다. 'K.Kt.-B4'라는 건 왕의 기사―물론 왕에게 가장 가까운 곳에 있는 기사―가 '주교(Bishop) 4'라고 불리는, 주교 앞쪽의 4개의 정사각형 앞으로 움직이는 수를 의미하죠."

"아, 맞아요. 당연히 그걸 의미하죠." 레스트레이드가 의자에 앉은 채 엉덩이를 이리저리 움직이며 맞장구를 쳤다.

"자넨 이 쪽지를 어디에서 얻었나, 왓슨?"

"내게 온 편지들 사이에 끼어 있었네."

"소인(消印)은 어디던가?"

"소인은 없었고, 반송 주소도 없었네……. 하지만 이걸 가져온 사내의 인상착의는 기차역에서 내게 신문을 건네줬던 괴상한 난장이와 동일하더군. 맥키니의 말에 의하면, 구레나룻을 빽빽하게 길렀고 오고 갈 때 단 한 마디도 하지 않았다네."

홈즈는 눈을 가늘게 떴다.

"오호라! 오늘 자 텔레그래프 지에 광고가 없는 걸 보니 이게 모리아티의 다음 수인가 보군." 홈즈는 다시 쪽지를 들여다봤다.

"이건 무수히 많은 것들을 의미할 수 있겠는데? 어느 게 딱 들어맞는지 해석을 잘해야겠어."

"무슨 말인지 잘 모르겠는데요……." 레스트레이드가 끼어들었다.

"'모리아티의 다음 수'라는 게 무슨 뜻이죠?"

홈즈는 도난당한 보석에 대해 차근차근 설명해주고는 국제적으로 아주 중요한 문제라는 걸 강조했다. 홈즈의 설명이 진행됨에 따라 레스트레이드의 눈은 점점 커졌고, 설명이 끝나자 침을 꿀꺽 삼켰다.

"휴……. 놀랍군요!" 레스트레이드는 낮은 목소리로 말하고, 책상 뒤쪽에 놓인 주전자를 들어 자신의 컵에 물을 가득 따랐다.

"이젠 알겠죠?" 홈즈가 물었다.

"위긴스의 죽음이……. 지금 벌어지고 있는 체스 게임의 한 수였다는 걸요?"

레스트레이드는 이 정보를 상당히 회의적으로 받아들이긴 했지만, 이 문제에 관해서는 홈즈의 인도를 따르기로 했다.

"그 부분은 좀 억지인 것처럼 보이는군요."

레스트레이드는 좀 못마땅하다는 어조로 말했다.

"하지만 선생께서 모리아티가 저지르려는 일이 그것이라고 생각하신다면 그대로 따라야 하지 않나 하는 생각이 드는군요……."

"난 분명히 그렇다고 봅니다. 제 형님인 마이크로프트도 내 생각에 동의하고 있고요." 홈즈가 단호한 어조로 말했다.

"아, 그 분도 이 일에 뛰어드신 겁니까?"

레스트레이드가 깜짝 놀란 표정으로 물었다.

"마이크로프트 홈즈 씨는 아주 현명하시더군요. 하지만…….
이렇게 말씀드리는 게 어떨지 모르겠지만, 약간 특이하시기도 하
고요. 그 분의 클럽은 좀……." 레스트레이드는 고개를 저었다.

"그런데 이 모리아티라는 친구는 왜 자신이 하려는 일을 선생
께 슬쩍 알려주려는 겁니까?"

홈즈는 상체를 숙이고 자신의 두 팔을 레스트레이드의 책상
위에 올려놓았다.

"녀석의 명성이 손상되기 전에 가지고 있던 것과 동일한 통제
력을 행사하기 위해 자신을 따르던 부하들 속에서 다시 한 번 우
월성을 확보할 필요가 있다고 느끼고 있는 것 같아요. 경감님도
아시겠지만, 녀석은 자신이 몸담고 있는 업계에서 3년 넘게 활동
을 하지 못했고, 그때 이후로 런던에서는 많은 것이 변화했죠.
녀석은 한때 범죄 지도자였던 자신이 지금도 그렇다는 걸 보여
주기 위해 이처럼 위험한 게임을 하고 있는 겁니다. 그런데 그
너머에는 녀석의 오만함이 있단 말입니다. 사실, 자신이 지적으
로 우월하다는 자만심이야말로 녀석의 아킬레스건이라 할 수 있
죠. 그것만이 녀석의 유일한 약점이라고 할 수 있고, 우리가 녀
석을 물리치려면 그걸 붙잡고 늘어져야만 합니다."

"그럼, 녀석은 이걸로 뭘 나타내려 했다고 생각하십니까?" 레
스트레이드는 체스의 수가 적혀 있는 쪽지를 흔들며 물었다.

홈즈는 상체를 의자 등받이에 기댔다.

"확실하진 않지만, 가설은 몇 개 가지고 있어요. 그 모든 가능성을 다 확인해볼 순 없지만, 우린 최선을 다해야겠죠. 경감님께서 하실 수 있는 첫 번째 일은 모든 부하들에게 어떤 움직임이 있을 거라고 경고하는 겁니다."

"그 움직임이라는 게…… 정확하게 뭘까요?"

"말로 표현하기는 좀 어렵군요. 그건 여기에 적혀 있는 수를 어떻게 올바르게 해석하느냐에 따라 달라지는 문제라서요. 런던을 떠나는 모든 선박과 운송수단을 검색하라는 지시를 분명히 이미 내려놓으셨겠죠?"

"아, 그럼요. 지금 막 그 지시를 내릴 참이었습니다."

레스트레이드가 어정쩡한 자세로 말했다.

"음……. 모건에게 즉시 전달하도록 하겠습니다."

레스트레이드는 문으로 걸어가 활짝 열었다.

"모건, 이리 오게."

잠시 후, 모건의 혈색 좋은 얼굴이 문간에 나타났다.

"부르셨습니까, 경감님?"

"모든 정부 청사와 보안 위험이 있을 수도 있는 곳들에 경찰관을 한 명 더 배치하도록 하게. 그리고 두 명을 베이커 가 221B에 파견하도록 하고. 알겠나?"

레스트레이드는 홈즈 쪽으로 돌아섰다.

"이제 홈즈 씨가 수사에 착수했다는 걸 녀석이 알 테니까, 보호를 좀 더 강화하는 게 나을 것 같아서요."

홈즈는 고개를 끄덕였다.

"여력이 있다면, 그래 주시면 고맙죠."

"병력은 충분합니다. 내 말 알아들었나, 모건?"

"알겠습니다, 경감님."

모건은 돌아서서 그 자리를 떠나려고 했다.

"그리고 모건⋯⋯."

"네, 경감님."

"선박을 검색하라는 이전의 지시가 제대로 잘 실행되고 있는지 알아보게."

모건은 어리둥절한 표정을 지었다.

"어떤 지시를 말씀하시는 건지⋯⋯."

레스트레이드는 우릴 힐끗 쳐다보고 눈알을 굴렸다.

"런던을 떠나는 의심스러운 운송수단을 하나도 빼놓지 검색하라고 내렸던 지시 말이야."

"아, 그 지시요! 알겠습니다, 즉시 알아보겠습니다, 경감님."

젊은 경사는 멋들어지게 경례를 올려붙이고 그 자리를 피했다. 레스트레이드는 문을 닫고 자신의 책상에 앉았다.

"모건 저 녀석 때문에 될 일도 안 된다니까요."

난 내 얼굴에 동정하는 표정이 나타나 있길 바라며 레스트레이드를 쳐다봤다. 확실하진 않지만, 홈즈는 웃음이 터져 나오려는 걸 억지로 참고 있는 것 같았다.

"자, 이제 뭘 하면 되죠?" 레스트레이드가 물었다.

"이젠 기다려야죠." 홈즈가 대꾸했다.

"아참, 내가 직접 가봐야 할 일이 두어 가지 있으니까 경감님만 대기하시면 되겠네요. 우린 갈까, 왓슨?"

홈즈가 앉아 있던 의자에서 일어서며 말했다. 레스트레이드는 족제비 같은 얼굴에 아쉬워하는 기색을 띠며 문 쪽으로 우릴 따라왔다.

"연락드리겠습니다."

레스트레이드가 말했다. 바로 그 순간, 반두가 커다랗게 날갯짓을 하며 횃대에서 날아올라 레스트레이드의 어깨에 내려앉았다. 레스트레이드는 이 앵무새의 행동이 기쁘기도 하면서 부끄럽기도 한 것 같은 표정을 지었다.

"레스트레이드," 홈즈가 문을 나서며 말했다.

"그 새가 경감님을 좋아하기 시작하는 모양입니다."

"아이고, 말도 안 되는 소립니다." 레스트레이드가 말했다.

"말도 안 되는 소리!" 반두가 그 말을 받아 되풀이했다.

"말도 안 되는 소립니다."

9장

젊은 여자의
방문

베이커 가로 돌아왔을 때, 허드슨 부인은 문간에서 우릴 맞이
했다. 난 종종 부인을 참을성이 많다고 서술하곤 했는데 그건 틀
림없는 사실이고, 부인의 집에 입주하고 있는 유명한 탐정이 벌
이는 끊임없는 모험 속에서 스코틀랜드인의 본성이 빛을 발하고
있다는 것도 사실이었다. 간단히 말하자면, 허드슨 부인 본인은
인정하지 않을지 몰라도 홈즈와 가까이 있다는 것에 흥분을 느
끼고 있다는 걸 곧잘 표현하곤 했다. 최근의 납치와 같은 위험이
자신에게 닥치더라도 별로 개의치 않았다. 지금 문간에서 우릴
맞이하는 허드슨 부인의 얼굴은 말로 다 표현하지 못하는 의문
들로 활짝 피어 있었다.

"위층에 웬 젊은 여자가 기다리고 있어요."

부인은 내게 뭔가 음모가 있는 듯한 고갯짓을 하며 말했다.

"고마워요, 허드슨 부인." 홈즈는 허드슨 부인에게 엉뚱한 생각을 품게 할지도 모를 가능성을 무시하며 간단히 말했다. 홈즈는 여자 문제에 관해선 아주 구식인 사람이었다. 물론 무척이나 흠모하는 아이린 애들러를 제외하고 하는 말이지만. 여자들은 홈즈의 내면에 있는 보호 본능을 불러 일으켰고, 홈즈는 직업상 가끔 마주치는 최악의 순간까지도 그런 감정을 드러내고 싶어 하지 않았다. 홈즈의 이러한 태도는 꼭 여인들에게만 국한된 건 아니었다. 그는 때때로 내가 자신과 함께 하다가 위험에, 난 기꺼이 감당하다고 있다고 생각하지만 홈즈는 자신에게 책임이 있다고 생각하는 위험에 대해서 유감을 표명하곤 했다.

우리가 거실 문을 열자 바이올렛 메리웨더가 불가에 놓인 의자에서 일어서서 우릴 반겼다. 그녀가 일어서자 바스락거리는 그녀의 스커트에서 골든 나이츠의 향기가 풍겼다. 그 향기로 인해 머리가 아찔해진 난 잠시 동안 문간에 얼어붙어 있었다.

"홈즈 씨, 실례를 용서해주셨으면……."

메리웨더 양은 허둥대며 말했다. 홈즈는 그저 활짝 미소를 지으며 등 뒤로 문을 닫았다.

"원, 무슨 말씀인가요, 메리웨더 양. 오히려 기다리시게 해서 미안합니다."

"아, 그리 오래 기다린 건 아니에요."

"담배를 두 대 피우고 잠깐 졸았을 정도로 오래이긴 했죠."

우릴 찾아온 방문객은 얼굴을 붉혔고, 난 그 안색이 아름다운 얼굴에 잘 어울리는 모습을 보고 또 한 번 감동을 받았다.

"하지만 그걸 어떻게……?"

메리웨더 양은 말을 더듬기까지 했다.

홈즈는 살짝 미소 짓고 불가에 놓인 자신의 의자에 앉았다. 메리웨더 양이 내가 평소에 앉는 의자에 앉았기 때문에 난 홈즈의 말을 듣기에 편한 소파 팔걸이에 걸터앉았다.

"음……. 우선 왓슨이나 저 자신이 피우지 않는 터키 산 혼합 담배의 향기를 맡았으니까요." 홈즈는 코트를 벗어 멋있게 휘어진 나무 옷걸이에 걸며 말했다.

"졸았다고 서슴없이 말했던 건 아가씨의 뺨에 새겨진 흔적이 안락의자의 등받이에 걸쳐진 레이스 깔개의 무늬였기 때문이었죠. 지금 다소 흥분된 상태인 걸로 봐서, 좀 전에 그런 자국이 남을 정도로 오랫동안 의자에서 한 가지 자세로 있게 만든 건 잠밖에 없다고 추리했죠. 제 말이 맞았나요?"

"한 마디도 틀리지 않았어요, 홈즈 씨. 그리고 선생님과 닥터 왓슨께서는 그런 숙녀답지 못한 행동을 했다고 해서 절 얕잡아 보지 말아주셨으면 합니다."

홈즈는 그저 살짝 미소를 짓고는 고개를 가로저었다. 내 입장에선, 그런 점이 그녀의 수수께끼 같은 정체에 의문부호를 한 개 더 더해야만 했다. 도대체 그녀가 어떤 생활을 하고 있기에 흡연 습관을 가지게 된 것일까?

메리웨더 양이 나의 깊은 생각을 방해했다.

"전 또 한 번 홈즈 씨의 빛살처럼 재빠른 추리 솜씨에 감명받았어요."

홈즈는 어깨를 으쓱했다.

"이런 건 어린애 장난 같은 거라서요. 불행하게도 좀 더 중요한 추리는 아주 애를 많이 써야 결론이 나오는 경우가 많죠."

그는 신중한 어조로 말했다.

"그렇다면……. 그게 사실인가요, 홈즈 씨? 인도의 별이 다른 사람의 수중으로 넘어갔다는 것이요?"

홈즈는 담배에 불을 붙였다.

"유감스럽지만 그렇게 됐습니다, 메리웨더 양. 전적으로 제 잘못입니다. 이런 일이 벌어지리라는 걸 미리 예상했어야 했는데……."

"하지만 홈즈……." 난 홈즈가 비난을 몽땅 뒤집어쓰지 않도록 하려고 입을 열었지만, 홈즈가 즉시 가로막고 나섰다.

"가만있게, 왓슨. 내가 저지른 실수에 대해서는 철저히 책임을 질 생각이네. 인도의 별이 사라진 건 전적으로 내 잘못일세. 메리웨더 양, 실망을 드려 죄송합니다. 이제 제가 할 수 있는 일은 틀린 걸 바로 잡으려고 노력하는 것뿐입니다. 이 보석을 되찾는다면 다시는 빼앗기지 않으리라는 걸 보장하죠. 그것까진 약속드릴 수 있습니다."

바이올렛 메리웨더는 홈즈를 똑바로 쳐다봤다. 내가 무슨 여자들에 관한 전문가는 아니지만, 여자의 눈동자에서 반짝이는 특유의 눈빛을 알아볼 정도는 되는 사람이었다. 가벼운 홍조가 그녀의 두 뺨 위로 슬그머니 기어올랐고, 그녀는 얌전히 눈길을 내리깔았다. 바로 그 순간, 메리웨더 양이 내 친구에게 어떤 감정을 갖기 시작했다는 확신이 들었다. 홈즈 대신 내게로 향한 감정이었으면 하는 바람이 있었긴 하지만, 그녀를 비난할 생각은 전혀 없었다. 홈즈는 지루한 것을 참지 못하는 본성과 이성에 대한 헌신으로 인해 가정생활을 영위할 사람이 되지 못했던 반면에, 난 어엿한 결혼생활을 해왔던 사람이었다. 현재 상황에서야 사랑스러운 메리웨더 양을 향해 어떤 감정을 가져봤자 아무 소용이 없는 일이긴 했다. 명성과 재산면에서 홈즈와 나 자신을 월등히 앞서고 있는 유명인사의 호의를 받고 있었으니…….

홈즈가 자신을 향한 메리웨더 양의 감정적인 반응을 알아차렸는지 어땠는지는 모르지만, 그는 전혀 내색을 하지 않았다.

"메리웨더 양, 지금 아가씨께서 해야 할 중요한 일은 황태자 전하께 정치적인 상황의 균형을 유지하기 위해 제가 최선을 다하겠다고 약속했다는 걸 알려드리는 겁니다."

바이올렛 메리웨더의 안색이 창백해졌다.

"그럼 지금 정치적인 상황이 위험에 처했다는 뜻인가요?"

"미안합니다, 메리웨더 양. 아가씨께선 황태자 전하의 전폭적인 신뢰를 받고 계신다고 생각했는데, 지금 보니 모든 걸 다 알고 있는 건 아니……."

"그래요, 다 알고 있지 않아요, 홈즈 씨."

"어쩌면 그분이 아가씨를 보호하시려고……."

"혹은 절 믿지 못하셔서 그랬을 수도 있죠."

홈즈는 극도로 불편한 심정을 그대로 담은 듯한 눈길로 날 쳐다봤다. 난 홈즈의 그런 기분을 덜어주기 위해 최선을 다했다.

"전하께서는 아가씨가 위험한 상황에 빠지지 않을까 걱정하셨을 지도 모릅니다."

"그분이 제게 모든 걸 다 털어놓으신다면 모를까요. 하지만 그건 아니에요. 닥터 왓슨, 제가 기분 나쁘지 않도록 신경을 써주시는 건 고맙지만, 그분이 절 진심으로 대했다고는 생각할 수 없어요. 그리고……."

메리웨더 양의 목소리가 흐트러졌고, 난 그녀가 곧 울음을 터뜨릴 것 같다고 생각했다. 하지만 메리웨더 양은 의자에서 벌떡 일어서며 홈즈에게 단호한 어조로 말했다. "선생님께서 어떤 방법을 사용하시는지는 모르겠지만 이번 상황을 이미 종합해서 놀라운 결론을 내리셨을 거예요. 전 배우예요, 홈즈 씨."

홈즈도 피우던 담배를 벽난로 안으로 집어던지고 의자에서 일어섰다.

"아가씨 말씀이 맞습니다. 전 당신이 배우든 혹은 가수든 간에 무대에 서는 사람이라고 이미 결론을 내렸습니다."

"제 아버지는 이탈리아인으로 오페라가수셨고, 영국인인 어머니는 젊었을 때 무용수셨어요. 저 자신도 아주 어린 나이에 무대에 서기 시작했고요. 제가 지금 굳이 이런 말씀을 드리는 것은 저와 그분 사이에 엄청난 신분적인 격차가 있다는 걸 제가 분명히 알고 있다는 걸 보여드리기 위해서예요."

"잘 알겠습니다. 아버님 목소리는 어떤 음역이었습니까?"

"무슨 말씀이신지……."

"어떤 종류의 목소리였냐는 뜻입니다."

"아, 예……. 테너였어요."

"아, 그렇담 리골레토의 역도 노랠 하셨겠군요."

"네, 아버지가 가장 좋아하시는 역 중의 하나였어요."

메리웨더 양은 잠시 말을 끊었다가 다시 입을 열었다.

"홈즈 씨, 조금 전에 정치적인 상황이라고 언급하셨는데요……. 그게 어떤 것인지 여쭤봐도 될까요?"

홈즈는 메리웨더 양을 자극하지 않으려고 최대한 신중하게 선정해서 현재의 상황을 자세히 설명했다. 하지만 그것만으로도 그녀는 무엇이 위기 상황인지를 알아차리기에 충분했다.

"그렇다면 인도의 별은 단 한 번도 진정으로 제 것이었던 적이 없었군요. 충동적인 사내가 엉뚱하게 벌인 실수였을 뿐……."

"아가씨를 사랑하는 사내였습니다."

난 이 말을 뱉어내지 않고는 견딜 수가 없었다.

메리웨더 양은 슬픈 미소를 지었다.

"어쩌면 절 노리개 정도로밖에 보셨던 건 아닌지 두렵네요.

전 그토록 바랐건만……. 이젠 잊어야죠. 그처럼 위대하신 분이 아주 오랫동안 제게 흥미를 가지실 거라는 건 욕심이 아니겠어요? 어쨌거나 제가 그런 분께 뭘 드릴 수 있을까요?"

"아, 아주 많죠." 난 피가 양쪽 뺨으로 밀려드는 걸 느끼면서 온화한 목소리로 말했다. 홈즈를 힐끗 곁눈질했는데, 그는 날 호기심이 가득한 눈길로 바라보고 있었다. 내 자신의 감정을 너무 많이 드러낸 게 아닌가 하고 갑자기 두려워졌다. 하지만 홈즈는 더 이상 다른 말을 하지 않고 메리웨더 양에게로 얼굴을 돌렸다.

"닥터 왓슨의 말이 맞습니다." 홈즈는 상냥한 어조로 말했다.

"그 사람의 지위가 아니라 마음의 진정성이 중요한 거죠."

바이올렛 메리웨더는 사랑스러운 검은 눈으로 홈즈를 쳐다봤고, 난 그녀의 마음이 불안하게 흔들리기 시작했다는 걸 확실히 느꼈다.

"정말 그렇게 생각하세요, 홈즈 씨?"

그녀는 떨리는 목소리로 물었다.

"그렇습니다, 메리웨더 양. 비록 세상이 그런 사람을 위해 항상 길을 열어주는 건 아니지만요. 음……. 이제 실례해야겠습니다." 홈즈는 자신의 회중시계를 내려다보며 말했다.

"닥터 왓슨과 전 이 사건과 관련된 중요한 단서를 추적해야 합니다."

"오, 전 개의치 마세요." 그녀는 의자에서 일어서며 말했다.

"선생님의 시간을 이미 많이 뺏은 것 같아 죄송합니다."

"무슨 말씀을요!"

홈즈는 메리웨더 양을 문 쪽으로 인도하며 말했다.

"보고드릴만한 게 생기면 그 즉시 알려드리겠습니다."

"감사합니다, 홈즈 씨." 메리웨더 양은 두 손으로 홈즈의 손을 필요 이상으로 오랫동안 꼭 잡고 말했다.

메리웨더 양이 가버렸는데도 코를 찌르는 골든 나이츠의 향기는 여전히 실내에 머물러 있었다. 난 이제 그 향수에 홀린 듯한 느낌이 들기 시작했다. 의자에 앉아 점점 옅어져가는 향기를 들이마시고는 홈즈에게 내가 세운 가설을 털어놓았다.

"저 여자는 자네에게 푹 빠져 있어." 내가 말했다.

홈즈는 마치 내가 미치기라도 한 것처럼 멍하니 쳐다봤다.

"무슨 말도 안 되는 소리! 도대체 무슨 근거로 그런 생각을 하게 된 건가?"

"자네가 다른 곳을 쳐다보고 있을 때 그녀가 자네를 쳐다보는 모습에서라네."

홈즈는 코웃음을 쳤다.

"맙소사, 왓슨, 이러다가 다음번에는 소설이 아니라 가십 기사를 쓰는 것 아닌가?"

"사실이라니까, 홈즈, 그녀는 자네에게 홀딱 반했단 말일세. 자네에겐 자네의 전문 분야가 있듯이 내게도 그런 분야가 있다네. 여자 문제에 관해서 내가 자네보다 더 많이 알고 있고, 메리웨더 양은 자네의 매력에 푹 빠져 있다구."

홈즈는 나의 맞은편에 앉았다.

"자네가 사랑의 열정이라고 잘못 파악하고 있는 건 단지 자신을 도와줄 수도 있는 사람을 희망에 찬 눈길로 쳐다보는 젊은 여자의 태도일 뿐일세. 자네가 매력이라고 보는 건 전혀 다른 종류의 욕구가 표현된 것일 뿐이라구. 아, 물론 그녀가 도움을 줄 수 있는 사람으로 날 우러러볼 수도 있겠지만, 왓슨, 그녀의 마음은 전혀 다른 곳에 푹 빠져 있다는 걸 상기시켜줄 필요는 없겠지?"

"그래, 알겠네." 난 퉁명스럽게 대꾸했다.

"만약 여자가 두 남자를 동시에 사랑할 수 없다고 생각한다면, 자넨 여자에 대해서 잘 알지 못하는 걸세."

"내가 언제 여자를 잘 안다고 주장한 적이 있던가?"

홈즈는 냉소를 지으며 말했다.

이젠 홈즈가 말싸움에서 이겼다는 걸 인정해야만 했다. 여성을 믿지 못하겠다고 홈즈보다 더 공공연히 떠들어댄 사내는 한 번도 본 적이 없었다. 하지만 너무 많이 강변하는 게 의심스럽지 않은 것도 아니었다. 그런 말을 그의 면전에서 대놓고 할 생각은 한 번도 먹은 적이 없긴 했지만……. 어쨌든 간에 홈즈는 여자라는 주제에 흥미를 잃어버린 듯 침실로 사라졌다가 이내 체스 세트를 가지고 돌아와 사이드보드 위에 펼쳐놓기 시작했다.

"이제 우린 자네에게 괴이한 방식으로 전달된 정보로 주의를 돌려야 하네." 홈즈는 이전에 내게 전달된 쪽지를 들여다보며 말했다.

"K.Kt.-B4라······. 혹은 왕의 기사(king's knight)가 주교(Bishop) 4로 간다? 어디 보자······. 체스판에는 이미 블랙 나이트가 그 자리를 차지하고 있군······."

"그게 누구란 말인가?"

"아, 그 있잖은가? 자넬 덮쳐서 보석을 강탈해간 의문의 백작 말일세."

"아!"

"따라서 이건 필시 다른 나이트일걸세······. 그리고 이 나이트가 비숍 4로 움직이면······." 홈즈는 커피 테이블 위에 펼쳐놓은 런던 지도 쪽으로 돌아서며 말했다.

"이곳 근처쯤 되겠군." 그는 스피탈필즈 부근을 손가락으로 가리켰다.

"하!" 홈즈는 갑자기 지도를 뚫어져라 내려다보며 소리쳤다.

"당연히 이래야지! 이걸 왜 미처 생각하지 못했을까?"

"뭘 말인가?"

"웜우드 말일세. 왓슨, 웜우드라고."

"아직도 자네가 뭘 말하려는 건지 잘 모르겠네, 홈즈."

"왓슨, 비숍스게이트와 웜우드 스트리트의 교차로에 무엇이 있는지 기억나나?"

"아니, 모르겠는데······."

"음······. 다른 사람들이 자신의 거실을 꿰뚫고 있는 것처럼 난 런던을 파악하는 걸 내 직업으로 삼고 있단······."

"그래, 그래, 그 점은 나도 잘 알고 있네! 그 두 거리의 교차로에 무엇이 있단 말인가?"

난 긴장감을 더 이상 이기지 못하고 소릴 빽 질렀다.

"펍이 하나 있네, 왓슨. 그런데 그저 그렇고 그런 펍이 아니라 '랜슬롯 암스'란 말일세."

"그 '랜슬롯 암스' 말인가? 그게 이것이랑 무슨 관련이⋯⋯."

"이런, 왓슨, 자넨 모르겠나? 왕의 기사, 달리 말하면 랜슬롯이 비숍 4로 간단 말일세. 비숍스게이트 로드를 가로지르는 네 번째 거리로!" 홈즈는 날 쳐다보며 씩 웃었다.

"자네의 이스트 엔드(전통적으로 노동자 계층이 사는 런던 동부지역) 억양은 어떤가, 왓슨?"

"난 흉내를 잘 내는 배우가 아니라서⋯⋯."

"그거야 그렇지만⋯⋯. 어쨌든 흉내를 제대로 낼 수 있겠나?" 홈즈가 조급하게 몰아쳤다.

난 잠시 머릿속을 정리했다.

"한 번 해⋯⋯볼 수는 있겠⋯⋯어. 어떤가⋯⋯?" 난 모음을 질질 끌면서 대꾸했다.

홈즈는 마치 난 실험용 동물이고 자신은 과학자이기라도 한 것처럼 냉정한 눈길로 날 관찰했다.

"그런 대로 쓸 만한 것 같군. 대화의 대부분은 내가 함세."

홈즈는 그 말과 함께 자신의 침실로 들어갔다가 이내 옷가지를 한 뭉치 들고 되돌아 나왔다.

"여기 있네, 왓슨."

홈즈는 그 옷들 중 일부를 내게 살짝 던지며 말했다.

"최대한 볼품없는 모습이 되도록 차려입게나."

난 바지 한 벌과 노동자 코트를 집어 들었는데, 둘 다 한창 때
는 이미 지나버린 아주 낡은 상태였다.

"이런 것들을 입는 이유가 뭔가?"

"남의 눈에 띄지 않으려면 그곳 토박이들처럼 입어야 한다네.
어서 서둘게나, 왓슨, 시간이 별로 많이 남아 있지 않으니까!"

15분 후, 우리 두 사람은 모든 사람들이 보기에 부두에서 일을
막 끝마친 노동자의 모습으로 거실을 나섰다. 얼굴에 얼룩과 먼
지와 때까지 만들어놓으니 변장이 완벽해졌다. 등 뒤로 막 문을
닫으려는 순간, 홈즈가 걸음을 멈추고 손으로 내 팔을 잡았다.

"왓슨, 아직도 낡은 군용 리볼버를 가지고 있나?"

"그래, 예전에 침실로 사용했던 위층에 있네."

"그걸 갖고 가는 게 좋을 것 같군. 장탄이 되어 있는지도 확인
해 보고."

난 얼른 위층으로 가서 한동안 사용하지 않고 벽장에 넣어뒀
던 리볼버를 꺼냈다. 홈즈와 함께 모험을 나설 때가 아니면 이
권총은 별로 사용할 기회가 없었다. 리볼버를 재킷 주머니에 찔
러넣고 홈즈를 따라 문 밖으로 나섰다. 홈즈의 추리가 어떤 방향
으로 나아가는 것인지 여전히 조금 혼란스러웠다.

"저녁식사 시간에 맞춰 돌아오면 좋겠어요. 아주 맛있는 양

갈비구이를 해놓을 테니까요!" 우리가 급히 현관문을 빠져나갈 때 허드슨 부인이 등 뒤에서 소리쳤다.

우린 얼른 마차를 불러 세웠다. 이륜마차에 올라타자 마부는 우릴 유심히 쳐다봤다. 우리의 모습이 마차를 이용할 것 같지는 않은 행색이었기 때문이었다. 마차가 옥스퍼드 스트리트를 따라 동쪽으로 달릴 때 희미한 석양이 자갈이 깔린 도로를 따라 꿈틀거리며 쫓아왔다.

"자네도 알다시피," 홈즈가 말했다.

"왕의 기사는 랜슬롯을 의미하네. 실제로 랜슬롯은 아서 왕의 기사였으니까. 그리고 콘월로 가게 됐던 게 그저 우연이 아니었다고 생각했었네. 그래, 앞으로 어떤 일이 벌어지든 간에 '랜슬롯 암스'가 어떤 식으로든 관련이 있을 게 틀림없을 걸세."

도로가 한산한 터라 우린 곧 목적지에 도착했다. '랜슬롯 암스'는 한 때의 전성기를 보내고 지금은 많이 낙후된 모습이었다. 나무로 된 외벽은 비바람에 시달려 늙은이의 얼굴처럼 초췌해 보였고, 창문에는 고래 기름을 사용하는 램프에서 뿜어져 나온 수지와 검댕이가 세월의 흐름과 함께 쌓여 번들거렸다. 두 명의 주정뱅이들이 술집 밖에 서서 큰 소리로 떠들어대고 있었다.

"내 동생이 지난밤에 그 사람을 봤다니까! 아, 정말이라니까." 한 사내가 소릴 질렀다. 키가 크고 지저분한 사내였는데, 자신의 몸 크기보다 두어 사이즈는 작은 듯한 꼭 끼는 옷을 입고 있었다. 때에 절어 번들거리는 머리카락이 이마를 덮을 듯이 쏟아져 내리고 있고, 치아는 평생 치과의사의 진료실 내부를 구경하지 못한 것처럼 엉망이었다.

"그 사람이라면 뭐가 어떻게 되는데?"

키가 작고 벌건 얼굴에 두 손이 짧고 뭉툭한 사내가 물었다.

"어떻게 되긴?" 키가 크고 지저분한 사내가 말했다.

"그냥 이상하다는 거지. 그것뿐이란 말이야. 뭔가 수상한 일이 벌어질 것 같다고."

"아, 무슨 말인지 알겠어. 수상한 일이라고? 그러면야 좋지. 안 그래? 정말 좋은 일이라니까." 그의 동료가 폭소를 터뜨렸다.

"수상하다고? 응? 수상하단 말이지? 그것 잘 됐구만. 정말 잘 됐어." 그는 이 농지거리가 정말 재미있다는 듯 손으로 무릎을 때려가며 웃었다. 난 이 사람들이 무엇에 대해 이야기하고 있는 지를 알 수 없었지만, 홈즈는 그들의 말을 귀담아 들었다.

"이 사건에서는 보이는 그대로인 것은 아무것도 없다네, 왓슨." 홈즈가 말했다.

난 홈즈가 아리송한 이 말에 대해 설명해주길 끈기 있게 기다렸지만, 그는 날 일깨워줄 생각이 전혀 없었다. 그 대신에 이렇게 말했다.

"왓슨, 여기에는 눈으로 보는 것보다 더 많은 게 있다는 걸 명심하게."

랜슬롯 암스의 내부에서 눈으로 본 것은 잡다한 노동자 계급의 사내들이었다. 그중 일부는 선원과 부두 노동자인 듯 햇볕에 그을린 피부를 하고 있었고, 다른 사람들은 노점상임을 쉽사리 알아볼 수 있는 선명한 붉은 색 스카프를 하고 있었다. 그들은 상당히 거친 무리였고, 난 우리가 변장을 하고 왔다는 사실에 기쁘기는 했지만 그래도 의도했던 것보다는 남의 눈에 덜 띄는 게 아니라서 좀 걱정이 되긴 했다. 홈즈는 평소와 마찬가지로 대담하게 바로 걸어가서 붉은색 스카프를 두른 두 사람 사이에 끼어 앉았다. 술을 몇 잔이나 한 듯 이미 거나하게 취한 사람이 홈즈를 힐끔 쳐다보고는 자신의 동료에게 윙크했다.

"이제 이 신사가 우릴 위해 해결해줄 수 있을 것 같구만."

홈즈는 그 사내 쪽으로 눈길을 돌렸다.

"뭘 해결한다는 거지?" 그는 시원시원한 목소리로 물었다.

첫 번째 노점상이 오랫동안 피우고 마셔왔던 독한 담배와 싸구려 맥주로 인해 노랗게 변한 치아가 다 드러나 보이도록 활짝 웃었다.

"어이, 형씨," 그는 자신의 억양을 익살맞게 과장하며 말했다. "나와 여기 내 친구는 이곳 주변에 그 뭣이냐……. 갑자기 평소보다 많은 경찰관들이 싸돌아다니는 이유가 뭔지 궁금해졌어."

"정말 좋은 질문이로구만." 홈즈가 대꾸했다.

"그건 그렇고……. 자네가 마시고 있는 게 뭔가?"

"펄(쓴 쑥으로 맛을 낸 맥주)일세." 그 노점상이 대답했다.

"오이, 바텐더, 여기 이 멋진 친구들에게 한 잔씩 더 돌리고, 나랑 내 친구에게도 같은 걸 줘보게나." 홈즈가 말했다.

"신세를 지는구만, 친구."

싯누런 치아의 노점상이 감사를 표했다. 그는 동료보다 키가 훨씬 컸고, 털투성이의 팔뚝에 문신을 하고 있었다.

"자네의 건강을 위해서." 노점상의 친구가 홈즈에게 술잔을 들어 보이며 말했다. 그는 중간 정도의 키에 뚱뚱했고, 굵은 목과 탄환형 머리, 그리고 시커먼 수염으로 뒤덮인 뺨을 가진 사내였다. 너덜너덜해진 이쑤시개가 입술에 매달려 있었는데, 심지어 술을 목구멍으로 넘기면서도 떼어내지 않았다. 난 그 사람이 펄과 함께 이쑤시개를 삼킬까 걱정했는데, 그 사람은 이 괴상한 습관에 이미 적응을 끝냈는지 이쑤시개를 전혀 상관하지 않고 뜨거운 펄을 길게 들이마셨다.

"치어스." 홈즈는 자신의 술잔을 들어 올리고 한 모금 마셨다. 별로 내키지는 않았지만 나도 그대로 따라 했다. 난 지금까지 한 번도 펄을 좋아해본 적이 없었다. 펄은 뜨거운 맥주에 진과 생강, 설탕을 섞어 만든 것인데, 내게는 진이 항상 약품 같은 맛이 나서 질색이었다. 그럼에도 난 홈즈를 따라 술잔을 들어올렸다. 홈즈가 이 사내들로부터 뭔가를 알아내고 싶어 한다는 건 알겠는데, 그게 뭔지는 전혀 알 수가 없었다. 설탕이 들어 있는데도 술 맛은 썼고, 진은 약 같은 냄새를 풍기며 내 혀의 미뢰를 찔러댔다.

"우리랑 크리비지(카드 게임의 일종) 한 게임 하겠나?" 두 사람 중에 리더인 게 분명한 싯누런 치아의 사내가 물었다.

홈즈는 날 쳐다봤다.

"자네 생각은 어때, 존? 한 게임 해볼까?"

난 홈즈가 내 세례명을 불러 깜짝 놀라는 모습이 드러나지 않도록 하려고 애썼다. 우리의 신분을 감추려는 홈즈의 계책이려니 생각했다. 바 주위를 얼른 둘러봤다. 눈앞을 거의 가릴 정도로 자욱한 담배 연기 때문에 확실히 단언하기는 어려웠지만, 특별히 우릴 주시하고 있는 사람은 없는 것 같았다.

"꽤 오랫동안 카드를 치지 않았지만 한번 해보고 싶구만."

"좋았어." 싯누런 이빨 씨는 때가 묻고 귀퉁이가 잔뜩 접힌 카드 한 벌을 꺼냈다.

"저쪽 구석으로 가면 빈 테이블이 있을 거야."

우린 그를 따라 담배 연기가 자욱하고 사람들로 북적거리는 실내를 가로질러 바 반대편의 구석진 곳에 놓여 있는, 참나무로 투박하게 만든 원형 테이블로 갔다.

"이 신사 분들이 앉을 의자를 좀 갖다 주지 않겠어, 캐피?"

그가 동료에게 말하자 동료는 한 손에 의자 한 개씩을 잡고 머리 위로 번쩍 들어올렸다. 난 그 자의 엄청난 힘에 깜짝 놀랐다. 참나무 의자는 굵직하고 무거웠는데, 그걸 마치 종이로 만들어진 것처럼 가볍게 다뤄서였다. 난 홈즈를 힐끗 쳐다봤는데, 홈즈는 싯누런 이빨 씨와 카드 게임 규칙에 대해서 대화를 나누는 중이었다.

노점상들은 아침에 언제 닭이 울지 그 시간에 대해 내기를 하지 않고는 잠에 들지 않는다고들 했다. 어디를 가든 그들은 노름을 했다. 그들은 부지런히 일하고 정력적인 사람들이며 도박이 끼지 않는 카드 게임은 생각조차 할 수 없었다. 마침내 노름에거는 판돈의 액수, 노점상들을 흥겹게 해줄 정도로 많기는 했지만 잃었을 경우에 화가 나지 않을 정도의 액수가 정해지고 카드게임이 시작됐다. 난 홈즈가 게임에 지지 않을 정도로 충분히 노련한 카드꾼이라고 분명히 말할 수 있는데, 지금 그는 이기려고애쓰지 않았다. 나도 홈즈를 따라 적당히 져주는 게임을 했고, 노점상들은 아주 느리긴 하지만 조금씩 판돈을 긁어모으기 시작했다. 홈즈가 하고자 하는 게임이 무엇인지를 정확히 모르겠지만, 크리비지가 아닌 건 분명했다. 난 어색한 억양 때문에 이곳토박이가 아니라는 게 드러날까 봐 거의 말을 하지 않았다. 어쨌거나 게임이 몇 판 지나가고 술도 두어 잔 더 들어가자 노점상들은 상당히 느긋해졌고, 내가 말을 해도 이들이 알아차리지 못하는 것 같다는 생각이 들었다. 싯누런 이빨 씨는 무지하게 말이많아졌고, 지금까지 쭉 캐피라고 불리고 있는 땅땅한 동료는 근육질의 목에서 긴장을 풀고 탄환처럼 생긴 머리를 의자 등받이에 기대고 있었다. 캐피는 말수가 거의 없는 친구인 건 분명했지만, 패가 돌아가고 있는 중간 중간에 싯누런 이빨 씨와 해변의노점상들이 사용하는 수수께끼 같은 언어로 대화를 하기 시작했다. 이런 언어가 있다는 말을 들어봤지만 실제로 목격한 건 이번이 처음이었다.

"스코드 티누트(Skod tienoot)." 싯누런 이빨 씨가 말했다.

"레에릴(Leereel)?" 캐피가 물었다.

"네트 콜코(Net Kolko)." 싯누런 이빨 씨가 대꾸했다.

"로캘브(Lawcalb)?"

"타이어(Tire)."

이런 대화가 오가는 동안에 홈즈는 종이쪽지에 점수를 적고 있었다.

"이런," 홈즈가 그 쪽지를 들어 올리며 말했다.

"지금 막 당신네들이 우리 주머니를 싹 털었구만. 아주 솜씨들이 그만인 커플이구려." 홈즈는 의자에서 일어서며 말을 이어 갔다.

"이제 우리 둘은 가보는 게 낫겠어."

"어허, 무슨 말씀을! 그리 허둥지둥 갈 필요가 있을까나?" 싯누런 이빨 씨가 말했다.

"카드 운이 곧 당신네 쪽으로 돌아설지도 모르잖아? 자넨 그렇게 생각하지 않나, 캐피?"

캐피는 이쑤시개를 씹으며 고개를 끄덕였다.

"다음 게임에나 운이 찾아올지도 모르지." 홈즈가 대꾸했다.

"내 친구와 난 가봐야해서."

"아, 정말 바쁜 모양이군." 싯누런 이빨 씨가 말했다.

"그럼 꽤나 중요한 일인가 보네?"

"아니." 홈즈는 캐피가 째려보는 걸 무시하며 대꾸했다.

"하지만 우리 두 사람이 모습을 드러내지 않으면 누군가가 휙 가닥 돌아버릴 것 같아서."

"그렇다면야 당신 말대로 다음 게임을 기대해야겠구만."

싯누런 이빨 씨가 차분한 어조로 말했다.

"다음번엔 아주 재미있을 것 같지 않아, 캐피?"

캐피는 고개를 끄덕이고는 이쑤시개를 입 반대쪽으로 옮겨서 물었다. 녀석의 완강한 얼굴 때문에 불안해진 난 재킷 주머니에 들어 있는 권총을 꽉 움켜쥐었다. 하지만 홈즈는 전혀 신경을 쓰지 않는 것처럼 행동했다.

"그럼, 이만 작별을 해야겠구만, 친구들."

홈즈는 시원시원한 목소리로 말했다. 온통 술을 마시고 담배를 피우고 와자지껄 떠들고 노름을 하는 일단의 부두 노역자와 노점상과 선원들을 헤치며 난 부지런히 홈즈의 뒤를 따랐다. 거리로 나서자 홈즈가 돌아서서 날 쳐다봤다.

"녀석들이 이렇게 쉽사리 우릴 가도록 놔둘 줄은 몰랐네."

홈즈가 말했다.

"하지만 자넨 전혀 걱정하지 않는 것처럼 보이던데? 자네 설마……?"

"그곳에서 일촉즉발의 상태가 잠시 있기는 했어. 그래도 뭐, 신경 쓸 정도는 아니었고, 왓슨. 이제 이러고 있을 시간이 없네!" 홈즈는 다급하게 말을 마치자마자 강을 향해 빠른 걸음으로 걷기 시작했다.

"우리, 어디로 가는 건가?" 난 홈즈의 뒤를 쫓아가며 물었다.

"웨스트 인디아 독스로!"

기온이 뚝 떨어지고 몸을 얼어붙게 만드는 차가운 빗방울이 떨어지기 시작하자 마차를 찾기가 쉽지 않았다. 우린 거의 1.5킬로미터를 걷고 나서야 케이블 스트리트에서 마침내 마차를 잡아 탔다.

"웨스트 인디아 독스로 최대한 빨리 가주시오." 홈즈가 마부에게 지시하자 마부는 마차를 돌려 아스펜 웨이를 따라 꽤 빠른 속도로 달렸다. 홈즈는 자신의 회중시계를 내려다봤다.

"허드슨 부인이 우리 때문에 무척이나 속상해하겠는데? 저녁 식사 시간이 훨씬 지났으니까 말일세. 그거야 그렇지만, 저녁식사보다 중요한 뭔가에 너무 늦은 것 같아 신경이 쓰이는구만."

빠르게 달리는 마차 안에서 우리가 간신히 몸을 가누고 있는 동안, 아까 빈속에 마신 뜨거운 진 때문인지 식도가 타는 듯했다. 허드슨 부인이 맛있게 구웠을 양갈비와 으깬 감자가 불현듯 머릿속에 떠올랐고, 부끄럽지만 그 순간에는 저녁식사보다 더 중요한 걸 상상해낼 수 없었다는 걸 인정해야겠다. 난 배 속의 꼬로록 하는 소리가 들리지 않도록 안간힘을 쓰며 정신을 다른 곳으로 돌렸다.

"그 사람들은 누구였고, 자넨 그걸 어떻게 알게 된⋯⋯?"

내가 물었다.

홈즈가 씩 웃었고, 가로등의 흐릿한 불빛이 그의 기다란 얼굴을 비췄다.

"자넨 물론 노점상의 일원임을 나타내는 붉은 실크 네커치프를 두른 사내들을 말하는 것이겠지?"

"그래, 그 사람들이 붉은 네커치프를 두른 건 봤지만……."

"그들이 자신의 스카프를 킹스맨(king' s men, 왕의 남자)이라고 말했다는 것도 알고 있나?"

"그래, 그랬어!" 난 환호성을 질렀다.

"그래서 자넨 안 것이로군. 그 사람들이……."

"왕의 남자라는 걸 말인가? 달리 말하면 킹스 나이트(왕의 기사)인 셈이지. 그 사람들은 단순히 노점상인 것만은 아닐세, 왓슨. 밀수업자이기도 하다구."

"밀수업자란 말인가!"

"맞네. '랜슬롯 암스'에 관해서 내가 확실히 알고 있는 사실 중의 하나는 밀수업자들이 몰려드는 악명 높은 장소라는 것일세. 좀 전에 만났던 두 친구들도 이제 곧 일어나려는 일과 무슨 관계가 있는 게 분명하네."

"기가 막혀서." 난 기분이 잡쳐 투덜거렸다.

"홈즈, 자네가 가끔 날 겁먹게 만드는 이유를 잘 모르겠네." 바로 그 순간, 마차가 도로의 움푹 패인 곳을 지나가며 날 천장으로 날려 보냈다. 난 욕설을 퍼부었다.

홈즈가 얼른 손을 뻗어 날 붙잡았다.

"진정하게, 왓슨."

그는 그렇게 말하고 낮은 소리로 껄껄 웃었다.

"자네도 그들이 말하는 희한한 언어에 대해서 궁금해했을 걸세." 홈즈는 내가 다시 자리에 앉자 말을 계속 했다.

"이제야 그걸 말할 셈이군. 그래, 그게 도대체 무슨 말인가?"

"아, 그들이 부주의한 덕을 좀 봤네. 노점상들은 자신들끼리만 알고 싶어 하는 정보를 암호의 형태로 교환하곤 하지. 단어를 거꾸로 발음하는 방법 같은 걸 포함해서 말일세. 내가 게임을 하는 동안에 점수를 기록하던 게 기억나나? 그렇게 점수를 적는 척하면서 그들이 말했던 걸 받아 적었던 걸세. 그리고 그들이 정말로 말하려 했던 걸 알아내려고 소리를 역순으로 변경시켰고."

홈즈는 게임의 점수를 적느라고 사용했던 종이쪽지를 들어 올렸다. 어두운 불빛을 받고 있는 글자들을 확인하려고 쪽지를 잔뜩 노려봤다.

"독스 투나잇(Docks tonight, 오늘밤 부두). 리얼리(Really, 정말로)? 텐 어클락(Ten o' clock, 10시). 블랙월(Blackwall, 블랙월)? 라이트(Right, 맞아)."

"그게 그들의 가장 큰 실수였네." 홈즈가 말을 이었다.

"그들이 나의 해독 능력을 과소평가한 게. 그리고 내가 직접 그들의 대화를 귀 기울여 듣지 않았더라면 해독을 하지 못했을 수도 있었을 걸세. 몇 년 전에 있었던 어떤 사건 때문에 이스트 런던을 들락거렸었던 게 도움이 됐네. 그때 다양한 소매상인들에 대해서 알게 됐는데, 그런 게 항상 큰 도움이 되더군."

난 놀라서 머리를 가로저었다.

"정말이지, 홈즈, 난 정말 감동을 받았네."

"오늘 밤에 우리의 가장 중요한 임무를 달성할 때까지는 그러지 말게, 왓슨."

난 홈즈에게 이런 무서운 속력으로 강을 향해 달려가는 이유를 묻고 싶어 안달이 났지만, 아까 마신 진 때문에 눈꺼풀이 무거워지고 마차의 흔들림에 의해 인사불성 비슷한 상태로 빨려 들어갔다. 그런 상태로 창밖을 멍하니 내다보며 나머지 거리를 실려 갔다. 목적지에 도착하자 홈즈는 마차에서 펄쩍 뛰어내린 다음, 마부에게 요금을 지불하고는 따로 1기니를 건네며 대기해 달라고 요청했다. 마부는 손 안의 금화를 내려다보더니 활짝 웃었다.

"필요하시다면 오늘 밤을 새워서라도 이곳에서 기다리겠습니다요, 선생님."

"좋아요." 홈즈는 그렇게 대꾸했다.

"가세나, 왓슨."

홈즈가 앞장 선 채 우린 부두 주변으로 씩씩하게 나아갔다. 홈즈의 낡아빠진 얼스터 코트가 커다란 갈색 날개처럼 펄럭거렸다. 우린 나무로 된 보행로를 따라 부둣가로 내려갔고, 홈즈는 주위를 둘러봤다. 흩날리는 비에 촛불이 꺼지지 않도록 손바닥으로 가리며 발목까지 차오르는 템스 강 제방 안쪽의 진창에 작은 소녀가 서 있었다. 여덟 살이나 아홉 살 이상은 되어 보이지 않는 어린 소녀였다. 난 그 애가 강물이 밀려나갔을 때 제방을 샅샅이 뒤져 조금이라도 돈이 되는 석탄 덩어리, 구리 못, 버린 옷가지, 밧줄 쪼가리 등을 닥치는 대로 찾고 돌아다니는 진흙탕 청소부라는 걸 즉시 알아봤다. 진흙탕 청소부의 생활은 무척이나 힘들고 전망도 없는 것이었고, 그들의 대부분은 장애인이거나 아주 늙었거나, 아니면 아주 어리거나, 고아인 경우에는 정말 어린 아이들이었다.

"거기에 있는 너!" 홈즈는 이제 바싹 얼어붙은 얼굴에 놀란 표정을 짓고 우리 앞에 서 있는 여자애를 소리쳐 불렀다.

"네 이름이 뭐니?"

"용서해주세요, 선생님, 전 아무 짓도 하지 않았어요. 전 다만 팔아치울 수 있는 것들을 좀 줍고 있었을 뿐이랍니다."

여자애는 몸을 덜덜 떨면서 말했다.

"그래, 그래," 홈즈가 부드러운 목소리로 달랬다.

"겁먹지 마라. 우린 널 해치려는 게 아니란다. 이것," 홈즈는 여자애에게 1기니 금화 대여섯 개를 집어줬다.

"가지고 가서 네게 맞는 신발과 두툼한 코트를 사도록 해라."

"정말 감사합니다, 선생님!" 여자애는 손 안에 든 금화가 도망치기라도 할까봐 노려보며 말했다.

"정말, 정말, 감사드려요!" 여자애는 울기 시작했다.

"자, 자," 난 코트를 벗어 여자애의 가녀린 어깨에 둘러주며 말했다.

"네 이름이 뭐라고 했지?"

"제니입니다. 제니퍼를 줄인 말인데, 다들 절 제니라고 부른 답니다."

"제니라……. 정말 예쁜 이름이구나." 내가 말했다.

"정말 그렇게 생각하세요?"

"아무렴, 그렇고말고." 홈즈가 조급한 어조로 말했다.

"제니, 혹시 오늘 밤 네가 이곳에 온 이후에 부두로 들어오는 배를 본 적이 있니?"

여자애는 작은 얼굴을 찡그린 채 잠시 생각에 잠기더니 이내 활짝 웃었다.

"네, 선생님, 한 시간쯤 전인가에 무적(항해 중인 배에게 안개를 조심하라는 뜻에서 부는 고동) 소릴 들었어요! 그 소리에 깜짝 놀라 촛불을 진창에 떨어뜨려서 잘 기억하고 있어요. 불을 다시 붙이는 게 여간 어려운 게 아니거든요."

"그 배가 어느 쪽으로 갔는지 기억하고 있니?"

여자애는 다시 생각에 잠겼다.

"정확하진 않지만, 이쪽으로 간 것 같아요."

소녀는 동쪽을 가리키며 말했다.

"고맙구나." 홈즈가 말했다.

"저 위로 올라가면 우릴 기다리는 마차가 있을 게다."

그는 도로 쪽을 가리키며 말했다.

"마차 안으로 들어가서 몸을 녹이고 있으렴. 마부에게는 기니 금화를 가지고 있는 키 큰 신사가 널 그곳으로 보냈다고 말을 하면 된단다."

"알겠습니다, 선생님!" 여자애는 신이 나서 크게 소리치며 대기하고 있는 마차 쪽으로 쏜살같이 달려갔다. 홈즈는 머리를 가로저으며 여자애를 쭉 지켜봤다.

"이런 상황이 존재하도록 방치하는 건 아주 비정한 사회일세." 홈즈는 한숨을 내쉬고 돌아서서 여자애가 가리킨 방향을 쳐다봤다.

"그래, 녀석들이 동쪽으로 갔단 말이지?"

홈즈는 작은 목소리로 중얼거렸다.

"가세나, 왓슨. 아직도 따끈따끈한 흔적이 남아 있는지 알아봐야겠지?"

난 홈즈의 뒤에 서서 제방을 따라 400미터 정도를 걸어갔다. 보트창고와 선창, 썩어가는 잔교(棧橋), 계류장에 묶여 있는 수없이 많은 소형 선박들을 지나쳤다. 강이 날카롭게 휘어지는 굽이를 도는 순간, 멀리서 반짝이는 선박등이 보였다.

"서두르세, 왓슨, 잠시도 지체할 시간이 없네!"

홈즈는 소릴 지르며 그 배를 향해 달리기 시작했다. 난 기를 쓰고 홈즈의 뒤를 따랐다. 이제 비는 점점 더 세게 내리고, 코트를 여자애에게 벗어준 난 재킷을 통해 피부까지 흠뻑 젖었다. 그 배는 검은색의 대형 화물선이었는데, 뱃머리에는 황금색으로 '인도의 여왕'이라는 이름이 새겨져 있었다.

"블랙 퀸이로군."

홈즈가 중얼거리며 걸음을 멈췄다. 배 안쪽으로부터 말소리가 들려오긴 했지만, 단 한 마디도 제대로 알아들을 수가 없었다.

"난 반대쪽으로 돌아가 볼 테니," 홈즈가 속삭였다.

"자넨 여기에 있게."

"나도 함께 가겠네." 난 단호한 어조로 말했다.

홈즈는 날 똑바로 쳐다봤다.

"저들은 무장을 하고 있을 걸세."

"그런 건 상관없네. 난 자네와 함께 가겠어. 나도 내 권총을 가지고 왔단 말일세."

홈즈는 씩 웃었다.

"왓슨, 자넨 끝까지 충실한 정말 좋은 친구일세."

"그렇지 않았으면 하네……. 내 말은, 이게 마지막이 아니었으면 한다는 뜻일세."

"내 바람도 마찬가지일세. 그럼 아무런 소리도 내지 말고 날 따라오게."

우린 조용히 계류장에 묶여 있는 선박 옆으로 걸어갔다. 내 손은 재킷 주머니 속의 권총 손잡이를 단단히 움켜쥐고 있었다. 손바닥에 닿은 차가운 금속의 느낌이 용기를 불러 일으켰다. 갑작스럽게 부두 맞은편에서 말발굽 소리가 들려오자 홈즈가 내 팔을 거머쥐었다.

"왓슨, 얼른 몸을 숨겨야 하네!"

홈즈가 속삭이자, 우린 두 개의 계선주(선박 접안 시 계류용 밧줄을 걸기 위한 기둥) 뒤쪽으로 몸을 낮췄다. 그곳에서 선박을 그대로 볼 수 있었을 뿐만 아니라 무엇이 말발굽 소리를 낸 것인지도 확인할 수 있었다. 거세한 거대한 검은 말이 끄는, 아무런 표식도 없는 마차가 선박이 있는 곳으로 다가왔다.

"하! 우리가 너무 늦지 않아 거래를 목격할 수 있겠군."

홈즈가 조용히 말했다.

두 사내가 마차를 맞이하기 위해 선박 밖으로 나왔다. 그 중 한 명은 랜턴을 들고 있었다. 두 사내가 마차에서 내렸다. 그 중 키가 큰 자는 두 손으로 나무상자 하나를 들고 있었다. 그들 사이에 말들이 오갔으나, 난 이번에도 무슨 말을 하는지 알아들을 수가 없었다.

"좋아, 왓슨, 바로 이것일세." 홈즈가 말했다.

"자네의 권총은 준비가 되어 있나?"

"바로 여기에 있네." 난 주머니에서 권총을 꺼내며 말했다.

"좋군. 안전장치를 풀게나."

"알았네."

"이제, 날 따라오게. 안전거리는 유지하고. 권총으로는 한순간도 저들을 놓치지 말고 겨냥해주게."

"뭘 하려고 이러는 건가?"

"그냥 내가 하라는 대로만 따라주게. 깜짝 놀라게 해주는 게 절대적으로 필요한 상황일세. 준비 됐나? 가자고!" 그 말과 함께 홈즈는 계선주 뒤쪽으로부터 튀어나갔고, 난 권총을 꺼내든 채 그의 뒤를 따랐다.

떨어지는 빗방울 소리 덕분에 우리가 접근하는 소리가 들리지 않았고, 이제 막 덮이기 시작한 짙은 안개로 인해 모습까지 감춰져서 상대편 사내들은 아직 우리가 다가가는 걸 알아차리지 못했다. 너무나 순식간에 들이닥친 터라 우리의 모습을 보자 녀석들의 얼굴에서는 경악의 표정이 폭죽처럼 피어올랐다. 홈즈와 난 지금 항구의 안개를 뚫고 모습을 드러낸, 물에 빠진 쥐새끼처럼 보였을 게 분명했다.

"좋은 저녁이구만, 신사 양반들."

홈즈가 차분하지만 단호한 어조로 말했다.

"그리고 실례가 되지 않는다면 그 상자를 내가 가져가야겠네." 홈즈는 그렇게 덧붙이며 나무상자를 가리켰다. 상자를 들고 있는 사내가 우릴 쳐다봤는데, 선박에서 흘러나오는 불빛을 받은 얼굴은 놀랍게도 프레디 스톡턴이었다.

"아하, 자네 죽지 않았구만, 스톡턴," 홈즈가 말했다.

"정말 안심이 되는군."

"괜히 나……날……걱정해주는 것처럼 구……굴진 말라구." 스톡턴이 대꾸했다.

"이런, 자넨 내 마음을 몰라주는군." 홈즈가 말했다.

"오늘밤에 엿들은 대화 때문에 자네가 죽었다는 걸 의심하긴 했지만."

"뭐라고?" 내가 속삭였다.

"펍 앞에 있던 주정뱅이 두 녀석 말일세, 왓슨."

난 주정뱅이들이 하던 수수께끼 같은 대화를 떠올리다가 갑자기 그 의미가 분명해지는 걸 느꼈다. 그들은 스톡턴에 대해서 이야기를 하고 있었던 것이다.

"사실 말이지, 스톡턴," 홈즈의 말이 이어졌다.

"모리아티가 자신의 부하를 그리 쉽사리 내팽개친다는 게 별로 마음에 들지 않았거든."

"내팽개쳐져야 될 놈이 있다면 그건 바로 네 녀석이다." 소릴 버럭 지르며 조지 심슨이 프레디 스톡턴의 뒤에서 걸어 나왔다.

"지난번에 우리가 벌인 실랑이로부터 자넨 잘 회복된 모양이군." 홈즈가 경쾌한 어조로 말했다.

"우리가 살짝 대면한 것 때문에 교수 양반이 실망하지 않았으면 좋으련만……."

심슨은 한 걸음 앞으로 나섰다. 추악한 얼굴에는 분노의 기색이 역력했고, 돼지처럼 작은 눈은 희미한 불빛 속에서도 번들거렸다.

"내가 언젠가는 네 놈의 멱을 따버리겠다."

녀석은 살기가 으스스한 목소리로 소릴 질렀다.

"여자를 납치하는 게 네 녀석 장기였던 것 같은데……?" 홈즈가 이죽거렸다.

"내가 너라면 아무 짓도 하지 않을 거야. 그렇지 않으면 닥터 왓슨은 부득이하게 권총을 사용하게 될 터이고, 어떤 소동이 벌어질지 누가 알겠어?"

선원복 차림을 하고 인도의 여왕 호 선원인 게 분명한 다른 두 사내는 내 손에 들린 권총을 불안한 눈빛으로 쳐다봤다. 이 두 사람은 간단한 밀수 계약처럼 여겨졌던 일에 동의했을 때는 이런 일이 벌어지리라고는 상상도 못했을 게 분명했다. 난 총구로 심슨의 심장을 겨눈 채 권총을 단단히 잡고 있었다.

"자, 이제 그 상자를 넘겨주면 자네들을 놔두고 우린 갈 길을 가겠네." 홈즈가 달래듯 말했다.

스톡턴은 머뭇거리며 심슨에게 지시를 바라는 듯 힐끗 쳐다봤다.

"쳐버려." 심슨이 으르렁거렸다.

"그래 봤자 저 녀석은 멀리 가지 못할 테니까."

스톡턴이 한 걸음 앞으로 나서자 홈즈도 두 손을 내밀며 한 걸음 전진했다. 스톡턴은 이 일이 벌어지는 동안 계속 겨누고 있는 권총에서 눈길을 떼지 않은 채 상자를 홈즈에게 넘겼다.

"고맙네, 신사 분들." 홈즈가 말했다.

"교수 양반께 내 안부를 전해주게나. 가세, 왓슨, 시간이 많이 흘렀군."

우린 천천히 뒷걸음질 쳤다. 난 우리의 모습이 안개와 비에 의해 완전히 가려질 때까지 총구를 녀석들에게 겨누고 있었다. 녀석들이 더 이상 보이지 않자 홈즈가 말했다.

"왓슨, 이제 달리게! 자네의 생명이 걸린 것처럼 발을 재빨리 놀리게나."

그래서 난 달리고 또 달렸다. 권총을 재킷 주머니에 쑤셔넣고 진흙투성이인 길을 헤치며 우릴 기다리고 있는 마차를 향해 내 달렸다. 하지만 우리가 채 멀리 가기도 전에 뒤쪽에서 여러 발의 총소리가 들렸다. 내가 권총을 꺼내 대응사격을 하려고 하자 홈즈가 내 팔을 잡았다.

"그럴 필요가 없네. 그래봤자 우리의 속도만 떨어뜨릴 뿐일세. 그러니 그냥 달리기나 하라구!"

안개 너머로 우릴 기다리고 있는 마차의 등불 빛이 보였다. 내 평생 저렇듯 반갑게 환영하는 광경은 단 한 번도 본 적이 없었던 것 같았다. 바로 그때, 또 한 발의 총소리가 들렸고, 홈즈가 비명을 지르며 비틀거렸다.

"홈즈, 자네 맞은 건가?" 내가 소릴 질렀다.

"별일 아니네." 홈즈가 헐떡거리며 말했다.

"아무렇지도 않단 말일세. 자넨 무슨 수를 써서라도 계속 달리게. 자 여기," 홈즈가 내 손 안으로 상자를 밀어 넣으며 재촉했다.

"내가 성공하지 못할 경우를 대비해서 이걸 가져가게!"

"말도 안 되는 소리!" 난 홈즈의 허리를 감싸고 끌고 갔다.

"우린 함께 가거나, 아니면 여기서 그냥 죽치고 있자구."

홈즈는 논쟁을 벌일 생각이 없는 듯 내가 자신을 질질 끌고 가도록 내버려뒀다. 마차가 바로 눈앞에 서 있었고, 마부는 손에 채찍을 든 채 초조하게 문 옆에 서 있었다.

"무슨 일이 벌어지고 있는 겁니까?"

우리가 접근하자 마부가 물었다.

"총소리를 여러 발 들은 것 같아서요!"

"제대로 들었네요." 내가 말했다.

"그리고 총에 맞고 싶지 않으면 최대한 빨리 이곳을 벗어나는 게 좋을 겁니다."

마부는 내 말을 굳게 믿은 게 분명했다. 몇 초가 채 지나기도 전에 홈즈와 난 마차에 타고 있었고, 말은 전속력으로 달려 아스펜 웨이 쪽을 향하고 있었다. 마차 안으로 들어서자마자 난 구석에서 몸을 웅크리고 있는 작은 물체를 알아봤다. 개펄을 뒤지고 사는 제니퍼였다.

"이 사람은 죽는 건가요?"

제니퍼는 홈즈의 가슴에서 피가 흐르는 걸 보고 물었다.

"내가 손을 쓴다면 죽지 않을 거야."

난 상처를 살펴보며 말했다. 총탄이 흉곽을 스치고 지나간 깊은 상처였긴 했지만, 그래도 목숨을 위협할 정도는 아니었다. 그래도 피를 너무 많이 흘린 게 걱정 돼서 더 이상 피가 흐르지 않도록 내 스카프를 상처에 대고 꾹 눌렀다.

"가만히 좀 누워 있게."

난 홈즈가 기를 쓰고 움직이려고 하자 말렸다.

"조금만 움직여도 피가 더 흘러나온단 말일세."

"그 상자를……." 홈즈는 불안정한 목소리로 말했다.

"상자를 열어보게."

난 무슨 일이 벌어질지를 모르는 채 홈즈의 말을 따랐다. 놀랍게도 상자의 붉은 벨벳 안감 속에 인도의 별이 얌전히 자리 잡고 있었다.

"맙소사, 홈즈, 자넨 어떻게……?"

"나중에 설명해줌세." 홈즈는 그렇게 말한 뒤, 정신을 잃었다.

마차가 텅 빈 거리를 질주하자 난 뒤쪽 창을 내다봤다. 우릴 뒤쫓는 자들의 흔적이 보이지 않자 상자를 내려놓고 진이 빠져 좌석에 몸을 파묻었다. 제니가 움찔거리며 내게 다가와 조그맣게 훌쩍거리자 난 제니의 가냘픈 어깨에 팔을 둘렀다.

"이 분은 죽은 건가요?" 제니가 작은 목소리로 물었다.

"아니, 그냥 기절한 거란다. 아무 일도 없을 거야."

난 내가 낼 수 있는 가장 달래는 목소리로 대답했다.

"이제 그만 울어라. 우리랑 함께 가면 네게 맛있고 따뜻한 식사를 대접해주마. 그런 다음 엄마가 계시는 너의 집으로 가면 어떻겠니?"

"전 엄마가 안 계세요."

"음, 그렇다면 아빠에게로 가면 되지."

"아빠도 안 계세요. 아빠는 집을 나가버렸고, 엄마는 돌아가셨어요. 저와 제 남동생만 남았는데, 이제는 남동생도 어디론가

가버렸어요."

"맙소사! 그럼 지금은 너 혼자 산다는 말이니?"

제니는 고개를 끄덕였다. 마차가 어둠을 헤치고 전력으로 질주하는 가운데 난 제니를 꽉 끌어안고 머리카락을 가만가만 쓰다듬었다.

"아무 걱정하지 마라. 우리와 함께 있으면 안전할 테니까."

하지만 그 말이 입 밖으로 나오는 순간, 그게 정말이 될지 나 자신도 의문이 들었다.

10장

제니의
체스 게임

머리부터 발끝까지 빗물을 뚝뚝 흘리며 반쯤은 정신을 차렸지만 피를 너무 많이 흘려 무척이나 쇠약해진 홈즈를 질질 끌고 덜덜 떠는 삐쩍 마른 여자애를 거느린 채 베이커 가로 돌아갔다. 우린 셋 다 뼛속까지 추웠고, 지쳐빠졌으며, 배가 고팠다. 잔소리를 하려던 허드슨 부인은 제니를 보자마자 사르르 풀려버렸고, 제니는 곧 담요로 둘둘 말린 채 불가의 의자에 앉아 뜨거운 초콜릿을 홀짝거리게 됐다.

난 등받이와 팔걸이가 없는 소파에 홈즈를 눕히고, 상처를 더 자세히 살펴보기 위해 셔츠와 조끼를 벗겼다. 허드슨 부인은 홈즈의 옷에 묻은 피의 양을 보고 잔뜩 겁을 먹었는지 주위를 떠나지 않았다. 심지어 홈즈에게 아무 일도 없을 거라고 확인시켜준 이후에도 두 손을 초조하게 비벼대고 작은 신음소리를 내며 서성거렸다. 총탄은 3번과 4번 갈비뼈 사이를 관통했고 장기는 건드리지 않았지만, 부상으로 인해 내출혈의 가능성은 여전히 남아 있었다. 하부 늑골이 부러진 것도 감지됐지만, 고통은 심할망정 생명을 위협할 정도는 아니었다. 홈즈는 지금도 완전히 정신을 차리지 못했고, 호흡이 얕았다.

"오, 닥터 왓슨, 우린 어떻게 해야 하죠?"

허드슨 부인이 벽난로 앞을 왔다 갔다 하면서 물었다.

"보기보다 나쁜 건 아닙니다, 허드슨 부인."

내가 부인을 안심시켰다.

"그렇다면 왜 정신을 차리지 못하는 거죠? 걱정돼서 죽겠어요." 허드슨 부인은 지금도 두 손을 꼼지락거리며 말했다.

"홈즈는 지금 쇼크 상태에 빠진 겁니다. 상처에 약을 바르고 붕대를 감는 것 이외에 우리가 할 수 있는 일이라고는 몸을 따뜻하게 해주는 것뿐입니다. 그러니 뜨거운 물과 깨끗한 수건을 가져다주시겠어요?"

허드슨 부인은 자신도 뭔가를 할 수 있다는 생각에 행복한 표정을 지으며 부리나케 밖으로 나갔다. 홈즈는 소파 위에 꼼짝도 하지 않고 누워 있었다. 맥박을 확인했더니 약하긴 하지만 꾸준히 뛰고 있었다. 홈즈의 곁에 무릎을 꿇고 앉다가 갑자기 누군가가 날 지켜보고 있다는 걸 깨달았다. 난 벽난로 쪽으로 눈길을 돌렸다. 홈즈가 즐겨 앉는 안락의자에서 심각한 표정의 작은 얼굴이 날 몰래 훔쳐보고 있었다.

"그래, 제니, 무슨 일이니?" 내가 물었다.

"그분은 좀 나아지신 건가요?" 제니가 진지하게 물었다.

"그래, 나아지고 있단다." 내가 대답했다.

"다들 똑같은 질문만 하고 있는데, 이제 그만 들었으면 좋겠다."

잠시 적막이 흐르다가 제니가 다시 말했다.

"우리 엄마는 어느 날 저렇게 누워계시다가 다시는 일어나지 못하셨거든요."

난 제니를 쳐다봤다. 제니는 핫 초콜릿 잔을 절대로 놓칠 수 없다는 듯 갸날픈 하얀 두 손으로 꽉 움켜쥐고 있었다.

"제니, 이전에 핫 초콜릿을 한 번도 먹어본 적이 없었니?"

제니는 고개를 가로저었다.

"이전에는 무척 쓸 거라고만 생각했어요. 커피처럼요. 그런데 정말 달콤하네요. 냄새도 좋지만 맛은 더 좋은 것 같아요."

난 제니를 쳐다보며 지금까지 살아온 짧은 생애 동안 맛보지 못한 것들이 얼마나 많았을까 하는 의문이 들었다. 그런데 그때, 허드슨 부인이 뜨거운 물이 들어 있는 대야와 수건 한 무더기를 껴안고 들어왔다.

"수건은 한 장이면 되는데요."

난 수건 무더기를 받아들며 말했다.

"많다고 해서 문제 될 건 없잖아요? 난 항상 그렇게 한다고요." 허드슨 부인은 모든 과정을 지켜보려는 듯 소파 옆에 털썩 주저앉았다.

상처를 깨끗이 닦기 시작하자 홈즈가 몸을 꿈틀거리며 끙끙 앓는 소릴 냈다.

"이런, 홈즈 씨를 아프게 하고 있잖아요, 닥터!"

허드슨 부인이 꽥 소릴 질렀다.

"미안하지만, 어쩔 수가 없다고요." 난 단호한 어조로 말했다. "제발 제가 일할 수 있도록 가만 있어주셨으면 합니다, 부인."

"좋아요, 좋다구요! 닥터께서 그렇게 느끼신다면 이 몸은 자리를 피해드리죠. 하시는 일에 제가 방해꾼 노릇을 하고 싶지 않다는 건 하느님도 아실 거예요." 허드슨 부인은 그렇게 중얼거리고 의자에서 일어서서 종종걸음으로 문 쪽으로 걸어갔다.

"내 말은, 내가 집을 잘 관리하고 제 시간에 식사를 준비하려고 노력했다는 것이고, 총에 맞고 비에 홀딱 젖은 채 한밤중에 집으로 쳐들어오는 건 내 잘못이 아니라는 뜻이에요. 애야, 가자." 허드슨 부인은 제니에게 말했다.

"아래층에서 네가 잘 수 있는 부드럽고 멋진 침대를 찾아보자꾸나. 어린 소녀들이 잠자리에 들 시간이 훨씬 지났단다."

제니는 날 홈즈와 함께 있도록 놔두고 허드슨 부인의 손을 잡고 아래층으로 내려갔다. 난 상처의 소독을 끝내고 붕대로 잘 감싼 다음 의자에 털썩 주저앉아 홈즈가 의식을 회복할 경우에 대비해서 파이프를 피워 물었다.

벽난로의 불이 거의 꺼져가고 홈즈의 목소리에 깜짝 놀라 정신을 차린 것을 보니 내가 잠깐 졸았던 게 분명했다.

"왓슨?"

"그래, 홈즈, 나 여기에 있네."

난 허리를 굽혀 홈즈를 내려다봤다.

"지금 몇 시인가?"

"시간을 잘 모르겠네. 한밤중인 것 같은데……."

"내가 얼마 동안이나 정신을 잃었던 건가?"

"음, 두어 시간은 된 것 같군."

"그럼, 인도의 별은 어디에 있나?"

여러 가지 일이 한꺼번에 벌어지는 바람에 난 그 귀중한 보석을 완전히 잊어버리고 있었다. 그건 내가 이 방에 들어오면서 아무렇게나 던져놨던 벽난로 위에 얌전히 놓여 있었다.

"걱정하지 말게, 바로 저기에 있으니까."

홈즈는 누워 있던 소파에서 몸을 일으키려고 했는데, 난 그의 어깨를 손으로 눌러 움직이지 못하도록 했다.

"홈즈, 자넨 아직 움직여선 안 되네. 자네만 좋다면 내가 가져다줌세."

"제발 그렇게 해주게. 난 꼭 그게 보고 싶네."

난 자리에서 일어서서 벽난로 위에 놓인 상자를 들어 홈즈에게 가져다줬다. 홈즈는 뚜껑을 열어 안쪽에 놓인 보석을 뚫어져라 내려다봤다. 그곳에 있는 건 의심할 바 없는 인도의 별이었다. 만족스러운 한숨을 내쉰 홈즈는 다시 자리에 누웠다. 하지만

이 잠깐 동안의 행동이 홈즈를 지치도록 만든 게 빤히 보였다.

"정말 잘됐네." 홈즈는 허약한 목소리로 말했다.

"우리가 농락당하지 않았다는 걸 확실히 해두고 싶었네."

"저걸 되찾은 지금, 우린 뭘 해야 하는 건가?" 내가 물었다.

"저걸 갖게 됐으니 우린 이제 극도로 위험해진 걸세."

홈즈가 대답했다.

"왓슨, 창밖을 내다보고 무엇이 보이는지 말해주겠나?"

난 홈즈의 요청대로 했다.

"두 명의 경찰관이 보이는데, 한 명은 도로 맞은 편에, 다른 한 명은 바로 우리 집 앞에 있네."

홈즈는 살짝 미소 지었다.

"자네가 레스트레이드 경감을 어떻게 보고 있든 간에 약속은 꼭 지키는 사람이라네. 경찰관이 눈에 보이는 위치에 있는 게 도움이 되긴 하겠지만, 그렇다고 해서 모리아티가 보석을, 혹은 우릴 덮치려는 걸 막을 수는 없을 걸세. 음, 이걸 어디 다른 곳에, 이곳이 아닌 다른 어딘가에 숨기면 더 좋을 텐데……."

난 홈즈를 똑바로 쳐다봤다. 그의 얼굴은 극도로 창백하고 초췌했다. 이마에 솟아난 땀방울들이 불빛을 받아 번들거렸다.

"홈즈," 난 진지한 어조로 말했다.

"자넨 쉬어야 하네. 자네가 그렇게 못하겠다면, 억지로라도 휴식을 취할 수밖에 없는 병원으로 데려가도록 내가 처방을 내릴 생각이네."

"이거 왜 이러나, 왓슨," 홈즈가 조바심을 내며 말했다.

"바로 자네 입으로 생명을 위협할 정도의 상처가 아니라고 했잖나!"

"내 말은, 자네가 조심스럽게 처신할 때에 그렇다는 뜻이었네. 자네가 내 말을 허투루 듣는다면 어떤 손상을 입게 될지 전혀 예측할 수 없다네. 고열에, 감염······."

홈즈는 한숨을 크게 내쉬었다.

"알았네, 왓슨, 자네 말을 듣도록 하지. 난 최대한 휴식을 취해볼 테니 자네도 침대로 가서 잠을 좀 자도록 하게. 나도 눈을 감고 잠을 자겠다고 약속하겠네."

홈즈의 이 말을 듣는 순간, 난 피로의 물결이 온몸을 휩쓸고 지나가며 다리를 후들거리게 만드는 것을 느꼈다. 홈즈에게 온통 신경을 쓰는 바람에 내 자신이 지쳤다는 사실을 잊고 있었던 것이었다.

"자네가 약속한다면 그렇게 하겠네."

"약속하지. 이제 침대로 가게나."

난 램프의 심지를 낮추고 위층으로 가서 침대에 몸을 던지고는 곧장 잠이 들어버렸다. 그러다가 집 앞에 있는 도로를 박박 긁어대는 듯한 도로청소부의 비질 소리에 잠을 깼다. 멀리서 시간을 알리는 교회 종소리가 들려왔고, 불현듯 벌써 오전 10시라는 걸 알게 됐다. 그리고 지금 이 순간까지 오늘이 무슨 요일인지 까맣게 모르고 있다는 걸 깨달았다. 침대에서 벌떡 일어나 잠옷을 걸치고 아래층으로 내려갔다. 실망스럽게도 소파는 텅 비어 있었다. 홈즈의 침실도 들여다봤지만 그곳에도 흔적이 없었다. 허드슨 부인을 부르자, 부인은 손에 커피포트를 들고 문간에 모습을 드러냈다.

"허드슨 부인, 혹시 홈즈가 밖으로 나가는 걸 보셨나요?"

"아니오, 닥터 왓슨, 내가 일어나기 전에 나간 게 분명해요."

난 짜증이 나서 끙 하고 앓는 소리를 뱉었다. 홈즈는 돌아가는 상황이 좋다하더라도 런던을 뛰어 돌아다닐 몸 상태가 아니었는데, 모리아티의 부하들이 모든 곳에 깔려 있을 지금은 더더욱 어려울 게 뻔했다. 난 황소고집 같은 홈즈의 완강함에 저주를 퍼붓고는 더 나은 생각이 떠오르지 않아 허드슨 부인의 아침식사 초대를 반갑게 받아들였다. 어젯밤에 저녁식사를 하지 않고 넘어가서 배가 고파 죽을 지경이었던 터라 나 자신도 깜짝 놀랄 정도로 많은 양의 달걀과 소시지를 먹어치웠다. 식사를 마치고 의자에 편안하게 등을 기댄 채 파이프 담배를 피우며 이제 무엇을 할까 생각에 잠겼다. 11시가 지나도 홈즈가 모습을 보이지 않자 걱정을 하지 않으려고 애써봤지만 결국 소용이 없었다. 멍하니 파이프만 뻑뻑 빨아대고 있는데 문에서 머뭇거리며 두들기는 노크 소리가 났다. 얼른 문으로 다가가서 열었다. 몸에 비해 너무나 큰 잠옷을 걸치고 발에는 과하다 싶을 정도로 큰 모직 양말을 신은 제니가 복도에 서 있었다.

"들어오너라, 제니." 제니는 바닥에 질질 끌리는 잠옷 자락을 밟으며 조용히 거실로 따라 들어왔다.

"다른 신사 분은 어디 가셨어요?"

제니는 비어 있는 소파를 바라보며 물었다.

"밖으로 나갔단다."

"아." 제니는 방 안을 둘러보다가 사이드보드 위에 놓인 체스판을 발견하고는 손가락으로 가리켰다.

"저걸 갖고 놀아도 되나요? 허락해주세요, 네?"

"음, 뭔가를 알아보려고 설치해놓은 것이라서 좀 곤란한데…. 가지고 놀 더 좋은 게 있는지 찾아보면 어떨까?"

"그냥 한 수만 두고 싶은데요. 제발요."

"아, 그래? 좋아, 한 수만이다." 난 제니와 함께 체스판으로 걸어갔다.

"어떤 말을 움직이고 싶은 거니?" 난 제니가 이 방을 나가면 그 말을 되돌려놓으려고 생각하면서 물었다. 제니는 집중하는 기색이 역력한 작은 얼굴로 체스판을 들여다봤다.

"체스 게임을 이전에도 본 적이 있니?" 내가 물었다.

제니는 고개를 끄덕였다.

"네. 제 남동생이 거리에서 주운 걸 하나 가지고 있어서 제가 판 위의 작은 남자들을 움직이도록 해줬거든요."

"그랬어? 그럼 남동생은 체스 규칙에 따라 말들을 움직였던 거니?"

제니는 어깨를 으쓱했다.

"그건 잘 모르겠어요. 전 다만 이 작은 사람들이 각각 다른 방식으로 움직인다는 것만 알고 있어요."

"그럼 수를 써보렴."

놀랍게도 제니는 블랙 퀸을 집어 들어 대각선으로 움직였다. 그러자마자 화이트 킹이 장군으로 내몰렸다. 제니는 얼굴을 들어 날 올려다봤다.

"이제 선생님의 킹이 위험하게 됐네요."

난 제니를 멍하니 쳐다보며 뭔가를 말하려는 순간, 허드슨 부인이 허겁지겁 방 안으로 뛰어들었다.

"마이크로프트 홈즈 씨가 닥터 왓슨을 만나러 왔어요."

부인이 숨을 헐떡거리며 말했다.

"고맙습니다, 허드슨 부인, 이곳으로 안내해주세요."

"애야, 나랑 함께 가자." 허드슨 부인이 제니에게 말했다.

"네가 입을 만한 옷이 있는지 찾아보자꾸나."

허드슨 부인이 제니와 함께 방을 나서고 잠시 후에 마이크로프트 홈즈가 방 안으로 들어섰다.

"안녕하신가, 닥터 왓슨?"

마이크로프트는 계단을 오른다는 별로 익숙하지 않은 운동을 하고 힘이 드는지 숨을 거칠게 몰아쉬며 그 거대한 몸집으로 문간을 거의 가로막다시피하고 서 있었다. 난 운동을 좀 더 하라고 권유하고 싶은 생각이 들었지만, 그만 포기하고 말았다. 거대한 몸집에다가 자신의 동생과 맞먹는 무시무시한 지적 능력을 가진

이 사람도 어떤 면에서는 동생보다도 더 위협적인 인물이었던 것이다.

"좋은 아침입니다." 나도 인사말을 했다.

"셜록은 어디 갔나요?"

마이크로프트가 방 안을 둘러보며 물었다.

"외출한 것 같습니다."

"흐음……. 그럼 어디로 간 것 같은가요?"

"모르겠습니다. 홈즈는 외출할 수 있는 몸 상태가 아니라서 저도 꼭 알고 싶습니다."

난 어젯밤에 벌였던 모험을 간략하게 설명해줬다.

"으음……." 마이크로프트가 잠시 후에 말했다.

"참 곤란한 문제로군. 좀 앉아도 되겠소?"

그는 홈즈가 즐겨 앉는 의자를 곁눈질하며 물었다.

"이런 깜빡 잊고 있었네요. 편하신 대로 하십시오. 오늘 아침엔 저도 정신이 사나워서 그만……. 양해해주시기 바랍니다."

"무슨 말인지 잘 알겠어요." 마이크로프트 홈즈는 거대한 몸을 안락의자에 끼워맞추며 대꾸했다.

"나 자신도 아주 불편한 상태니까요. 나의 일상적인 생활이 흐트러지는 걸 엄청 싫어한다는 점을 선생도 잘 알고 있죠? 그런데 오늘 이곳에 와야만 했고, 기껏 알게 된 게 셜록이 사라졌다는 것뿐이니 내 기분이 어떻겠소?"

"홈즈를 찾아오신 이유를 제게 말씀해주시면 어떻겠습니까?"

난 마이크로프트의 맞은편에 놓인 내 의자에 앉으며 물었다.

"그게 말이요……."

마이크로프트가 막 말을 하려는 순간, 문이 벌컥 열리고 홈즈가 비틀거리며 들어왔다. 홈즈의 안색이 백짓장처럼 창백했고, 손으로는 옆구리의 상처를 꽉 움켜쥐고 있었다.

"홈즈!" 난 의자에서 벌떡 일어서서 큰 소리로 외치며 그를 부축해서 소파로 옮겼다. 마이크로프트도 걱정하는 기색이 역력했다. 그는 의자에서 일어서서 고개를 가로저으며 동생을 내려다봤다.

"맙소사! 셜록, 무슨 짓을 한 것이니?" 마이크로프트는 야단을 치고 있었지만, 걱정하고 있다는 기색은 감추지 못했다.

홈즈는 자신의 손을 힘없이 흔들었다.

"난 괜찮아. 잠시 휴식을 취하기만 하면 돼."

홈즈는 눈을 감자마자 베개에 머리를 파묻었다.

"하지만 이게 도대체……." 마이크로프트가 뭐라고 더 말을 하려고 했지만, 난 손을 들어 그를 말렸다.

"말씀 도중에 죄송합니다만, 홈즈는 잠깐 동안이라도 방해를 받지 않고 쉬어야 합니다. 양해해주십시오."

마이크로프트는 한숨을 내쉬고 불 앞에 놓인 의자로 되돌아가서 털썩 주저앉았다.

"그건 알겠는데, 셜록에게 이 말을 전하려고……."

"내게 무슨 말을 전한다는 거야?"

홈즈가 소파에서 힘없는 목소리로 물었다.

"우리의 정보원들이 이번 주말 라바라스 왕자가 우리나라를 방문하는 기간 동안에 어떤 형태의 암살이 시도될 것이라는 정보를 알려왔다. 인도의 과격분자들은 라바라스와 영국 사이의 친선 관계가 인도의 독립운동에 위협이 된다고 생각하거든."

"형님도 그렇게 생각하십니까?" 내가 물었다.

마이크로프트는 고개를 가로저었다.

"그렇지 않아요. 라바라스는 온건파이고, 인도 내부나 영국에 대한 어떠한 형태의 폭력에도 반대하는 사람이오. 라바라스를 반대하는 사람들은 인도 전역의 과격집단들과 더불어 그가 다스리는 지역 내의 좀 더 호전적인 시민들이지."

"누가…… 위험한 거지?" 홈즈가 속삭였다. 홈즈의 목소리가 모기 소리처럼 들려서 당장 입을 다물라고 말하려고 하는 순간, 마이크로프트의 입에서 쏟아진 말로 인해 몸이 굳어버렸다.

"우린 암살 목표가 황태자 전하라고 믿고 있단다."

"샤 마트." 홈즈가 말했다.

"왕이 죽는 거로군."

"말 그대로다. 네가 어제 우연히 방해했던 그 밀수 작전은 인도에서 라바라스의 최대 정적인 보우드린스 왕자의 손에 인도의 별을 넘기려는 계획의 일환이었다. 보우드린스는 영국과 인도 사이의 어떠한 외교 관계도 반대하는 잔혹한 작자인데, 자신을 따르는 무리들의 수가 충분하다고 느끼는 순간 라바라스에 대항하는 전쟁을 벌이려고 하는 인물이기도 하지. 인도의 별은 보우드린스에게 그러한 추종자들을 끌어 모으는 좋은 도구가 될 수 있었다. 네가 그 보석을 가로챈 건 정말 잘한 일이었다."

"모리아티가 무슨 게임을 벌이고 있는 거지?"

난 생각에 잠긴 채 중얼거렸다.

"아, 녀석의 게임은 본심을 깊이, 아주 깊이 숨기고 있어요. 나조차도 그것의 모든 국면을 다 이해하고 있는지 의문이 들 정도니까." 마이크로프트가 말했다.

"그런데 그 보석은 어디에 있는 건가요?"

난 어젯밤에 상자가 놓여 있던 벽난로 위를 쳐다봤다. 그곳에는 아무것도 없었다.

"이런, 맙소사!" 내가 큰 소리로 외쳤는데, 홈즈의 목소리가 다음 말을 막았다.

"내가 그걸 숨겼어." 홈즈가 말했다.

"자네가 뭘 어떻게 했다고?"

난 도저히 내 귀를 믿을 수가 없어 물었다.

"그걸 감췄다니까." 홈즈가 똑같은 말을 되풀이했다.

"어디에?"

"모리아티가 전혀 찾아볼 생각조차 하지 않을 그럴 장소에."

"도대체 자넨 뭣 때문에……?" 난 말을 더듬어가면서까지 더 캐물어보려고 했는데, 마이크로프트가 내 말을 막았다.

"이건 누가 둔 것인가?" 마이크로프트는 사이드보드 위에 놓인 체스판을 가리키며 물었다.

"아, 이 집에 머물고 있는 작은 소녀가 있는데, 그 애가 오늘 아침에 그걸 가지고 놀았습니다. 원래대로 돌려놓죠."

난 체스판을 향해 다가가며 말했다.

"그걸 만지지 말아요!" 마이크로프트의 기겁하는 목소리에 난 제자리에 얼어붙고 말았다. 마이크로프트는 체스판을 더 가까운 곳에서 살펴보려고 그곳으로 걸어갔다.

"이거 놀라운데?" 그는 체스판 위로 몸을 숙이며 말했다.

"정말 놀라운 수야."

"뭐라는 말씀입니까?" 난 마이크로프트의 말뜻을 얼른 알아듣지 못하고 물었다.

마이크로프트는 허리를 펴고 반쯤 미소 짓는 듯한 괴상한 표정을 지은 채 날 쳐다봤다.

"이걸 뭐라고 말해야 할지 모르겠지만, 이 여자애는 놀라울 정도로 직관적인 수를 뒀어요."

"그 애는 그걸 그냥 가지고 놀았을 뿐이라니까요."

난 시큰둥한 어조로 대답했다.

"그랬을지도 모르죠." 마이크로프트가 순순히 인정했다.

"하지만 그 이유야 어떻든 간에 그 여자애는 화이트 킹이 장군을 당하는 상황을 아주 정확하게 표현했다고요. 그리고 단지 한 수만으로 그런 상황을 연출할 수 있는 말을 사용했을 것 같은데, 그건 바로 블랙 퀸이란 말이오!"

"하지만 누가 블랙 퀸인 겁니까?" 난 여전히 영문도 모른 채 질문을 던졌다.

"내가 궁금해하는 것도 바로 그것이오."

마이크로프트가 대답했다.

"그걸 안다면, 우리 일이 훨씬 더 수월해질 것이오."

"잠깐만요! 어젯밤에 봤던 밀수선 이름이 인도의 여왕이었습니다. 홈즈도 그때 그 이름에 관심을 나타냈고요."

내가 슬쩍 의견을 제시했다.

마이크로프트가 거대한 머리를 흔들었다.

"아니, 그건 전체 그림의 일부일 뿐이오. 이곳 런던에 또 다른 공작원이 있어요. 내가 아직 완전히 파악하지 못한…… 셜록?"

마이크로프트는 동생이 누워 있는 소파 쪽을 쳐다봤지만, 홈즈는 벌써 잠에 곯아떨어져 있었다. 마이크로프트는 씩 웃었다. "선생의 조언을 받아들여 셜록을 푹 쉬도록 해줘야겠어요. 앞으로 얻어낼 수 있는 모든 도움들이 필요할 테니까 말이오."

마이크로프트는 점심 식사를 함께 하자는 초대를 받아들였고, 난 허드슨 부인에게 솜씨를 발휘해서 사과로 속을 채운 오리 구이를 마련해달라고 부탁했다. 마이크로프트조차도 부인의 요리에 감탄을 금치 못했다.

"이곳 여주인은 정말 솜씨가 탁월한 여인이오."

마이크로프트는 난로불 앞에서 시가와 브랜디를 즐기며 만족스러운 어조로 말했다.

"오리 구이용 쇠꼬챙이를 어떻게 돌려야 하는지 잘 아는 분 같은데, 난 이것이 지금은 까맣게 잊힌 예술에 가까운 조리법이라고 생각해왔거든요."

홈즈는 반나절 동안 잠을 자고 난 이후에 나의 강력한 주장에 따라 식사를 조금 하고 지금은 소파에 누워 잠이 들락 말락 한 상태로 마이크로프트와 나의 대화를 들으며 몸을 뒤척거렸다.

"라바라스 왕자는 목요일에 런던에 도착할 예정이오."

마이크로프트는 살찐 손가락들 사이에 낀 통통한 시가를 살펴보며 입을 열었다.

"홈즈가 안전한 장소를 제대로 고르기만 했다면 그 보석을 숨긴 게 정말 잘했다는 생각이 들어요. 만약 그게 황태자 전하께 되돌아가기라도 했다면 전하의 생명을 노리는 시도가 훨씬 앞당겨 시도될까 두렵거든요. 우리의 정보원들은 라바라스 왕자의 방문 기간 동안에 전하를 암살할 계획이 있다고 하지만, 내가 그동안 경험해온 바로는 이번 사건에서 시기 선택이 가장 중요한 요소로 보인단 말입니다. 셜록이 말했던 것처럼 이제 이 보석을 누가 소유하고 있든 간에 크나큰 위험에 빠진 겁니다. 그 보석은 이미 하나의 상징이 됐고, 정치적으로 불안정한 시기에는 상징보다 더 위험한 것은 없는 법이죠. 어쨌거나 선생에게 한 가지 알려드리리다. 선생이 데리고 있는 여자애가 뭔가 아주 중요한 것을 직감했어요. 이번 사건에 블랙 퀸이 핵심이라는 것은 분명합니다. 우린 그 여자를 찾아내야 하고, 찾아내지 못하면 실패할 것 같아 두렵기만 합니다."

홈즈가 끙끙 앓는 소리를 내서 난 얼른 그가 누워 있는 소파 쪽으로 갔다.

"홈즈, 자네 괜찮은 건가?"

"레스트레이드." 홈즈가 말했다.

"인도의 별이 회수됐다고 레스트레이드에게 말을 전해주게."

"걱정 말게, 내가 직접 할 테니. 자넨 이제 그냥 푹 쉬기나 하라구." 난 홈즈의 이마를 만지며 말했다. 뜨겁고 건조했다. 혹시 이렇게 될까 걱정했던 대로 홈즈는 고열에 시달리고 있었다. 담요로 홈즈의 온몸을 잘 덮어준 다음 까치발로 걸어 마이크로프트에게로 되돌아갔다.

"홈즈는 어때요?" 마이크로프트가 물었다.

난 고개를 가로저었다.

"이마가 펄펄 끓네요. 열병에 걸린 것 같은데요."

마이크로프트도 고개를 절레절레 저었다.

"홈즈와 난 둘을 섞어 반으로 나눴으면 정말 좋았을 것이오. 이 녀석은 항상 너무나 성급하고, 그 반면에 난⋯⋯. 선생도 보다시피 너무 게을러서⋯⋯." 그는 한숨을 내쉬었다.

"우리 두 형제 사이의 중간 정도의 사람이라면 훨씬 더 균형이 잡히고, 만족스러운 삶을 살았을 겁니다."

난 잠을 자면서도 몸을 뒤척이고 신음소리를 내는 홈즈를 쳐다봤다. 균형이 잘 잡히고 만족스러운 삶이라⋯⋯. 어떤 사람이

든 간에 내 친구를 묘사하는 데 이런 말을 사용할 리는 없었다. 그리고 내 친구가 보다 균형이 잡히고 만족스러운 삶을 산다면, 그건 셜록 홈즈가 아닐 것이라는 확신이 들었다.

* * *

마이크로프트가 떠난 때는 초저녁이었다. 허드슨 부인은 옷을 사기 위해 제니를 데리고 가게에 갔다가 두 손 가득 꾸러미를 안고 웃고 떠들며 현관으로 들어섰다. 아래층에서 들려오는 어린애의 목소리를 듣고 있자니 제니가 나의 친자식이었으면 하는 달콤하고도 슬픈 열망이 피어올랐다. 그런데 두 번의 결혼생활 동안 왜 그렇게 자식을 갖지 않으려고 했던가……. 아내들이 세상을 떠나면서 모든 걸 다 가져간 것 같아 자식이 없다는 게 이처럼 큰 실망스러운 일이라는 걸 전혀 느끼지 못했었는데, 이제 계단을 올라오는 제니의 가볍고 빠른 발자국 소리를 들으니 어린 시절로 돌아간 듯한 향수에 젖어들었다. 난 제니가 들어와서 이제 막 구입한 옷들을 자랑할 수 있도록 문간에 서서 기다렸다. 제니가 들어오고 그 뒤를 따라 허드슨 부인이 어미 닭처럼 들어왔다. 나의 메리가 세상을 떠난 이후에 경험해보지 못했던 가정생활의 즐거운 기억이 떠올랐다.

새 옷을 입은 제니의 모습은 소공녀처럼 보여서 거의 알아보지 못할 뻔했다. 지난 24시간 동안 허드슨 부인의 맛있는 음식

덕분에 제니의 양쪽 뺨은 장밋빛으로 물들었고, 두 눈이 반짝거렸다.

"저기요, 왓슨 선생님," 제니가 수줍게 말했다.

"허드슨 부인께서 사주신 이 멋진 옷들이 어떤가요?"

"아주 멋있구나, 제니. 정숙한 귀부인처럼 보인다."

제니는 홈즈가 깊이 잠들어 있는 소파로 걸어갔다.

"이 분은 곧 다 나으시겠죠?"

제니는 홈즈의 이마를 어루만지며 물었다.

"그래. 그런데 네가 그 사람을 푹 쉬도록 해줘야 한단다."

"자, 자, 애야, 식료품 저장실에 무엇이 있는지 가서 보자꾸나." 허드슨 부인이 끼어들었다.

"이런 멋진 것들을 보고도 식욕이 동하지 않니?"

"그럼 또 밥을 먹는단 말인가요?"

제니는 자신의 엄청난 행운을 믿을 수 없다는 듯 물었다.

"하루에 잘 해야 한 끼나 두 끼밖에 먹은 적이 없었어요."

"사랑스런 우리 제니, 어서 가자꾸나. 맛있는 홍차와 함께 먹을 수 있는 샌드위치와 케이크를 만들어줄게."

제니의 두 눈에 눈물이 차올랐다.

"제게 정말 잘해주시는군요. 어머니가 살아계셔서 이런 모습을 보셨으면 얼마나 좋아하셨을까요? 어머니는 정말 기뻐하셨을 거예요. 정말로요."

허드슨 부인이 제니의 손을 잡고 밖으로 나갔고, 그들의 등을 잠시 쳐다보고 있는 내 눈에서도 눈물이 글썽거렸다. 한숨을 내쉬고 불가의 의자에 앉아 홈즈가 깨어나기를 기다렸다. 오래지 않아 눈꺼풀이 무거워지기 시작했고, 난 못 이기는 척하고 꿈나라로 끌려 들어갔다. 난 내가 생각했던 것보다 훨씬 고단했던 게 분명했다. 눈을 떠보니 벌써 여명이 커튼을 헤치고 방 안을 응시하고 있었다.

"좋은 아침일세, 왓슨."

놀랍게도 소파 쪽에서가 아니라 실내의 다른 쪽에서 홈즈의 목소리가 들려왔다. 난 두 눈을 부비고 사이드보드 위에 놓인 체스판 위로 몸을 구부리고 있는 홈즈를 쳐다봤다.

"홈즈! 자넨 아직 일어나서는 안 되네!"

"무슨 말도 안 되는 소리. 이게 어떻게 된 건가?"

홈즈는 체스판을 가리키며 물었다.

"마이크로프트가 이렇게 둔 건가?"

난 제니가 블랙 퀸을 그렇게 움직였다고 설명했고, 마이크로프트의 반응도 덧붙여 말해줬다. 내 설명이 끝나자 홈즈는 고개를 끄덕이며 블랙 퀸을 가리켰다.

"당연한 이야기이지만, 마이크로프트의 말이 백 번 옳다네. 퀸이 모든 것의 핵심이라는……. 그런데 블랙 퀸이 누구일까?"

"마이크로프트도 똑같은 말을 했었네."

"그건 누가 봐도 분명한 의문이지."

홈즈는 길게 숨을 들이쉬다가 이마를 찌푸렸다.

"기분이 어떤가?"

"아, 그렇게 나쁘진 않네. 갈비뼈 주위로 약간 쓰린 게 느껴지지만 다른 곳은 말짱한 것 같아."

"자넬 진찰했을 때 약간 금이 간 곳을 확인했네. 최선을 다해 그곳을 고정시키긴 했지만, 자넨 정말로 무리를 해선……."

"왓슨, 자네가 걱정해주는 건 고맙지만 우리 앞에는 훨씬 중요한 일이 놓여 있지 않나?"

바로 그 순간, 문에서 노크 소리가 들리고 아주 졸린 표정의 허드슨 부인 들어왔다.

"죄송한데요, 레스트레이드 경감께서……." 허드슨 부인이 말을 꺼냈지만 채 말을 끝내기도 전에 레스트레이드 자신이 방 안으로 뛰어들었다. 숨을 거칠게 몰아쉬는 그의 얼굴이 시뻘겠다.

"당신이 인도의 별을 숨겼다고 들었는데, 그게 대체 무슨 소립니까?" 레스트레이드가 소릴 꽥 질렀다.

"레스트레이드 경감님, 이렇게 들러주셔서 정말 고맙군요." 홈즈가 조용히 말했다.

"일단 의자에 앉아주시죠."

"그 보석을 회수하자마자 그걸 스코틀랜드 야드로 가져다주는 게 당신의 의무입니다!" 레스트레이드가 식식거리며 화를 냈다.

"도대체 무슨 생각으로 그런 겁니까?"

홈즈는 애용하는 의자에 의젓하게 앉아 아랫사람의 재롱을 사랑스럽게 받아주는 듯한 태도로 레스트레이드를 쳐다보고 있었다. 아무리 생각해봐도 홈즈는 지금 깃털을 잔뜩 세우고 있는 싸움닭을 떠올리게 만드는 이 키가 작은 경감을 정말로 좋아하는 것 같았다.

"친애하는 레스트레이드," 홈즈가 침착한 어조로 말했다.

"이제 할 말을 다했으면 내가 모든 걸 다 설명해드리리다."

레스트레이드는 즉시 호통 치는 걸 멈추고 아주 조심스럽게 허드슨 부인과 날 힐끗 쳐다봤다. 얼굴도 좀 붉히는 것 같았다. 아무튼 그의 얼굴은 벌겋게 물들었다. 레스트레이드는 소파로 걸어가서 털썩 주저앉았다.

"좋습니다." 레스트레이드가 말했다.

"말씀하시는 걸 들어는 보겠지만, 절 납득시킬 수 있어야 할 겁니다."

"허드슨 부인, 경감님이 아직 모닝커피를 들지 않았을 겁니다. 아님, 홍차든가요. 어때요, 경감님?"

레스트레이드는 확실히 풀이 죽은 듯 중얼거렸다.

"아, 음⋯⋯. 홍차면 되겠네요, 감사합니다."

"그럼 괜찮으시다면 우리 모두 홍차를 부탁할게요, 허드슨 부인. 감사합니다." 홈즈가 말했다. 허드슨 부인은 날 슬쩍 곁눈질하고는 밖으로 나갔다.

"무엇보다도 먼저, 보석이 안전하다는 걸 보장할 수 있어요." 홈즈는 레스트레이드를 향해 말을 이어갔다.

"둘째, 일단 인도의 별이 소위 말하는 '당국'의 손에 들어가

면 모리아티 교수가 그걸 되찾기 위해 극단적인 수단을 취할 것
이라는 생각은 들지 않던가요? 그게 왕실의 누군가를 살해하는
일이라도 서슴없이 저지를 것이라는?"

"왕실의…… 뭐…… 뭐라고요?"

레스트레이드가 말을 더듬었다.

"황태자 전하를 암살할 계획이 있다는 소문이 돌고 있어요."

"맙소사!" 레스트레이드가 깜짝 놀란 얼굴로 소릴 질렀다.
"도대체 무슨 근거로 그런……."

"내가 그렇게 믿게 된 모든 근거를 지금 당장은 자세히 설명
해줄 수는 없어요, 레스트레이드. 다만 그럴 위험이 분명히 존재
한다는 것으로 대신하겠소. 경감님도 알다시피 인도의 별이 여
전히 누군가의 손에 들어가지 않고 떠돌아다닌다면 모리아티는
그걸 회수하려고 자신의 에너지와 자원의 상당 부분을 투입해야
겠죠. 달리 말하면, 그 보석은 더 큰 위협, 미래의 영국 국왕의 생
명을 노리는 시도를 좌절시키는 데 필요한 미끼라는 겁니다."

레스트레이드는 잠시 홈즈를 노려봤다.

"선생이 무엇을 말하는 것인지 알 것 같습니다."

그는 신중히 말을 골라서 했다.

"그래도 그 보석을 숨긴 것처럼 가장만 해도 되지 않겠습니
까?"

"아, 모리아티는 너무 영리해서 그런 꼼수에는 속아 넘어가지
않을 겁니다." 홈즈가 말했다.

"그게 거짓말이라는 걸 순식간에 알아차리겠죠. 게다가 스코틀랜드 야드 어디에선가 정보가 새고 있어요."

레스트레이드는 마치 뺨을 얻어맞은 것처럼 홈즈를 멍하니 쳐다봤다. 그리고 그가 입을 열었을 때는 목이 쉰 속삭임만 흘러나왔다.

"지금 뭐라고 했습니까?"

"경찰청 내부에서 정보가 누설되고 있다고요."

레스트레이드는 무슨 말을 하려고 입을 열었지만, 결국 아무 말도 흘러나오지 않았다. 바로 그 순간, 허드슨 부인이 홍차와 핫 크로스 번(십자 무늬로 설탕옷을 입힌 빵)이 놓인 쟁반을 들고 들어왔다.

"영양분을 좀 보충하셔야 할 것 같아 가져왔어요." 허드슨 부인은 쟁반을 커피 테이블에 내려놓으며 말했다.

"감사합니다, 허드슨 부인." 난 그렇게 감사의 말을 전하고, 모두를 위해 홍차를 따르기 시작했다. 허드슨 부인이 방을 나갔고, 레스트레이드는 여전히 아무 말도 하지 않았다. 방 안에서 들리는 것이라고는 내가 홍차를 돌리면서 내는 찻잔의 달그락거리는 소리뿐이었다. 마침내 레스트레이드가 소파에서 일어서서 희미한 불빛을 발하고 있는 벽난로를 뚫어져라 쳐다봤다.

"홈즈 씨, 당신은 날 멍청이라고 생각하고 있겠군요."

레스트레이드는 조용한 어조로 말했다.

"난 그렇게 생각해본 적이 단 한 번도 없어요." 홈즈가 대꾸했다.

"난 모리아티와 여러 해 동안 맞서왔어요. 녀석은 너무나도 영리해서 자신이 행한 범죄의 흔적을 잘 감추고 있죠. 따라서 녀석의 행위라고 해석할 수 있으려면 아주 사소한 세부사항에 철저히 주의를 기울이는 수밖에 없단 말입니다."

"그건 그렇다고 치자고요." 레스트레이드가 씁쓸한 표정으로 말했다.

"하지만 스코틀랜드 야드에서의 정보 누설이라니요? 그건 좀 너무 심한 것 아닙니까?" 그는 마치 홈즈 자신이 누설자를 심어놓았다고 비난이라도 하는 것처럼 말했다.

"경감님, 내 말을 믿어주시오. 난 이 모든 걸 나 스스로 밝혀냈을 뿐입니다. 너무 자책할 필요는 없어요."

"그렇다면 어떻게 그걸 알아냈다는 겁니까?" 레스트레이드는 한 번 해보겠다는 기색이 역력한 목소리로 물었다.

"음, 사실은 프레디 스톡턴 때문이었죠."

"아, 그 템스 강에서 시신으로 발견됐다는 녀석 말입니까?"

"경찰이 템스 강에서 발견한 게 누구의 시신이었는지는 모르겠지만, 프레디 스톡턴은 아니었어요. 녀석은 지금도 건강하게 잘 살고 있다는 걸 장담할 수 있습니다."

"뭐라고요?" 레스트레이드가 찻잔을 너무 갑작스럽게 내려놓는 바람에 쨍그랑하는 소리가 들렸다.

"왓슨도 그 녀석을 봤습니다."

레스트레이드는 애원하는 기색이 가득 담긴 눈길로 날 쳐다봤다.

"맞습니다, 안타깝긴 하지만 사실입니다. 홈즈와 내가 어젯밤에 녀석을 봤습니다." 내가 말했다.

"그렇지만, 왜…… 제 말은, 누가……."

"지금 영안실에 누워 있는 게 정확히 누구냐는 겁니까? 그것에 대한 대답은 모르겠어요, 경감님. 비록 몇 가지 가설은 있긴 하지만……. 최근에 위장 잠입시킨 형사가 몇 명이나 되죠?"

레스트레이드는 어깨를 으쓱했다.

"아, 잘 모르겠는데요. 아마 열댓 명쯤 되지 않을까 싶네요."

"그들 중 최근에 잠입 보고를 늦게 한 사람이 있나요?"

레스트레이드는 이마를 찌푸렸다.

"어디, 한번 생각을 해보죠……. 잠깐만요! 네, 한 명이 있습니다. 헤이즐턴이요! 이틀 동안 그로부터 아무런 보고를 받지 못했습니다." 그의 얼굴이 갑자기 핼쑥해졌다.

"맙소사! 설마 당신은 그렇게 생각하지……."

레스트레이드는 떨리는 소리로 물었다.

"어제 템스 강에서 건져올려진 건 헤이즐턴이었을 가능성이 매우 높다고 생각합니다. 문제는, 누가 그를 프레디 스톡턴으로 오인하도록 만들려고 했느냐 하는 거죠."

"음, 헤이즐턴은 스톡턴과 좀 닮기는 했습니다. 머리카락만 빼고요."

"경감님, 내게 짐작 가는 일이 한 가지 있는데, 영안실에 가보면 확실해질 것 같습니다. 왓슨, 15분 내에 준비를 할 수 있겠나?"

"물론이네." 난 찻잔을 내려놓으며 말했다.

"하지만 자네 몸 상태가 이렇게 돌아다녀도 될 정도로……."

홈즈는 힘든 기색을 코웃음으로 대신하며 내 말을 묵살했다.

"홈즈, 자넨 조만간 내 권고를 받아들이지 않은 걸 후회하게 될 걸세."

홈즈는 진지한 표정을 지으며 날 쳐다봤다.

"왓슨, 지금 상황이 얼마나 위험한지 상기시켜줘야 하겠나?"

그렇게 해서 20분 후, 우린 풀이 죽어 마차를 타고 가는 동안 내내 한 마디도 꺼내지 않은 레스트레이드 경감과 함께 시립 영안실로 갔다. 영안실 관리인은 우릴 보고 깜짝 놀랐지만, 새하얀 벽과 바닥을 한 치도 빼놓지 않고 꼼꼼히 청소해서 반짝반짝 빛이 나기까지 하는, 기이할 정도로 깨끗한 시신 저장고로 우릴 즉시 안내했다. 난 코를 찌르는 듯한 포르말린의 역겨운 냄새를 들이마셨다. 의대 학생일 때부터 맡아온 익숙한 냄새였다.

"아, 여기에 있네요, 18번." 관리인은 하얀 시트로 뒤덮인 시신을 저장고로부터 끌어내며 말했다. 관리인이 소름끼치는 내용물이 담긴 철제 테이블을 잡아당기자 돌아가는 바퀴 소리가 순백의 실내에 공허하게 울려퍼졌다. 홈즈가 시트를 들어 시신의 얼굴이 드러나도록 했다. 내가 맨 먼저 눈여겨 본 것은 머리카락이었다. 프레디 스톡턴의 것과 똑같은, 희한할 정도로 하얀 금발이었다. 하지만 물에 잠겨 손상을 입었던 터라 이목구비가 좀 희미해져 있어 신원 확인이 쉽지는 않을 것 같았다. 그런데 레스트레이드가 한숨을 무겁게 내쉬었다.

"바로 그 사람입니다. 헤이즐턴이라고요."

레스트레이드가 슬퍼하며 말했다.

"그렇다면 이건 당연히 원래 그 사람의 머리카락 색깔이 아니겠군요." 홈즈가 말했다.

"그렇습니다, 이 사람은 갈색이었죠. 홈즈 씨는 왜 이처럼 염색을 했다고 생각하십니까?"

"당연히 더 프레디 스톡턴처럼 보이려고 그랬겠죠."

홈즈는 관리인을 향해 돌아섰다.

"사인은 교살일 것 같습니다만?"

관리인은 고개를 끄덕였다.

"맞습니다, 선생님."

"녀석들은 이 사람을 먼저 목을 졸라 죽인 다음 머리카락을 염색했을 겁니다." 홈즈가 말했다.

"왓슨, 일이 그런 순서로 진행됐다는 걸 입증할 방법이 있을까?"

난 고개를 가로저었다.

"내가 아는 한에는 없네. 머리카락은 사망한 이후에도 얼마 동안 자라기 때문에 뿌리 부분에서 원래의 색깔이 드러나긴 하지."

문에서 노크 소리가 들렸고, 관리인이 일어서서 문을 열어주러 갔다. 문이 열리자 두 명의 경찰관이 캔버스 천에 싸인 시신한 구를 들고 들어와서 테이블 중의 하나에 올려놓았다.

"이 시신은 어떻게 된 건가, 코널리?"

레스트레이드가 경찰관 한 명에게 물었다.

"윌리엄 스트레이터라는 녀석입니다, 경감님. 이스트 엔드에서 살해당했습니다. 술집에서 싸움을 벌이다가 당한 것 같습니다. 그곳에서는 항상 있는 일이라서요."

"내가 좀 봐도 될까요?" 홈즈가 관리인에게 물었다.

"물론입니다, 선생님." 관리인이 시원스럽게 허락했다. 관리인은 몸집이 작고, 렌즈가 두꺼운 안경을 쓴 말쑥한 사람이라 얼른 보면 회계사처럼 보여 이런 영안실에서 볼 수 있을 거라고 기대되는 사람은 아니었다. 그가 시트를 들어 올리자 홈즈가 가볍게 휘파람을 불었다.

"이걸 좀 보게, 왓슨."

난 홈즈의 말을 따랐고, 홈즈가 휘파람을 불게 만든 게 무엇인지 즉시 알아차렸다. 테이블 위에 누워 있는 건 '랜슬롯 암스'에서 우리와 크리비지 게임을 했던 자였는데, 이쪽 귀에서 저쪽 귀까지 목이 완전히 잘려 마치 시뻘건 피를 흘리며 무시무시한 미소를 짓고 있는 것처럼 보였다.

"맙소사, 이건 싯누런 이빨 씨 아닌가!" 난 소릴 꽥 질렀다. 레스트레이드와 홈즈가 희한하다는 표정으로 날 쳐다봤다.

"아, 난 이 사람을 그렇게 부르고 있었어요. 내 말은, 이 사람치아 때문에요. 보이죠?" 난 시답잖은 변명을 했다.

"그럼 홈즈 씨는 이 사람을 알고 있었던 겁니까?"

레스트레이드가 물었다.

"우린 이 사람을 이틀 전 밤에 랜슬롯 암스에서 만났어요."

홈즈가 순순히 인정했다.

"이 사람은 인도의 별을 밀수하려는 시도에 대해 알고 있었죠. 사실, 그러한 정보를 준 게 이 사람이었는데, 정작 자신은 그러한 비밀을 누설하고 있다는 사실을 깨닫지 못했지만요."

"그렇다면 정보가 새고 있는 곳이 우리 경찰만은 아니군요."

레스트레이드가 다소 만족스러워하는 어조로 말했다.

"바로 그런 이유 때문에 이 사람이 이곳에 누워 있게 된 거로군!" 난 이번에도 소릴 질렀다.

"정보가 새고 있다는 걸 모리아티가 발견하고는 본보기로 이 사람을 살해하도록 한 것이었어."

홈즈는 테이블 위에 누워 있는 시신을 찬찬히 들여다봤다.

"자네 말이 맞네. 이 일이 완전히 끝날 때까지 얼마나 많은 사람들이 더 죽어야 할까?" 홈즈가 사색에 잠기며 중얼거렸다.

"처음에는 위긴스 씨, 그 다음에는 헤이즐턴, 그리고 이제 이스트레이터라는 친구까지……."

레스트레이드는 한숨을 내쉬고 고개를 가로저었다.

"가엾은 헤이즐턴……. 이제 곧 휴가를 갈 예정이었는데……."

"이 친구 부인에게는 이 친구가 실종됐다는 걸 알리지 않은 건가요?" 홈즈가 물었다.

레스트레이드는 고개를 가로저었다.

"이 친구는 결혼하지 않았습니다. 우리 경찰이 위장 잠입시키는 데 활용하는 인력들은 대부분 미혼이죠. 선생도 알다시피 아주 힘든 일이고, 꽤나 오랫동안 활동해야 해서요……."

홈즈는 고개를 끄덕였다.

"나도 잘 알고 있습니다. 녀석들은 희생자를 아주 신중히 골랐어요. 그런데 헤이즐턴은 왜 선택했는지 의문이 드는군요. 혹시 녀석들에게 너무 가까이 접근해간 게 아닙니까?"

레스트레이드는 어깨를 으쓱 했다.

"난 이 친구를 아편굴에서 활동하도록 했습니다. 혹시 아실지도 모르겠군요. '바 오브 골드'라고요. 밀수업자들이 만나는 장소가 그곳이라서요."

"아, 나도 잘 알고 있는 곳입니다." 홈즈가 대꾸했다.

"한두 번 가본 적이 있거든요. 물론 공식적인 업무 때문에요." 홈즈는 레스트레이드의 얼굴에 떠오른 깜짝 놀라는 표정을 보고 얼른 덧붙였다.

"이제 한 번 더 방문해야 할 때인 것 같네요."

홈즈가 생각에 잠기며 말했다.

"헤이즐턴이 어떤 것을 추적하고 있었는지 알아볼 수도 있으니까요."

"홈즈, 자넨 그게 현명하다고 생각하는 건가?" 내가 물었다.

"내 말은, 헤이즐턴에게 무슨 일이 벌어졌는지를 보라는 것일세."

홈즈는 환하게 미소를 지었다.

"왓슨, 자네 말이 다 맞지만, 헤이즐턴은 제임스 모리아티 교수에게 대처할 준비를 하지 않았고 장비도 갖추지 않았었네."

홈즈의 목소리에는 평소의 자신감이 드러나 있었지만, 그러한 힘에 겨운 임무를 수행하기 위해 모든 준비를 갖추고 있는 사람이 있을까 하는 의문이 드는 건 어쩔 수가 없었다.

11장

앵무새

레스트레이드의 요청에 따라 우린 그를 따라 스코틀랜드 야드로 갔다. 레스트레이드의 사무실로 들어갔을 때, 그의 책상 위에 널찍한 빨간 리본으로 매듭이 지어진, 반짝반짝 빛나는 커다란 황동 새장이 놓여 있는 게 보였다. 레스트레이드는 우리와 새장을 번갈아 쳐다봤다. 그러더니 아무 말도 하지 않고 문 쪽으로 걸어가서 문을 열었다.

"모건!" 그가 소리치자 젊은 경사가 문간에 모습을 드러냈다.

"네, 경감님?"

"이게 뭔가?" 레스트레이드가 새장을 가리키며 물었다.

"네, 경감님, 이건 저……. 일종의 선물입니다."

"선물?"

젊은 경사는 얼굴을 붉히며 자신의 구두를 내려다봤다.

"그렇습니다, 경감님. 그게 어떻게 된 것이냐면 저와 동료들이 경감님께서 그 앵무새를 계속 기르실 것이고, 경감님께서 사무실에 계시지 않을 때면 앵무새가 들어가 있을 멋진 새장이 있는 게 좋겠다고 생각한 겁니다. 애완동물 용품점에서 일하는 친구에게 물어보니 앵무새는 안락하고 멋진 새장을 좋아한다더군요. 뭐, 그래야 안전하다고 느낀다나요?"

"아, 그 사람이 그렇게 말했단 말이지?"

"그렇습니다. 마음에 드십니까? 제가 직접 고른 겁니다."

레스트레이드는 새장을 쳐다보고는 이내 바닥으로 눈길을 돌렸다. 그의 얼굴이 씰룩거렸다. 난 얼굴을 돌려버렸고, 홈즈는 고상하게 헛기침을 했다.

"아주 멋지구만, 고맙네."

레스트레이드가 마침내 탁한 목소리로 말했다.

"마음에 드신다니 기쁩니다, 경감님. 동료들에게 말해주면 녀석들도 기뻐할 겁니다." 모건은 문간에 잠시 서 있다가 헛기침을 하며 우리들의 주의를 끌었다.

"용무가 끝났으면 제 업무로 되돌아가도 되겠습니까, 경감님?"

"그런데 녀석은 어디에 있나?" 레스트레이드가 물었다.

"누구를 말씀……? 아, 앵무새 말입니까? 경감님께서 이 새장을 좋아하시는지의 여부를 알 때까지 제가 돌보기로 했습니다. 즉시 앵무새를 데려와서 새로운 집에 익숙해지도록 하겠습니다. 우린 경감님께서 직접 앵무새에게 새 집을 소개하시는 게 가장 좋은 방법이라고 생각했습니다."

"그래, 그러는 게 가장 좋을 것 같군."

"그렇습니다, 경감님. 감사합니다."

"고맙네, 모건."

우린 레스트레이드의 사무실 의자에 앉았다. 앵무새나 새장에 대한 말은 더 이상 나오진 않았지만, 멋들어진 황동 새장은 우리가 사무실에 있는 동안 내내 레스트레이드의 책상 위에 자리 잡고 있었다.

"내게 경감님의 문제를 해결할 수 있는 몇 가지 생각이 있습니다만." 홈즈가 조용히 말했다. 홈즈는 종이쪽지에 뭔가를 끄적거리더니 책상 위에 놓고 레스트레이드 쪽으로 밀었다. 그걸 읽어보는 레스트레이드의 얼굴이 무표정했다.

"좋습니다." 레스트레이드가 말했다.

"선생의 지시를 기다리겠습니다."

"그럼 된 겁니다?" 홈즈가 말했다.

"음, 이제 아편 중독자 노릇을 제대로 가장하기 위해 이만 가봐야겠군요."

"아, '바 오브 골드' 말씀입니까? 선생을 지켜볼 수 있도록 경찰관 두 명을 술집 밖에 세워둘까요?"

홈즈는 머리를 가로저었다.

"그렇게 하면 무슨 일인가가 벌어지고 있다는 걸 녀석들에게 알리는 꼴이 되겠죠. 혼자 가는 게 제일 좋습니다."

"알겠습니다. 그럼…… 행운을 빕니다."

"고맙습니다, 레스트레이드. 음, 왓슨, 이만 갈까?"

✳ ✳ ✳

"레스트레이드가 하고 많은 것들 중에서 조류를 무척이나 좋아한다고 누가 생각이나 해봤겠나?" 우리가 스코틀랜드 야드의 인상적인 석탑들을 등지고 그곳을 떠날 때 홈즈가 말했다.

"왓슨, 바로 그런 점이 자네가 사람들에 대해서 전혀 모르고 있다는 것을 보여주는 걸세."

"그래, 내가 잘 모를 수도 있네." 난 홈즈와 오랫동안 함께 지냈던 걸 머릿속에 떠올리며 아직도 의문으로 남아 있는 그의 성격상의 특징이 있는지 생각했다. 난 홈즈를 쳐다봤다. 그는 몹시 허약하고 창백했으며, 손으로 자신의 왼쪽 옆구리를 꽉 누른 채 걷고 있다는 게 눈에 확 들어왔다.

"홈즈, 다시 이곳저곳을 분주히 돌아다니려면 잠시 쉬는 게 좋을 것 같네."

홈즈는 한숨을 내쉬었다.

"왓슨, 자네가 걱정해주는 건 고맙지만, 사실 난 아무렇지도 않네."

만약 내가 그 당시에 홈즈의 말이 얼마나 틀렸는지를 알았더라면, 홈즈가 베이커 가 221B의 현관문을 걸어나가도록 내버려두지 않았을 것이다.

* * *

우리가 베이커 가에 도착했을 때, 허드슨 부인이 문에서 우릴 맞이했다.

"메리웨더 양이 위층에서 기다리고 있어요, 홈즈 씨." 부인은 주방의 열기로 얼굴이 벌게진 채 앞치마에 묻은 밀가루를 닦아내며 말했다.

"당신네들이 언제 돌아올지 몰라 기다려도 된다고 말했어요. 내가 잘못한 게 아니었으면 좋겠네요."

"아주 잘 하셨습니다, 허드슨 부인." 홈즈가 그렇게 말하고, 우린 방문객을 만나러 위층으로 올라갔다. 커튼이 처져 있고, 창문을 통해 흘러들어온 희미한 광선이 방문객의 우아한 머리와 어깨로 떨어져내려 그녀의 부드러운 검은 머리카락에 얌전히 올라앉아 있었다.

"오, 홈즈 씨, 제가 여기에서 기다린 게 무례한 일이 아니었으면 해요." 바이올렛 메리웨더가 창가의 의자에서 일어서며 말했다. 햇빛이 뒤쪽에서 비쳐 그녀의 얼굴을 볼 수가 없었다. 그녀는 부연 노란 광채에 싸인 채 그곳에 서 있었다. 또 다시 풍겨오는 골든 나이츠의 향기에 머리가 어질어질했다. 한데 그 향기가 이제는 싫지가 않았고, 오히려 중독이 되는 듯했다. 난 잠시 걸음을 멈추고 그 향기를 맘껏 들이쉬었다.

"전혀 그렇지 않습니다, 메리웨더 양." 홈즈가 대꾸했다.

"이러는 게 일종의 패턴이 되어버렸으니까요. 전보로 아가씨가 오신다는 걸 미리 알려주신다면, 이곳으로 와서 기다리는 불편은 겪지 않으실 텐데요."

메리웨더 양은 한 걸음 우리 쪽으로 다가와서 사랑스러운 눈동자를 내리깔았다.

"아, 전 아무렇지도 않아요. 그리고 특별히 선생님께 부탁드릴 것도 없이 찾아와서요⋯⋯." 그녀의 목소리가 희미하게 잦아들었고, 그녀는 새카만 속눈썹을 통해 홈즈를 올려다봤다. 홈즈는 벽난로 위에 매달려 있는 페르시아 슬리퍼에서 담배가루를 꺼내 의자에 앉더니 자신이 애용하는 도자기 파이프를 채웠다.

"앉으세요." 홈즈는 파이프를 채우는 데 온 정신을 쏟고 있기라도 한 것처럼 메리웨더 양을 쳐다보지도 않고 권했다.

"감사합니다." 그녀는 머뭇거리다 소파 위에 얌전히 앉았다.

"홍차라도 드시겠어요?" 난 어색한 상황을 무마하려고 서투르게 끼어들었다.

"고마운 말씀이지만 됐습니다. 두 분이 안 계시는 동안에 허드슨 부인께서 온갖 맛있는 것들을 다 대접해주셨거든요. 부인께선 두 분이 어디로 가셨는지 모른다고 하시더군요."

"우린 막 스코틀랜드 야드에서 돌아오는 길입니다." 내가 말했다.

"그럼 뭔가 새로운 소식이 있나요?"

인도의 별이 아주 안전하게 잘 있다고 막 말을 하려는 순간, 홈즈가 먼저 입을 열었다.

"아쉽지만 없네요. 하지만 우리가 알았던 친구의 앵무새가 그곳에서 좋은 집을 찾게 된 것 같더군요."

"앵무새요?" 메리웨더 양이 물었다.

"아, 예, 그곳의 경감님께서 그 앵무새를 아주 좋아하는 것 같더란 말입니다. 경감님이 그 앵무새의 이름을 알고 있는 것 같던가, 왓슨? 아, 이름이 뭐 였지? 아주 영리한 녀석의 이름이 '친구' 라는 뜻의 인도어였어요."

"아, 알고 있었네." 내가 말을 하려고 했다.

"그게……."

" '도스트' 인가요?" 메리웨더 양이 도움을 주려고 나섰다.

홈즈는 그녀를 쳐다봤다.

"아닙니다, 그게 아닌데요. 잠깐만! 이제야 생각이 나는군요. 앵무새의 이름은 반두였어요. 지금 생각해보니, 세상을 떠난 우리의 친구 위긴스가 벵골어라고 했던 것 같습니다."

"아, 그랬군요." 메리웨더 양이 미소를 지으며 말했다.

" '도스트' 는 힌디어(특히 인도 북부 지역에서 사용되는 인도 공용어의 하나)예요."

"그 언어를 말할 수 있군요, 메리웨더 양."

"음, 어렸을 때 그곳에서 좀 살았거든요. 부모님께서 많이 돌아다니셨던 터라 오빠와 전 항상……."

"아, 오빠가 있었군요?" 홈즈가 말했다.

"오빠가 한 명 있었어요, 홈즈 씨. 하지만 우리가 어렸을 때 사고로 세상을 떠났어요."

"알겠습니다. 정말 마음이 아프군요."

불행과 극적인 요소가 괴이하게 조합을 이룬 삶을 살아온 이처럼 아름다운 존재가 우리 앞에 있다는 사실에 홈즈가 어떻게 해서 감동을 받지 못하는 것인지 나 자신은 전혀 이해를 할 수 없었는데, 홈즈는 변함없이 전혀 무관심한 태도로 파이프만 차분히 빨아대고 있었다.

"선생님의 소중한 시간을 빼앗아서 정말 죄송하네요."

메리웨더 양은 소파에서 일어서서 문 쪽으로 걸어갔다.

"너무 걱정이 됐던 터라 그만……. 제 말, 이해하실 겁니다, 홈즈 씨. 이번 일 때문에 너무나도 많은 게 위험에 처했다는 인상을 받아서요."

"아, 그 말씀은 정곡을 찌른 겁니다, 메리웨더 양."

홈즈가 말했다.

"사실 많은 게 위험에 처해 있어요. 아마도 아가씨께서 알고 계신 것보다도 훨씬 더 많은 것이요."

메리웨더 양은 홈즈를 신기한 듯 쳐다보다가 내가 들고 있던 자신의 코트 소매에 팔을 집어넣었다.

"이 고르디우스의 매듭(고대 프리기아의 고르디우스 왕이 묶은 매듭으로, 이것을 푸는 자가 아시아를 지배하게 된다고 예언했는데, 알렉산더 대왕이 칼로 양단해서 해결하였음)을 풀 수 있는 사람이 있다면, 그건 홈즈 씨라고 믿고 있어요."

"제가 최선을 다할 것이라는 점을 약속드릴 수 있습니다."

홈즈가 말했다.

난 메리웨더 양을 문으로 에스코트했다.

"친절하게 대해주셔서 감사합니다, 닥터 왓슨."

"천만의 말씀입니다, 메리웨더 양."

난 그녀를 위해 문을 열어주며 감사의 말을 했다.

"안녕히 계세요, 홈즈 씨."

"안녕히 가세요." 홈즈는 정신이 이미 다른 곳으로 가버렸는지 어깨 너머로 건성으로 대꾸했다.

"안녕히 가십시오." 난 그렇게 인사하고 그녀가 나간 후에 문을 닫았다. 주위를 감싸고 있던 골든 나이츠의 향기가 그녀의 뒤를 따라나갔다. 향기와 모자라는 잠이 혼합돼서 상당히 어지러웠고, 당장에라도 정신을 잃을 것 같다는 생각이 들었다.

"정신 차리게, 왓슨." 홈즈가 날 쳐다보지도 않고 말했다.

난 불안정한 걸음으로 의자까지 걸어가서 홈즈의 맞은편에 앉았다. 홈즈는 사자 같은 얼굴에 이해하기 힘든 표정을 지으며 파이프를 피우고 있었다.

"홈즈, 자넨 메리웨더 양을 믿지 않는 것 같군."

홈즈는 어깨를 으쓱했다.

"그녀는 여자일세, 왓슨. 그리고 여자들을 믿는 건 항상 자네 몫이었네. 나로 말할 것 같으면, 음, 내가 여자를 어떻게 보고 있는지는 자네도 잘 알고 있잖은가."

"하지만, 홈즈, 그녀가 자네에게 푹 빠져 있다는 게 보이지 않나? 그녀는 자넬 좋아하고 있네. 내 말을 믿어주게."

홈즈는 날 똑바로 쳐다봤다.

"그 여자가 날 좋아해?" 홈즈는 조용히 말했다.

"정말 그럴까?"

난 입이 닳도록 홈즈를 설득해서 그날 밤은 푹 쉬고 다음날에 '바 오브 골드'를 방문하도록 만들었다. 우린 베이커 가에서 저녁식사를 했다. 정각 7시가 되자 제니가 방으로 들어와 예쁘게 인사를 하고는 저녁식사가 준비됐다고 알렸다. 허드슨 부인은 지금 제니를 완전히 품에 안고 보호하고 있었다. 제니의 얼굴에서는 겁을 집어먹고 쫓기는 듯한 표정이 사라지기 시작했고, 두 눈은 어린애에게는 당연히 있을 법한 건강한 호기심으로 가득 찬 채 반짝거렸다.

식사를 마치자 난 홈즈에게 침대로 가라고 설득했고, 나 자신도 지난 며칠 동안에 있었던 여러 가지 사건 때문에 극도로 피로해져서 곧 홈즈의 뒤를 따랐다. 난 바이올렛 메리웨더 양의 꿈을 꿨다. 꿈속에서 우린 손을 맞잡고 런던의 거리들을 이리저리 돌아다녔는데, 그녀는 온통 하얀색으로 옷을 차려입고 있었다. 우리가 걷는 동안 하늘이 어두워지더니 양동이로 퍼붓는 듯한 비가 쏟아졌다. 비를 피할 곳을 찾아 달리기 시작하자 발밑의 자갈들이 두렵게도 체스판의 사각형들로 변모하기 시작했다. 하얀색 옷에 진흙이 묻어 더러워진 바이올렛을 쳐다보는 순간, 갑자기 그녀의 손이 내게서 떨어져 나갔고, 난 잠에서 깨어났다. 침대에 앉아있는데, 틀림없는 섀그 담배의 냄새가 풍겨왔다. 얼른 잠옷을 걸치고 아래층으로 살금살금 내려갔다.

"홈즈?" 난 조용히 불렀다.

잠시 동안 홈즈가 반응을 보이지 않아 내 목소리를 듣지 못했나 보다고 생각했다. 그런데 그 순간, 홈즈가 한숨을 내쉬었다. 처마를 스치고 지나가는 바람의 속삭임과 같이 길고도 천천히 내뱉는 한숨이었다.

"잠을 잘 수가 없었네, 왓슨." 홈즈는 날 보지 않고 말했다.

"요 며칠 동안 계속 똑같은 악몽을 꾸고 있다네. 그리고 난……." 그의 목소리가 잦아들었고, 난로 속의 불꽃을 멍하니 쳐다봤다.

"그게 뭔가? 그 악몽이라는 게?" 내가 물었다.

"난 라이헨바흐 폭포의 벼랑 꼭대기에서 모리아티와 뒤엉켜 싸움을 벌이고 있네. 필사적으로 발을 딛을만한 단단한 곳을 찾아보려고 하지만 폭포에서 흩날려온 물 때문에 미끄러워서 발이 점점 폭포 쪽으로 밀려나가는 걸 느낄 수 있네……. 균형을 잡아보려고 애쓰지만, 아무 소용이 없어. 모리아티가 벼랑 끝까지 나갔다는 걸 느끼지만 날 꽉 움켜쥔 녀석의 손아귀를 떨쳐버릴 수가 없어 나도 녀석과 함께 떨어지네. 우린 영원한 것처럼 보이는 시간 동안 소용돌이치는 물속으로 깊숙이, 깊숙이 들어가고 있네…… 그러고는 잠에서 깨어나지."

"대단히 충격적인 지난날의 일들을 꿈속에서 완화시키려는 건 드물지 않네. 사실, 독일에 어떤 사람이 있는데, 이름이 아마 프로이트일 걸세. 그 사람이 정신의 작용에 관해서 몇 가지 흥미로운 논문들을 썼는데……"

"그래, 그래. 난 프로이트의 연구에 대해서 잘 알고 있네."

홈즈는 조바심을 참지 못하고 내 말을 끊었다.

"미안하네, 왓슨," 그는 다시 한숨을 내쉬고 말했다.

"이렇게 무례를 범할 의도는 없었네. 난 다만……. 이 일 때문에 다소 겁을 집어먹고 있는 게 아닌가 하는 생각이 든다네."

"난 왜 그런지 이해할 수 있네." 난 동정심을 담아 말했다.

"어쨌거나 위험의 범위는 엄청나게 크고, 모리아티를 물리칠 수 있는 건 런던에서 자네가 유일한 사람일세."

"내가 그럴 수 있을까? 나도 잘 모르겠어……. 녀석을 무찌르기 위해서는 녀석과 같이 생각하는 법을 배워야 한다고 내가 이전에 했던 말을 기억하고 있나?"

"그럼, 잘 기억하고 있다마다."

"음, 난 모리아티의 영혼이 깃들어 있는 심연(深淵)을 엿보기 위해 최선을 다했는데, 그 틈새가 아주 좁다는 걸 알게 됐네……. 내가 상상했던 것보다 훨씬 더 좁았단 말일세. 난 본능적으로 그 길에는 광기(狂氣)가 있을 것 같아 두려웠다네…….”

난 홈즈의 말에 대꾸하지 않고, 그의 맞은편에 앉았다.

“한번 생각해보게, 왓슨. 내가 나의 능력을 인류를 위해 봉사하는 데 사용하는 것에 반해서 무엇이 녀석의 어마어마한 능력을 죄악을 저지르는 데 사용하도록 만들었을까?”

“모르겠네, 홈즈.”

“나도 모르겠어, 왓슨. 그리고 바로 그런 이유 때문에 녀석을 쳐부수기 위해서는 내가 녀석을 알아야 한다고 결심한 걸세. 나 자신의 영혼을 들여다보면 그동안 쌓아왔던 습관들 이외에는 아무것도 보이지 않네. 먹고, 담배를 피우고, 화학에 취미를 가지고 있고, 범죄를 해결하고……. 하지만 그걸 넘어서면 난 뭐란 말인가? 인간은 분명히 일상적인 것들의 집합 이상의 존재여야 하는 것 아닌가?”

“홈즈!” 난 이 대화가 어떤 결론으로 나아갈지 두려워서 얼른 홈즈의 말을 막았다.

“아, 나도 잘 알고 있네, 왓슨. 대부분의 사람들이 살아 있다는 것만으로도 기뻐하는 반면에 난 너무 감상적으로 존재의 본질에 대해서 곰곰이 되씹고 있다고 생각한다는 걸. 지난 며칠 동안 모리아티와 머리를 맞대고 싸우다보니 우리가 소위 선과 악이라고 부르는 것의 본성에 대해서 고려하게 된 것일세.”

"그럼 자네가 도달한 결론은 무엇인가?"

"아무 것도 없네, 왓슨. 그 부분이 미치겠단 말일세. 도달하고 자시고 할 게 있는지조차도 의문이 드네. 내가 모리아티처럼 될 수도 있다는 점은 크게 고심하지 않고도 알 수 있네만……."

난 뭐라 말을 해주고 싶었지만, 아무 것도 생각이 나지 않았다.

"어떻게 해서 여자의 관점에서 그렇게 훌륭한 작품을 쓸 수 있었느냐는 질문을 플로베르가 받았을 때, 그의 답변은 '마담 보바리가 바로 나야.'였네. 천재적인 플로베르는 자신을 모든 게 지루하고, 성적으로 불만이 가득한 중산층의 파리 가정주부의 마음속으로 천천히 밀어 넣었던 것일세. 그렇게 해서 걸작을 만들어낼 수 있었던 것이지."

"그래서?"

"모리아티를 파멸시키기 위해서는 내가 어느 정도는 녀석이 되어야 한다는 걸세. 녀석처럼 생각하고, 녀석처럼 느껴야 한다는 것이지. 달리 말하면, 플로베르가 마담 보바리와 동일시했듯이 나도 모리아티와 동일시하는 걸 배워야 하네."

"무슨 말인지 알겠네. 자넨 그 방법을 배웠나?"

"배웠지. 내가 녀석과 완전히 똑같이 공감하게 됐다고는 할 수 없지만, 무엇이 녀석을 범죄의 길로 몰아갔는지는 봤다고 말할 수 있네."

"그럼 자넨 지금 뭘 보고 있나?"

홈즈는 반쯤 감은 눈으로 불이 꺼진 난로를 멍하니 쳐다봤다.

"고통일세, 왓슨. 녀석이 사회에 해악을 끼치는 만큼 녀석의 몸과 마음을 갉아먹고 있는 끔찍하고 타는 듯한 고통이네." 홈즈는 의자에서 일어서서 부지깽이로 죽어가는 불길을 들쑤셨다.

"그 고통이 어디에서 오는지는 모르겠어. 난 오랫동안 내가 알고 있는 모든 사람들 중에서 모리아티가 가장 완벽한 추리 기계라고 여겨왔네. 아, 마이크로프트는 제외해야겠군. 하지만 지금은 훨씬 더 복잡한 양상이 보인단 말일세. 이젠 진정으로 무엇이 모리아티를 몰아가고 있는지 이해할 수 있고, 좀 전에도 내가 말했지만 우리라고 녀석과 별반 다를 게 없다는 걸 알게 됐네."

홈즈가 자신의 이마를 나른한 손길로 문질렀다. 난 홈즈를 바라보며 깊숙이 파묻힌 어떠한 고통이 나의 친구를 몰아가고 있는 것인지 생각했다. 이런 생각이 드는 게 이번이 처음은 아니었지만, 홈즈가 자신을 모리아티와 비교하리라고는 한 번도 생각해본 적이 없었다.

"난 모리아티의 탐욕, 악행, 책략, 음모 등등의 모든 것에 깔려있는 한 가지 욕구가 있다는 결론에 도달했네."

"그게 뭔가?"

"통제하고 싶다는 욕구일세, 왓슨. 녀석은 주변에 있는 다른 사람들을 통제해야만 하네. 자신이 만지는 모든 것들을 완벽하게 통제해야 한다는, 너무나도 방대해서 채워질 수 없는 욕망을 가지고 있는 것이지. 그런데 왓슨, 그게 우리 사회에서는 죄악이라고 불리고 있네."

"하지만 그건 분명히……."

"아, 물론 모리아티의 경우에는 명백히 사악한 행위였네. 그것에는 의문의 여지가 없지. 하지만 나의 경우에는……." 홈즈의 목소리가 잦아들었고, 그는 다시 일렁이는 불길을 멍하니 쳐다봤다. 난 의자에 앉아 불편한 자세로 엉덩이를 이리저리 움직였다. 홈즈와의 관계는 그의 감정적인 생활에 내가 깊숙이 파고들지 않는다는 묵언의 합의에 항상 기초를 두고 있었다. 사실 외면상으로 홈즈가 세상에 드러내는 건 아무런 감정도 없는 것 같은 사내의 모습이었다. 그런데 지금 이곳에서는 내가 감히 물어보려고 한 적이 없었던 자신의 내부를 드러내고 있었다. 나 또한 불길을 멍하니 쳐다보면서 홈즈가 다시 말을 하기를 기다렸다.

"왓슨, 자넨 자신이 왜 이렇게 행동하는지 스스로에게 물어본 적이 있나?" 마침내 홈즈가 입을 열었다.

"음, 그건 내 행동이 어떤 것인지에 달려 있다고 생각하네."

홈즈는 속을 시원하게 비워내는 듯한 웃음을 터뜨렸다. 홈즈는 난로에 땔감을 좀 더 집어넣고 다시 의자에 앉았다.

"그래, 그거야 당연하지. 내가 말하는 건 자네가 살아오면서 행한 전반적인 패턴 말일세. 자넨 그것들을 검토해본 적이 있나? 달리 말하자면 분석한 적이 있었냐는 걸세."

난 잠시 생각을 했다.

"너무 바쁘지 않을 때 가끔씩 해본 것 같네."

"자네가 그렇게 말하니 재미 있군. 난 아무것도 하지 않고 무기력하게 앉아 있는 걸 극도로 싫어하는 것에 대해서 생각을 많이 했었네. 너무나 싫어해서 그것에 대항하려고 마약을 사용하곤 했던 그 무기력 말일세."

"그래서?" 난 숨을 죽이며 물었다. 홈즈는 불빛을 받아 노란색으로 반짝거리는 회색 눈으로 날 빤히 쳐다봤다.

"난 나 자신과 직접 얼굴을 마주하는 게 두렵네, 왓슨. 그걸 벗어나기 위해 마약을 사용하는 것이고. 그리고 그건 모리아티가 그걸 벗어나기 위해 범죄를 이용하는 것과 같은 것일세."

"자넨 그렇게 생각하나?"

"난 그렇다고 확신하고 있네. 내가 말했듯이 녀석이 무엇을 느끼는지 깨닫게 됐단 말일세. 해결해야 할 또 다른 문제, 착수해야 할 또 다른 모험, 그러다가 갑자기 자기 자신으로부터 벗어나는 순간 찾아온 안도감……. 왓슨, 그 안도감을 뭐라고 표현할 방법이 없군." 홈즈는 머리를 의자 등받이에 밀착시켰다. 하늘과 땅 사이의 균열처럼 날카로운 턱 선이 도드라져 보였다.

"무슨 말인지 알겠네."

"정말 그런가? 난 아직도 잘 모르겠어……. 왓슨, 오늘 밤에 내가 도달한 결론 중의 하나는 내가 자네보다는 모리아티와 훨씬 더 닮았다는 점일세."

"오, 홈즈, 자넨 분명히……."

내가 말을 시작하자마자 홈즈가 말허리를 잘랐다.

"잠깐, 잠깐만. 우선 내 말을 다 들어주게. 내 말은, 자네가 좋은 사람이라는 뜻일세. 자넨 지금까지 항상 좋은 사람이었고, 앞으로도 항상 그럴 걸세. 자네에 비하면 난……." 홈즈의 이마가 찌푸려지고, 목소리에는 불길한 기운이 감돌았다.

"왓슨, 난 쉽사리 모리아티가 가는 길을 따라갈 수 있으리라고 생각했네. 어쨌거나 녀석과 난 뭔가에 사로잡히고, 뭔가에 내몰리고, 사람들을 불편해 하고, 홀로 있을 때뿐만이 아니라 가까운 사람들 사이에서도 편안함을 찾지 못하는 등등 여러모로 비슷한 종자니까 말일세. 녀석과 난 세상이 던지는 모욕이나 인간 본성의 어두운 면에 너무나도 예민하게 반응하고 있네. 우리들에 반해서 자넨……. 항상 다른 사람들의 가장 좋은 면을 보고 있지."

"홈즈, 자넨 지금 날 아주 따분한 놈이라고 놀리는 것 같군."

"무슨 말을? 자넨 따분하지 않네. 전혀 그렇지 않아. 자넨 나름대로 나보다도 훨씬 더 현명한 사람일세. 어떻게 하면 행복한지를 아는 재능을 가지고 있기 때문이지."

"내게 그런 재능이 있는지는 잘 모르겠군."

"아, 자네가 항상 행복하다는 뜻은 아닐세. 자네에게 행복을 추구하는 본능과 욕구가 있다는 말이네. 자네가 그런 걸 갖추고 있다는 뜻이라고. 자네에 비하면 모리아티와 난……. 행복이라는 것에 그래도 가장 가까이 다가가는 건 음악에 푹 빠져들었을 때나 나 자신에 대한 생각을 멈출 수밖에 없는 사건에 깊숙이 개입했을 때 같은 극히 드문 경우일 뿐이라네. 뭐, 그게 행복이라고 부를 수 있다면 그렇다는 것이지."

침묵이 흘렀고, 벽난로 속에서 통나무가 타오르며 내는 탁탁 소리가 들렸다. 소나무가 타는 약간 시큼한 냄새가 홈즈가 피우는 터키 산 담배 향기와 뒤엉켰다.

"홈즈, 뭐라고 말을 해야 할지 모르겠네." 난 잠시 후에 입을 열었다.

"난 항상 자넬 가장 뛰어나고 가장 현명한 사람으로 여길 걸세."

홈즈가 환하게 웃었다.

"왓슨, 자넨 똑같은 말을 반복해서 인용하는 습관을 벗어버려야겠네. 좋은 아이디어를 더 이상 내지 못한다는 인상을 주니까 말일세."

난 폭소를 터뜨렸다.

"자네가 내 소설을 읽을 줄은 꿈에도 몰랐네."

"무슨 말씀을? 쭉 읽고 있었네. 소설 내용에 항상 동감하는 건 아니었지만."

우린 함께 너털웃음을 쳤다.

"자넬 잠깐 놀린 것뿐일세. 난 자네의 문학적인 재능을 높이 평가하고 있네. 나 자신의 관심사는 허구보다는 사실에 보다 많이 치우쳐 있긴 하지만."

또 다시 침묵이 흘렀지만, 이번에는 친밀한 두 친구 사이에서 존재하는 그런 편안한 침묵이었다. 바로 그때, 홈즈와 내가 서로에게 어떠한 사람으로 인식되고 있든 간에 어떤 일이 닥치더라도 다른 한쪽이 항상 그곳에 있을 것이라는 걸 알고 있는 친구라는 생각이 머릿속을 스치고 지나갔다.

"아하……." 한참 후에 홈즈가 말했다.

"이제 자러가야겠네."

"나도 그래야겠어."

홈즈가 의자에서 일어서서 긴 팔다리를 쭉 펼치며 기지개를 켰다.

"이제 푹 잘 수 있을 것 같네. 잘 자게, 왓슨."

하지만 내가 실제로 잠자리에 든 것은 시간이 좀 흐른 다음이었다. 뭔가 생각해봐야 할 것이 있어서였다. 난로에 통나무를 좀더 집어넣고 잠시 불길을 멍하니 바라봤다. 난 항상 친구를 존경해왔지만, 지금은 이전에 한 번도 느껴보지 못했던 감정을 느끼고 있었다. 동정심은 아니지만, 그와 아주 유사한 어떤 것이었다. 내가 그러한 느낌을 좋아하는지는 확실하진 않지만, 이 문제에서는 내게 선택의 여지가 없었다. 홈즈가 자신을 내게 활짝 열어 보임으로써 우리의 관계를 재정립했기 때문이었다. 모든 사람들의 내면에는 비밀스러운 영혼, 캐묻기 좋아하는 세상 사람들의 눈으로부터 숨기고자 하는 자아가 있는 법이다. 그리고 어머니가 자식을 보호하는 것처럼 홈즈가 보호하는 게 바로 이 자아였다. 홈즈는 항상 대다수의 사람들보다 훨씬 더 단단하게 자신의 자아를 방어해왔는데, 이제 내게 온갖 취약성을 가지고 있는 홈즈 자신을 슬쩍 들여다볼 수 있는 기회를 준 셈이었다. 내 입장에서는, 최대한 홈즈를 보호해야겠다는 새로운 책임감을 느꼈다. 난 잠시 가만히 앉아 창밖을 멍하니 내다보며 누르스름한 안개가 거리를 따라 미끄러져 와서 가로등들을 감싸는 모습을 지켜봤다. 몰려드는 안개 너머 어디에선가 모리아티가 기다리고 있었다.

12장

바 오브 골드

다음 날 아침에는 어젯밤에 있었던 대화에 대해서 아무도 입을 열지 않았다. 홈즈는 여전히 아편굴인 '바 오브 골드'를 방문하겠다고 마음먹고 있어서 그 일에 맞는 옷차림을 하기 위해 아침식사를 마치자마자 자신의 침실로 올라갔다.

홈즈가 전문적인 자문탐정이 되기로 결심함에 따라 연극계는 아주 훌륭한 연기자 한 명을 잃어버렸다고 이전에도 언급한 적이 있었는데, 그날보다 더 그런 확신이 든 적은 결코 없었다. 점심식사를 마치고 한 시간쯤이나 지났을까? 홈즈가 침실에서 밖으로 나왔다. 누군지 전혀 알아볼 수가 없었다. 피부가 종잇장처럼 누렇게 떴고, 머리카락은 무슨 수를 썼는지 훨씬 숱이 성긴데다가 상상할 수 없을 정도로 부스스했다. 뺨은 평소보다 훨씬 더

가라앉았고, 푹 꺼진 안구에 박혀 있는 핏발이 선 눈동자는 아편 중독자의 그것처럼 흐리멍덩했다.

"이런, 맙소사, 홈즈!" 난 그를 보자마자 말했다.

"자네 어머니라도 자넬 알아볼까 의문이 드는군. 자넬 거리에서 봤다면 난 절대로 못 알아봤을 걸세!"

"그렇다면야 천만다행이지, 왓슨. 내가 지금 가려고 하는 곳에서는 나의 정체가 절대로 드러나서는 안 되거든. 만약 내가……." 홈즈의 목소리가 잦아들었고, 난 몸을 부르르 떨었다.

"자넨 정말 이게 현명한 행동이라고 생각하나, 홈즈? 내 말은, 무언가 다른 방법이 있을 것 같아서……."

"이것보다 빠른 방법은 없네, 왓슨! 약속된 방문까지 이제 이틀밖에 남지 않았다는 걸 자네에게 상기시켜줘야 하겠나? 아니, 지금으로선 다른 방법이 없네." 홈즈는 자신의 등을 뒤덮고 있는 더러운 넝마를 만지작거리며 중얼거렸다. 그 동작을 하자마자 홈즈는 얼굴을 찡그리며 옆구리를 끌어안았다.

"홈즈." 내가 기겁을 하고 말하려고 하자, 홈즈가 손을 들어 살짝 흔들며 내 말을 막았다.

"날 대신해서 뒷일을 부탁하네, 왓슨. 이번 수사는 시간이 좀 걸리겠지만 곧 나로부터 무슨 연락을 받게 될 걸세."

그 말이 끝나자마자, 홈즈는 가버렸다.

　　　　　　　✴ ✴ ✴

　난 그날도, 다음 날도 홈즈로부터 아무런 연락을 받지 못했다.
매우 걱정이 돼서 사흘 째 되는 날 아침에 레스트레이드와 접촉
했고, 레스트레이드는 홈즈를 찾아내기 위해 '바 오브 골드'로
형사 한 명을 파견했다. 형사는 아무런 해도 입지 않은 채 돌아
왔지만 보고할만한 소득도 없었다. 심지어 마이크로프트 홈즈
조차도 자신의 동생에게 무슨 일이 벌어졌는지를 설명하지 못했
다. 난 무슨 일이 벌어졌는지를 알아내기 위해 직접 '바 오브 골
드'로 쳐들어가려고 했지만, 마이크로프트가 홈즈가 시동을 걸
어놓은 어떤 계획을 망칠 수도 있다면서 그냥 기다리라고 강요
하다시피 했다.

　"라바라스 왕자는 오늘 런던에 도착했고, 오늘 밤 타워(런던탑
을 의미)에서 왕자의 환영식이 있을 예정이오."

　우리가 디오게네스 클럽의 면회실에 자리를 잡고 앉았을 때
마이크로프트가 말했다.

　"난 여러 가지 상황을 고려해서 환영식을 열지 말자고 조언했
지만, 황태자 전하께서 환영식이 꼭 열려야 한다고 완강하게 주
장하셨죠. 무모한 결정인 게 분명하고, 난 경찰 병력을 아무리
많이 풀어놓는다고 하더라도 뭔가 끔찍한 일이 벌어질까 봐 걱
정이 됩니다."

대화를 나누는 동안 내내 홈즈는 내가 가지고 있지 못한 정보에 접근할 수 있다는 느낌을 받았고, 그게 나의 자존심을 상하게 만들었다. 하지만 그건 홈즈의 안전 때문에 느끼는 두려움에 비하면 아무 것도 아니었다.

내 입장에서는 걱정하는 것 이외에 달리 할 일이 없었다. 환자 진료는 무기한으로 동료 의사인 닥터 맥키니에게 맡겨놓았고 지금은 홈즈로부터 무슨 전갈이나 있지 않을까 하는 희망을 품고 베이커 가에서 먹고 자고 하는 처지였다. 허드슨 부인과 난 함께 식사를 했다. 우린 둘 다 홈즈를 그리워하고 있고, 함께 있음으로써 약간은 위안이 되는 것 같았다. 제니는 베이커 가에 정착했다. 허드슨 부인과 난 제니와 헤어지기가 끔찍하게 싫었고, 고아원에 보낸다는 건 아예 생각조차 하지 않았다.

월요일은 할로윈 전야였고, 그날 오후에는 우리 셋이서 난로 앞에 침울하게 앉아 늦은 점심 식사를 하고 있었다. 우릴 지켜보는 어떤 사람이라도 우리가 괴상한 소가족을 구성하고 있다고 여겼을 것이다.

"닥터는 그 양반이……." 우리가 마지막 양갈비 고기를 먹어치웠을 때 허드슨 부인이 입을 열었다.

"여전히 살아 있냐고요?" 내가 말했다.

허드슨 부인은 온몸을 부르르 떨었다.

"오, 제발! 그렇게 말하지 말아요. 아니오, 난 그 양반의 건강이 괜찮을 거라고 생각하는지 물어보려고 했어요."

난 고개를 가로저었다.

"모르겠어요, 허드슨 부인. 저도 부인만큼이나 걱정을 하고 있지만, 아무 소식이 없어서……. 뭐라고 확실하게 말씀드릴 수가 없네요. 제가 아는 것이라고는 셜록 홈즈는 자신을 스스로 돌볼 수 있는 사람이라는 겁니다."

"네, 일반적인 상황에서는 그 말이 맞죠. 하지만 지금 대면하고 있는 악마 같은 작자는……. 녀석이 능히 맞수가 될 수 있다고 홈즈 씨가 말했거든요."

난 고개를 끄덕였다.

"무슨 말씀인지 저도 알고 있습니다. 하지만 지금 제가 바라고 있는 것은, 모리아티가 홈즈를 노골적으로 죽이지는 않을 이유가 있다는 겁니다. 만약 녀석이 홈즈를 죽이고 싶었다면 이번 사건 이전에도 얼마든지 해치웠을 거라는 생각이 제 머릿속을 떠나지 않고 있습니다."

제니는 식사를 마치고 불가에 조용히 앉아 허드슨 부인이 준 인형 하나를 가지고 놀고 있었다. 제니는 앉아 있는 자리에서 고개를 들어 우릴 쳐다봤다.

"그분도 제 어머니처럼 돌아가시는 건가요?"

"아니란다, 애야, 그 양반은 죽지 않아." 허드슨 부인은 그렇게 대답하고 목소리를 낮춰 내게 물었다.

"스코틀랜드 야드는 모든 수단을 다 사용하고 있을까요?"

"그곳으로 가서 레스트레이드 경감과 그 문제에 관해 다시 말을 해봐야겠다고 생각하던 중이었습니다." 난 밖을 내다보며 대꾸했다. 바람이 꽤 많이 불긴 하지만 습도는 낮았다. 하긴 런던에서는 비가 오고 있거나, 비가 내리려고 하고 있거나, 비가 막 그쳤거나, 비에 대해서 생각하거나 언제든 비와 관련이 있다는 격언이 있긴 했지만 말이다. 난 한숨을 내쉬었다.

"정말 맛있는 식사였습니다, 허드슨 부인."

난 감사의 말을 전하고 자리에서 일어서서 코트를 걸쳤다.

허드슨 부인도 일어서서 식탁을 치우기 시작했다.

"맛있게 드셨다니 기쁘군요. 난 홈즈 씨가 정말 걱정돼서 한 술도 뜰 수가 없었어요."

부인의 이 말이 사실이라고 쳐도 그녀는 적어도 나만큼은 먹어치워 자신의 요리 솜씨를 충분히 자랑하고 있었다.

난 문을 열고 말했다.

"이제 스코틀랜드 야드로 가보렵니다."

"행운을 빌어요, 닥터 왓슨. 뭔가를 알아내시길 빌겠어요. 새로운 소식이 있다면 늦게 들어오셔도 날 깨워주세요."

"그렇게 하겠습니다. 굿 나이트, 허드슨 부인."

"굿 나이트."

난 잠시 서서 친숙한 거실을 둘러보았다. 가장 역동적인 방 주인이 없는 이곳은 텅 빈 것처럼 보였다. 홈즈의 파이프는 책상 위에 놓여 있고, 새그 담배로 가득 채워진 페르시아 제 슬리퍼는 손이 닿지 않은 채 구석에 자리 잡고 있었다. 심지어 홈즈의 지저분한 습관도 그리워졌다. 우리가 불가에 함께 앉았던 수많은 밤에 그랬던 것처럼 지금 이곳에 있으면서 종이나 신문에서 잘라낸 쪼가리, 파일 등등을 방 안 곳곳에 어질러 놓은 모습을 보고 싶었다. 난 한숨을 내쉬고 등 뒤로 문을 닫았다. 아래층으로 계단을 걸어 내려가면서 내가 또 다른 두려움을 느끼고 있다는 걸 깨달았다. 나 자신의 안전에 대한 두려움이었다. 난 무장도 하지 않고 홀로 나서는 데 반해서 모리아티의 부하들은 사방 어느 곳에서나 있는 상황이었다. 만약 녀석들이 홈즈를 붙잡고 있다면, 나도 붙잡지 못할 이유가 어디에 있겠는가? 권총을 가지고 가는 게 어떨까 하는 생각이 들었지만, 나 자신의 안전에 대한 두려움보다 내 친구의 운명에 관해 알아보겠다는 열망이 훨씬 더 컸다. 난 첫 번째로 다가오는 마차를 세워 타고는 스코틀랜드 야드로 가자고 마부에게 지시했다.

난 서두를 필요가 전혀 없었다. 레스트레이드의 초췌한 얼굴을 보자마자 아무런 소식이 없다는 걸 즉시 알아차렸다. 레스트레이드는 자신의 책상 앞에 서서 모건 경사에게 말을 하고 있다가 날 보자 힘없이 고개를 끄덕였다.

"안녕하신가요, 닥터? 이렇게 말씀드려 죄송하지만, 현재로서는 단서가 전혀 없네요. 녀석이 이번에는 자신의 흔적을 제대로 덮어버려서요. 아, 모리아티 말입니다."

레스트레이드는 말을 멈추고 자신의 머리를 박박 긁었다.

"아, 그걸로 됐네. 자넨 이제 가 봐도 좋아, 모건."

레스트레이드는 지시가 더 있을 경우를 대비해서 기다리며 서 있던 경사에게 말했다. 모건은 상관에게 경례를 붙이고 방 밖으로 나가면서 내게도 경례를 붙이고 지나갔다. 레스트레이드는 경사의 등을 쳐다보다가 고개를 가로저었다.

"어휴, 모건, 저 녀석! 항상 경례를 붙이는 습관을 도저히 버릴 수가 없나 봅니다. 이제 슬슬 짜증이 나는군요……." 레스트레이드는 의자에 털썩 주저앉았는데, 축 처진 그의 어깨와 무기력해진 두 눈을 보니 무척이나 지치고 힘이 드는 게 분명했다.

"레스트레이드,"

난 책상 맞은편에 놓인 빈 의자에 앉으며 조용히 말했다.

"좀 쉬는 게 좋겠는데요. 완전히 진이 빠진 것처럼 보입니다."

레스트레이드는 눈언저리가 벌겋게 된 눈으로 날 올려다봤다.

"좀 녹초가 된 건 사실이지만, 닥터……."

그는 손가락으로 머리카락을 어루만지며 말했다.

"우린 왜 어디에 있는지를 말해줄 수 있는 뭔가를, 증거를, 실마리를 찾아낼 수 없는지 당최 이해할 수가 없네요."

그러고는 날 빤히 쳐다봤다.

"그게 사실인가요, 닥터? 녀석이 정말로 돌아오긴 한 겁니까?"

아무리 애를 써도 등골을 타고 흘러내리는 전율을 억제할 수가 없었다.

"아, 녀석이 돌아왔다는 건 사실입니다, 레스트레이드. 적어도 홈즈는 그렇게 생각하고 있어요. 믿기 어렵다는 건 나도 잘 알고 있지만, 홈즈 자신이 죽음으로부터 되살아난 터라……. 그러니 녀석이라고……." 내 입으로 녀석의 이름을 굳이 꺼내고 싶지 않았다. 레스트레이드도 그렇게 하고 싶지 않은 게 분명했다.

"아참, 깜빡 잊을 뻔했네요! 선생이 이걸 보셨으면 합니다." 레스트레이드가 책상을 뒤적거리며 말했다. 그는 평범한 종이 한 장을 꺼내 내게 건넸다. 종이에는 간단히 '장군'이라고 적혀 있었다. 난 레스트레이드를 쳐다봤다.

"오늘 우편으로 온 겁니다. 물론 반송 주소나 우표는 붙어 있지 않았고요, 따라서 어떻게 했는지는 모르지만 슬쩍 밀어 넣은 게 분명합니다."

이 편지가 가지고 있는 의미는 분명했다. 모리아티는 자신이 벌이는 게임의 마지막 단계에 도달했고, 우릴 놀려먹을 정도의 오만함뿐만 아니라 자신감까지 있다는 뜻이었다. 난 종이를 다시 레스트레이드에게 돌려주고 힘없이 의자에 주저앉았다.

레스트레이드는 무표정한 얼굴로 날 쳐다봤다.

"선생은 홈즈 씨가……."

"여전히 살아 있다고 생각하느냐고요?" 레스트레이드를 대신해서 내가 말끝을 맺었다. 그는 무겁게 고개를 끄덕였다.

"그러기를 바라고 있습니다, 레스트레이드. 홈즈가 무사하기를 하느님께 빌고 있어요."

* * *

베이커 가로 되돌아 왔을 때 레스트레이드가 우리 집을 지키라고 배치한 두 명의 경찰관을 찾아봤지만, 그들은 모습이 보이지 않았다. 허드슨 부인은 외출했고, 제니도 함께 데려간 것 같았다. 힘없이 계단을 터덜터덜 걸어 올라가서 거실 문 앞에서 걸음을 멈췄다. 뭔가가 잘못됐기 때문이었다. 문이 약간 열려 있었는데, 허드슨 부인은 그런 식으로 문을 열어둔 적이 한 번도 없었다. 하지만 그것만이 마음에 걸렸던 건 아니었다. 뭔가가 분명히 달랐다. 이전에 한 번도 느껴보지 못했던 냄새, 느낌, 어떤 존재감이 있었고, 그로 인해 목 뒤의 털이 곤두섰다. 이건 마치 어둠이 손에 만져지는 듯한 느낌, 공포가 실체를 갖춰 나타난 듯한 느낌이었다. 난 천천히 문을 밀어 열고 거실로 들어갔다.

홈즈가 제임스 모리아티 교수를 묘사하는 걸 자주 들었지만, 그 사내와 얼굴을 맞대고 만나게 될 줄은 꿈에도 생각해본 적이 없었다. 아무튼 난 전혀 준비가 되지 않은 상태로 내 앞에 앉아 있는 끔찍한 악의 상징 같은 녀석을 맞이해야만 했다. 녀석은 죽어가는 불길을 배경으로 하여 난로 앞에 앉아 있었다. 담배연기에 감싸인 녀석의 머리를 보자마자 지옥의 불길에 휩싸인 악마 그 자체를 보는 듯한 느낌을 받았다. 모리아티가 일어서자, 난 나도 모르게 한 걸음 뒤로 물러섰다. 키가 큰 녀석의 허리가 약간 구부정했고, 기다란 하얀 얼굴에는 치료가 이미 끝났지만 어두침침한 불빛 속에서조차도 살이 뒤집어져 성이 난 것처럼 보이는 추악하고 들쭉날쭉한 깊은 상처가 있었다. 녀석이 내 쪽으로 한 걸음 걸어 나왔는데, 몹시 절름거리는 게 보였다.

"굿 이브닝, 닥터 왓슨." 모리아티는 정중한 가운데 사악한 면이 훨씬 돋보이는 목소리로 인사했다.

"당신, 이곳에서 뭘 하고 있는 겁니까?"

난 꽉 잠긴 목소리로 속삭이듯 물었다.

녀석이 폭소를 터뜨렸는데, 내가 살아 있는 동안에는 절대로 잊을 수 없을 것 같았다. 그건 지금껏 들어본 것 중에서 가장 억지스런 웃음이었다. 깊숙한 내부에서 신경이 갉아 먹히는 고통을 표현하는, 영원히 괴로움을 받으며 몸부림치는 고통 받는 영혼의 비명 같은 웃음이었다. 난 뼛속까지 떨렸지만, 그래도 꿋꿋이 버텼다.

"홈즈를 어떻게 한 것이오?" 난 다리가 덜덜 떨렸지만 용기를 내서 물었다. 권총을 가지고 오지 않은 게 후회됐지만, 권총이 있다고 하더라도 지금 이 순간에 무슨 도움이 될지는 확신할 수가 없었다. 모리아티가 있다는 것 자체가 자신을 방어하고 있다는 생각을 사라지게 만들었기 때문이었다. 녀석은 마치 뱀이 먹잇감을 홀리는 것처럼 상대방의 정신을 완전히 빼놓고 있었다. 사실, 녀석은 말을 하면서 머리를 계속 앞뒤로 흔들고 있어서 그 움직임이 내게는 파충류의 행동처럼 느껴졌다.

"음, 그건 말이오, 닥터 왓슨, 선생이 홈즈를 돌려받고 싶어 하는지를 막 물어보려던 참이었소."

"홈즈는 어디에 있습니까? 그에게 무슨 짓을 한 겁니까?" 난 방으로 한 발 들어서며 물었다. 모리아티는 이걸 다시 앉으라는 신호로 받아들인 듯했다. 녀석은 라이헨바흐 폭포에서 떨어지면서 생긴 상처 때문인지 다소 경직된 자세로 의자에 앉았다. 그리고 새로운 담배를 피워 물었다.

"아, 걱정은 하지 마시오, 닥터. 녀석은 다치지 않았어요……. 음, 어쨌든 상대적으로 다치지 않았다는 뜻이오. 조지 심슨이 복수를 하려고 달려드는 걸 완전히 통제할 수가 없었거든요. 홈즈는 아직 살아 있고, 적어도 잠시 동안은 그 상태로 남아 있을 거라고만 해둡시다."

난 녀석의 멱살을 잡고 그 끔찍한 가느다란 목을 비틀어 생명을 짜내버리고 싶었지만, 녀석을 내 손으로 만져야 한다는 생각에 메스꺼움과 비슷한 신체적인 혐오감을 느껴야만 했다. 아무튼 모리아티는 무기를 가지고 있을 것이고, 가지고 있지 않다고 하더라도 지금 이 시점에 녀석을 죽이는 건 문제 해결에 아무런 도움이 되지 않고, 심지어 홈즈의 죽음까지 초래할 가능성이 있었다. 모리아티가 내리는 명령이 없다면, 녀석에게 고용된 범죄자들이 기꺼이 홈즈의 목숨을 끝장낼 게 뻔했다. 밖에서 경비를 서고 있어야 할 경찰관들에게 어떤 식으로든 신호를 보낼 수 있지 않을까 하는 희망을 품고 창문 쪽으로 조금씩 다가갔다.

"아하, 선생이 지금 경감 녀석의 부하들을 찾고 있는 것이라면, 그들은 다치지는 않았지만 안전하게 잠시 자리를 비웠다고 알려줘야겠소. 우리의 대화를 방해할 어떠한 요소도 원치 않거든요."

"뭘 원하는 겁니까?"

꿋꿋이 대적하겠다는 용기가 다 빠져나가버린 내가 물었다.

"아, 걱정은 하지 마시오. 큰 걸 바라는 건 아니니까."

모리아티는 씩 웃으며 말했다. 그 얼굴에 어린 미소는 끔찍했다. 녀석의 왼쪽 뺨에 난 상처 때문에 입술이 왼쪽으로 좀 더 치켜 올라가서 마치 악마의 일그러진 미소처럼 보였다. 녀석의 공허한 웃음소리와 마찬가지로 웃음기라고는 눈을 씻고 봐도 찾을 수가 없었다.

"그저 인도의 별이 어디에 있는지만 알려주면 됩니다."

모리아티가 쇳소리가 깃든 낮은 목소리로 말했다.

"인도의 별이라고요?" 난 머리를 맹렬히 굴리면서 물었다.

모리아티가 담배에 불을 붙였다.

"아, 아, 괜히 모르는 척하지 마시오, 닥터 왓슨. 멋진 게임이었는데 지금은 김이 거의 다 빠져버렸고, 나의 인내심도 거의 바닥이 났단 말이오. 홈즈가 그것의 소재를 알고 있고, 그리고 홈즈가 선생에게 그 소재를 말해줬다는 걸 알고 있소. 물론 홈즈에게서 그 정보를 짜낼 수도 있지만, 육체적인 고통을 준다고 해서 설득이 될 녀석이 아니잖아요?" 모리아티는 고개를 가로저으며 가느다랗고 휘어진 코를 통해 담배연기를 내뿜었다.

"물론 내 부하들이라면 홈즈에게서 정보를 짜낼 수 있겠지만, 녀석들은 좀…… 거칠어지는 경향이 있어서 말이오. 그리고 난 홈즈 씨를 살려놓고 싶단 말입니다. 지금 당장은요."

그 순간에는 홈즈의 목숨을 살리기 위해서라면 왕관에 박힌 보석이라도 기꺼이 내줬을 것이다. 난 약간 허풍을 쳐보기로 마음먹었다.

"좋습니다." 난 목소리가 떨리지 않도록 애를 쓰면서 말했다.

"내가 그 보석의 소재를 알고 있을지도 모릅니다. 하지만 내가 그걸 말해주면 홈즈를 풀어줄 것이라는 걸 어떻게 알 수 있죠?"

모리아티는 몽롱한 담배연기 속에서 날 쳐다봤다.

"알 수가 없죠. 그저 날 믿을 수밖에 없어요."

"좋습니다. 인도의 별이 어디에 있는지 말씀드리죠. 하지만 그래도 홈즈를 풀어주지 않으면 이 세상 끝까지라도 당신을 쫓아가서……."

모리아티가 고개를 뒤로 젖히고 무시무시하고 공허한 웃음을 터뜨렸다.

"아, 아주 좋아요, 닥터! 마치 멜로드라마의 진정한 영웅처럼 말씀하시는군. 하지만 이건 연극이 아니라는 걸 알아두시오."

모리아티가 거친 목소리로 말했다.

"그리고 내게 거짓말을 했다가는 그걸 후회하게 될 것이오."

"그럼 그렇게 하시든지." 난 재빨리 머리를 굴리며 말했다. 하지만 아무런 소용이 없었다. 내가 뭘 말하든 간에 모두 거짓말일 수밖에 없었다. 난 움직이지도, 말을 할 수도 없어서 모리아티를 노려보며 그냥 서 있었다. 모리아티가 홈즈에게 저지를 일을 생각하자 마음은 점점 고통 속으로 빠져들었다.

"이렇게 나오시겠다?" 모리아티는 더 이상 참지 못하고 소릴 꽥 지르더니 창문 쪽으로 가서 바깥의 누군가에게 신호를 보냈다. 잠시 후, 프레디 스톡턴이 거실 문 앞에 모습을 드러냈다. 녀석의 흰 색에 가까운 금발이 난로 불빛을 받아 희미하게 반짝거렸고, 쥐새끼의 눈처럼 작은 눈에서는 잔혹한 빛이 번들거렸다.

"닥터 왓슨은 우리와 함께 돌아갈 것이다, 프레디."

모리아티가 힘없이 손을 저으며 말했다.

"의사 양반을 편안하게 만들어주겠나?"

스톡턴이 씩 웃으며 내게로 다가왔다. 난 얼른 돌아서서 녀석을 마주봤다. 녀석은 왼쪽으로 움직일 것처럼 몸짓을 했고, 녀석의 들어 올린 오른손에 쥐어져 있는 몽둥이를 너무 늦게 발견하고 말았다. 몽둥이로 내려치는 걸 제대로 막아보려고 했지만, 그만 균형을 잃고 말았다. 목덜미를 강력하게 얻어맞자 눈앞이 캄캄해졌다.

✦

13장

제니의
도움

난 또 다른 형태의 어둠 속에서 깨어났는데, 이번 것은 하나밖에 없는 창문을 통해 들어오는 외로운 가로등의 희미한 불빛에 의해 약간 어슴푸레했다. 눈이 어둠에 적응되자 나 혼자가 아니라는 걸 알게 됐다. 좁은 지하실 방의 맞은편에 웬 형체 하나가 바닥에 놓인 매트리스 위에 누워 있었다. 몸을 움직여보려고 했다가 내가 누워 있는 침대에 손과 발이 밧줄로 단단히 묶여 있는 걸 발견했다. 맞은편의 형체는 누운 채로 조금도 움직이지 않아서 죽었는지, 혹은 살아 있는지 판단하기가 어려웠다. 무시무시한 생각이 머릿속을 스치고 지나가 어둠 속에 대고 속삭였다.

"홈즈." 난 조용히 불렀다. 그 형체는 꼼짝도 하지 않았다.

"홈즈!" 이번에는 좀 더 크게 불렀다.

"홈즈, 왓슨일세." 잠시 적막이 흘렀고, 그러는 동안 내 머릿속을 두들기는 소리가 다른 모든 소리들을 눌러버렸다. 그러더니 그 형체가 몸을 꼼지락거리며 끙끙 앓는 소리를 냈다.

"홈즈! 일어나게, 홈즈!"

다행히도 그 형체는 홈즈였고, 그가 살아 있도록 해주신 하느님께 감사의 기도를 올렸다. 하지만 홈즈가 몸을 돌리자 창문을 통해 들어온 가로등 불빛이 그의 얼굴을 비췄는데, 난 그 모습을 보는 순간, 숨을 헉하고 들이쉬었다. 찢어지고 멍든 상처가 워낙 많아서 처음에는 얼른 홈즈라는 걸 알아보기가 힘들었다. 홈즈는 잔인하게 두들겨 맞은 게 분명했고, 치료가 절실히 필요한 상태였다.

"홈즈! 녀석들이 자네에게 무슨 짓을 한 건가?"

"녀석들은 날 설득시키려고 했지."

홈즈의 발음이 분명하지 않아 알아듣기가 힘들었다. 혹시 마취제를 맞은 게 아닌가 하는 의문이 들었다. 날 구속하고 있는 밧줄에서 벗어나려고 발버둥을 쳤지만 아무 소용이 없었다. 침대 기둥에 정말 단단히 묶여 있었다.

"홈즈!" 난 어둠속에서 속삭였다.

"녀석들은 우릴 어떻게 하려는 건가?"

"나도 모르겠네, 왓슨." 홈즈는 허약한 목소리로 대꾸했다.

"그 문제에 관해서는 생각하지 않으려고 애쓰고 있네."

우리 두 사람은 잠시 동안 침묵을 지켰고, 창 밖에서 갈매기의 울음소리가 들려왔다. 찰랑거리는 물소리도 들은 듯했고, 공기 중에서는 소금과 죽은 물고기의 냄새가 났다. 조용한 대기를 헤치며 들려오는 무적의 신음소리에 정신이 바짝 들었다. 우린 템스 강 제방의 어딘가에 위치한 건물에 갇혀있는 것이었다. 창문을 통해 희미하게 들어오는 가로등 불빛의 도움을 받아 우리가 갇혀 있는 방의 윤곽을 파악했다. 노출된 벽돌로 사방의 벽이 이뤄진 좁은 지하실 방이었고, 유일하게 난 창문은 지표면 바로 위에 자리 잡고 있었다.

"홈즈!" 내가 홈즈를 부르자 잠시 후에 그가 대답했다.

"왜 그러나, 왓슨?"

"우린 뭘 해야 하는 건가? 우린 이곳에서 빠져나가야 하네!"

"난 지금 너무나 체력이 약해져서 혼자서는 묶인 걸 풀 수가 없네." 홈즈가 무기력한 목소리로 말했다.

"게다가 창문은 밖에서 빗장을 채워놓았어."

"유리를 깰 수 있네."

"그럴 순 있지만, 소음 때문에 당장 들키고 말 걸세……. 오늘이 무슨 요일인가?"

"월요일이네. 할로윈 전야이고."

"빌어먹을! 그럼 라바라스 왕자는……."

"맞아, 왕자는 이미 런던에 와 있어. 오늘 밤에 런던탑에서 왕자의 환영식이 있을 거라고 마이크로프트가 내게 말해줬네."

홈즈는 끙 하고 신음소리를 냈다.

"우린 그 환영식이 열리지 않도록 해야 하네, 왓슨."

우리가 그것을 막을 수 있는 어떠한 위치에도 있지 않다는 걸 알고 있었지만, 난 아무 말도 하지 않았다. 홈즈가 잠시 동안 아무런 말도 하지 않고 가만히 누워 있는 걸 보니 다시 정신을 잃은 게 분명했다. 홈즈가 고통스럽게 숨 쉬는 소리가 들렸고, 난 그곳에 누워 축축하고 퀴퀴한 곰팡내를 들이마시고 있었다. 밖에서는 말뚝에 부딪치는 물살의 철썩거리는 소리가 들렸다. 발자국 소리가 들리고, 이어 방문이 열리더니 키가 크고 마른 형체 하나가 문 앞에 실루엣을 그리며 서 있었다. 뒤쪽의 복도에서 비치는 불빛 때문에 얼굴이 보이지는 않았지만, 이건 분명히 모리아티 교수의 수척하고 어깨가 구부정한 모습이었다. 녀석은 아무런 망설임 없이 방 안으로 들어왔고, 녀석이 홈즈의 위에서 허리를 굽히는 걸 보고는 내 혈관 속의 피가 얼어붙는 것 같았다.

"기분이 어떤가, 홈즈? 응?"

모리아티의 목소리에서는 냉기가 뚝뚝 떨어졌다. 낮고, 약간 쉰데다가 부드럽기까지 한 그의 목소리는 뱀이 내는 쉭쉭거리는 소리와 다를 바가 없었다. 홈즈는 몸을 꿈틀거리며 신음소리를 냈다. 모리아티가 허리를 더 굽혀 두 사람의 얼굴이 거의 맞닿을 정도가 됐다. 그건 흡혈귀가 희생자의 목을 물려고 구부리는 모습을 떠올렸다. 지금 모리아티를 저지하지 못하면 녀석은 홈즈의 목숨을 몽땅 다 빨아먹어 버릴 것 같은 인상을 받았다.

내가 뭐라고 말을 하려는 순간, 복도에서 다른 사람의 발자국

소리가 들렸다. 이번에 문간에 모습을 드러낸 형체는 울퉁불퉁한 근육이 잡힌 어깨와 탄환형 머리를 가진 육중한 몸집의 사내였다.

"제게 시키실 일이 더 있습니까, 교수님?" 난 물어뜯을 듯이 으르렁거리는 목소리를 듣고 조지 심슨이라는 걸 알아봤다.

모리아티는 허리를 쭉 펴고 심슨 쪽으로 돌아섰다.

"있을 것 같은데, 우선 여기 이 친구를 깨워주면 좋겠군. 이 친구에게 제의할 게 있거든."

"기꺼이 하겠습니다." 심슨은 그렇게 말하고 홈즈가 누워있는 곳을 향해 느릿느릿 걸어갔다. 녀석이 손을 들어 올리는 게 보였고, 주먹이 살을 때리는 소리와 함께 홈즈의 비명소리가 들렸다. 난 묶인 걸 풀려고 발버둥 쳤다. 할 수만 있다면 심슨을 그 자리에서 죽여버렸을 것이다.

"조심해, 이 멍청아!" 모리아티가 소릴 질렀다.

"녀석이 죽으면 우리에게 아무런 소용이 없다는 걸 몰라?"

심슨은 짜증이 난 듯 끙 하고 앓는 소릴 내더니 홈즈를 거칠게 흔들어댔다.

"그만 하면 됐어!" 모리아티가 말했다.

"여기서부터는 내가 맡도록 하지."

심슨은 뭔가 알아들을 수 없는 말을 중얼거리더니 방을 나갔다. 모리아티는 홈즈 곁의 바닥에 뻣뻣한 자세로 앉았다.

"홈즈, 자네에게 제안할 것이 있네."

"그게…… 뭔데?" 홈즈의 목소리는 들릴락 말락 했다.

"자네가 인도의 별이 숨겨져 있는 곳을 말해준다면, 닥터 왓슨을 죽이지 않겠네."

잠시 침묵이 흐르더니 홈즈가 말했다.

"넌…… 넌…… 그걸 가지고 도망칠 수 없어, 모리아티."

"무슨 소릴 하는 건가? 난 할 수 있네. 무슨 일이 벌어졌는지 누군가가 알아차리기도 전에 난 인도에 안전하게 가 있을 걸세. 이곳은 자네도 알다시피 무척이나 외딴 곳이라 아무도 닥터 왓슨의 비명 소리를 듣지 못할 거라고. 아참, 이 친구를 자네의 눈앞에서 아주 천천히 죽일 거라는 말은 했던가? 심슨이 그런 일에는 전문가라는 걸 잘 알고 있겠지? 그런 그의 재능을 써먹지 못하면 아쉽지 않겠어?"

홈즈는 몸을 꿈틀거리며 끙끙 앓는 소릴 냈다.

모리아티는 홈즈에게로 몸을 숙이며 부드럽게 속삭였다.

"많이 아픈가?"

"네 녀석이 언제나 가지고 있는 고통만큼은 아니지, 모리아티." 홈즈는 미약한 목소리로 대꾸했다.

모리아티는 무엇에 얻어맞기라도 한 것처럼 벌떡 일어섰다.

"자넨 미쳤구만." 그는 경멸의 기색이 가득한 목소리로 말했다.

"난 알고 있어, 모리아티……. 모든 걸 알고 있단 말이야……. 넌 그걸 떨쳐버릴 수가 없어. 우릴 죽여봤자 네 고통은 줄어들지 않아. 알아? 그렇게 쉬운 게……."

모리아티가 코웃음을 쳤다.

"불쌍한 홈즈……. 자네의 정신은 병이 들었구만. 그래도 좀 더 강할 것으로 생각했는데 말이야."

바로 그때 프레디 스톡턴이 문간에 모습을 드러냈다.

"뭔가?" 모리아티가 쉭쉭거리는 소리로 물었다.

"무슨 일이지?"

"교……교수님께서 보……보……보셔야 할 게 있습니다." 스톡턴이 더듬거리며 말했다.

모리아티가 문 쪽으로 두어 걸음 걸어가다가 돌아섰다.

"자네가 뭘 해야 할지를 말해줄까? 내가 한 제안에 대해서 생각해볼 시간을 딱 10분 주겠어. 받아들이고 싶지 않다고 결정한다면 여기 이 훌륭한 닥터와 마지막 작별인사나 나누도록 하고. 정말 감동적인 장면이 될 것 같은데?"

모리아티는 문 쪽으로 다가가며 말을 이었다.

"딱 10분이 지나면 돌아오겠네."

모리아티는 그 말과 함께 등 뒤로 문을 닫고 가버렸다.

모리아티가 떠난 후 잠시 침묵이 이어지다가 홈즈가 입을 열었다.

"모리아티가 결국 우리 두 사람을 죽일 게 분명하지만, 녀석에게 정보를 줄 생각이네, 왓슨."

내가 그 말에 대한 반박을 하려는 순간, 어떤 소리가 들리는 듯했다. 희미하게 뭔가를 두드리는 소리였고. 난 얼른 창문 쪽을 쳐다봤다. 자그마한 형체 하나가 창밖의 땅 위에 쪼그려 앉아 있는 걸 보고는 입이 딱 벌어지고 말았다. 작은 얼굴 하나가 유리를 통해 안쪽을 훔쳐보고 있었다. 제니였다! 고함을 지르고 싶은 충동을 느꼈지만, 간신히 억눌러 참았다.

"제니!" 난 속삭였다.

"여기야, 제니! 창문을 열 수 있겠니?"

제니는 내게 알겠다는 신호를 보냈고, 이내 빗장이 쇠와 마찰을 일으키는 소리가 들렸다. 이제까지 들어본 것 중에서 가장 아름다운 소리였다. 순식간에 창문이 열리고 제니가 재빠르게 안으로 기어들어와 바닥으로 사뿐히 뛰어내렸다.

"아, 제니, 하느님, 감사합니다!" 제니가 날 묶고 있는 밧줄을 풀기 시작하자 난 감격해서 속삭였다.

"도대체 넌 어떻게 알았니? 어떻게 우릴 찾아냈느냐고?"

"베이커 가에서 선생님이 위층에 있던 사람과 말하는 걸 들었어요." 제니는 날렵한 손가락으로 날 묶고 있는 밧줄을 풀어가며 말했다.

"전 살짝 엿보려고 고개를 내밀었는데, 또 한 사람이 위층으로 올라가는 게 보였어요. 전 속으로 생각했죠. 이 사람은 좋은 사람이 아니야 라고요. 그랬는데, 그 사람들이 선생님을 아래층으로 운반하는 게 보였어요. 전 정말 조용히 그 사람들을 따라 밖으로 나왔고, 그들 중 한 명이 마부에게 하는 소리를 들었죠. 물론 그곳이 어디인지를 즉시 알아차렸고요. 전 템스 강을 정말 잘 알고 있어서 혼자 힘으로 이곳까지 올 수 있었어요."

"걸어서? 혼자서?"

"그리 멀진 않았어요. 하루 일을 하려고 이것보다 두 배나 되는 거리도 걸어간 적이 많았거든요."

이제 밧줄이 다 풀렸고, 제니와 난 홈즈를 풀어주려고 다가갔다. 홈즈는 살아 있는 게 아니라 거의 죽은 것처럼 보였다. 홈즈를 붙잡고 일으켜 세웠는데, 홈즈는 몹시 고통스러워했다.

"창문 밖으로 나갈 수 있을 것 같나, 홈즈?" 내가 물었다.

"한번 해보겠네."

제니가 앞장서서 재빨리 기어나갔고, 난 홈즈를 도와 빠져나가게 한 다음, 내가 마지막으로 나가면서 등 뒤로 창문을 닫았다. 창문을 빠져나오자마자 서쪽으로 눈에 익은 블랙프라이스 다리가 보였다. 약간 누렇게 보이는 태양이 다리 아래쪽으로 이제 막 떨어지고 있었다. 우리가 빠져나온 건물은 부두의 화물창고였고, 도로로 이어지는 진흙투성이의 제방 아래쪽에 자리 잡고 있었다. 난 제니의 손을 꼭 잡고 홈즈의 몸 상태가 허용하는 범위 내에서 최대한 빨리 제방을 올라갔다. 양손으로 부드러운 진흙을 찍어가며 올라갔던 터라 손톱 밑에 진흙이 잔뜩 꼈다. 제방 맨 꼭대기에 올랐을 때 6시를 알리는 빅벤의 차임벨 소리가 들려왔다.

"환영식은 몇 시에 열리지?" 홈즈가 헐떡거리며 물었다.

"7시네."

"서둘러야 해, 왓슨!"

우린 다른 창고들이 많이 들어서 있는 부지를 허둥지둥 달려 가로질렀고, 도로로 나서자 마차를 불러세웠다.

"런던탑으로 최대한 빨리 가주시오!"

우리가 마차 안으로 뛰어들었을 때 홈즈가 고함을 질렀다. 마차가 갑자기 내달리자 우린 좌석 등받이 쪽으로 몸이 쏠렸다. 홈즈는 끙끙 앓는 소리를 내며 옆구리를 감싸 안았다.

"홈즈?" 내가 걱정이 가득 한 목소리로 묻자, 홈즈는 손을 흔들어 내 말을 막았다.

"아무 일 없을 테니 걱정하지 말게, 왓슨."

홈즈의 말이 끝나고, 우린 비에 젖어 반들거리는 도로를 따라 덜컹거리며 내달리는 마차에 몸을 맡겼다.

거리는 할로윈 전야를 축하하려는 사람들로 채워지기 시작했고, 시내 중심부로 가까이 갈수록 마차의 전진 속도가 느려지기 시작했다. 흥청거리는 사람들 무리가 길을 막아서였다. 재미와 장난을 찾아서 수많은 펍에서 사람들이 떼거리로 몰려나왔다. 도깨비와 유령 차림을 하고 촛불을 들고 있는 사람들이 어느 곳에서나 다 있어서 펄럭이는 오렌지색 불길이 거대한 행렬을 이뤄 거리를 덮어버린 것처럼 보였다. 그 효과는 정말 깜짝 놀랄 정도였다. 가로등 불빛 아래에서 거대한 불길을 형성한 것처럼 보이는 촛불들은 안개 속에서 자갈길을 가로질러 움직이는 거대한 불길의 강이었다. 하지만 우린 그러한 장관을 즐길 분위기가 아니었다.

"이래서는 안 되겠는데? 걸어가는 게 더 빠르겠어." 홈즈가 툴툴거렸다. 결국 빅토리아 거리와 캐논 거리의 교차로에 도달했을 때 홈즈가 마차 지붕을 두드려 마부에게 신호를 보냈다.

"여기에서 내려야겠소."

홈즈는 마부에게 2기니를 주면서 말했다.

"이 여자애를 베이커 가 221B에 데려다주면 2기니를 더 드리리다." 그는 제니를 가리키며 말했다.

"여주인에게 홈즈 씨가 그렇게 말하더라고만 하면 됩니다."

"저도 함께 가고 싶어요!" 제니가 마차 안에서 외쳤지만, 홈즈는 고개를 가로저었다.

"넌 하룻밤 거리로서는 이미 충분한 흥분을 맛봤단다." 홈즈가 그렇게 말하고 마부에게 고개를 끄덕였다. 마부가 채찍을 휘둘러 마차를 베이커 가가 있는 방향으로 돌리는 모습을 보고, 우린 걸어서 사람들로 꽉 찬 거리를 헤쳐 나아가기 시작했다. 그레이트 타워 거리와 바이워드 거리가 맞물리는 교차로에 거대한 모닥불이 활활 타오르고 있었고, 수많은 사람들이 모여서 마녀를 상징하는 커다란 꼭두각시가 거리를 따라 운반되고 있는 모습을 구경하고 있었다. 몇 개의 막대기와 종이 반죽(장식용 물건을 만들 때 쓰는, 젖은 종이와 아교나 풀을 섞어 이겨놓은 것)으로 만들어진 마녀는 자신의 마법 빗자루에 올라앉아 거대한 검은 새처럼 사람들의 머리 위에서 맴돌았다. 바람에 휘날리는, 천으로 만든 마녀의 커다란 모자가 거대한 검은색 날개처럼 보였다.

"여왕 폐하 만세!" 마녀가 옆으로 스쳐지나가자 주정뱅이 한 명이 소리쳤다. 홈즈가 갑자기 걸음을 멈추고 내 팔을 잡았다.

"왓슨, 바로 그걸세!" 홈즈가 소리쳤다.

"그거라니?"

"체스에서 사용하는 '퀸에게 그녀의 색깔을 주었다.'라는 표현을 들어본 적이 있나?"

"물론이네. 그건……."

"블랙 퀸일세, 왓슨! 어쩜 내가 이렇게 멍청할 수가 있지! 블랙 퀸이 누구인지 알았어!"

"그게 누군데?" 내가 물었지만, 홈즈는 이미 앞장서서 나아가고 있었다. 몸을 심하게 다친 홈즈가 이런 에너지를 뿜어낸다는 게 놀라웠지만, 오랫동안 함께 지내온 난 위기가 닥쳐온 순간에는 홈즈가 충분히 이러고도 남을 사람이라는 걸 알고 있었다. 난 술에 취해 비틀거리는 사람들에게 부딪치고 사과하는 말을 등 뒤로 남기며 홈즈를 부지런히 쫓아갔다.

마침내 우린 런던탑의 입구에 도착했다. 경비를 서고 있던 경찰관은 탑 안으로 들어가야겠다고 우기는 홈즈를 멍하니 바라봤다. 그런데 바로 그때, 레스트레이드가 문 안쪽으로부터 모습을 드러냈다.

"무슨 일입니까, 홈즈 씨?" 레스트레이드가 물었다.

"무슨 일이 벌어지고 있는 겁니까?"

"설명할 시간이 없습니다." 레스트레이드와 난 화이트타워를 향해 부지런히 걸음을 옮기는 홈즈를 따라갔다. 환영식은 돔 형태의 석조 예배당에서 열리고 있었고, 레스트레이드는 모여 있는 군중들 뒤쪽으로 우릴 안내했다. 두어 명의 경찰관들이 차렷 자세로 두 팔을 옆구리에 붙인 채 꼿꼿하게 서서 우리와 함께 예배당 뒤쪽에 서 있었다. 홈즈의 두 눈은 누군가를 찾으려는 듯이 군중들을 뒤지고 있었다. 나도 그의 눈길을 따라 이리저리 눈을 굴려봤지만, 홈즈가 찾아내길 바라는 게 무엇인지를 알 수가 없었다.

연단 위에는 여러 명의 고위 관리들과 함께 여왕 폐하께서 앉아 계셨다. 폐하의 오른쪽에는 황태자 전하가, 전하의 오른쪽에는 밝은 색상의 풍성한 예복을 입은 근엄하게 생긴 인도인이 앉아있었는데 라바라스 왕자인 것 같았다. 라바라스 왕자의 뒤쪽에 역시 풍성한 진홍빛 예복을 갖춰 입은, 피부가 가무잡잡하고 잘 생긴 사람이 서 있었다. 그 사람이 눈에 익었지만, 어디에서 봤는지를 기억해낼 수가 없었다. 황태자 전하께서 자리에서 일어나 말씀을 하시려고 하자 모든 사람들의 눈이 다 그곳으로 쏠렸다. 전하께선 절반은 군중들에게, 절반은 라바라스 왕자에게 말했다.

홈즈는 특정한 뭔가를, 아니면 누군가를 찾으려는 듯 여전히 군중들을 샅샅이 살펴봤다.

"홈즈 씨는 뭘 찾으시는 거죠?" 레스트레이드가 내게 속삭이

듯 물어봤지만, 난 어깨를 으쓱 할 수밖에 없었다.

"모르겠어요."

"……그리고 거대한 우리 두 나라 사이에서 새로운 책임감으로 이어지기를 기대하는 바입니다." 황태자의 말이 이어졌다.

"라바라스 왕자께서 소국의 국민들을 대신해서 제게 공식적으로 베풀어주신 놀랍도록 커다란 호의를 기쁜 마음으로 받아들입니다."

에드워드 황태자는 마주 보고 미소 짓는 라바라스 왕자를 돌아봤다. 라바라스의 뒤에 서 있는, 피부가 검은 키가 큰 사내도 미소를 지었다. 그리고 갑작스럽게 녀석을 어디에서 봤는지 생각이 났다.

"맙소사! 바로 그 백작이잖아!" 난 중얼거리며 홈즈 쪽으로 돌아섰지만 그는 보이지 않았고, 그 대신 레스트레이드가 내가 중얼거린 말을 들었다.

"뭐라고요?" 레스트레이드가 물었다.

"바로 저 녀석입니다. 우리에게서 인도의 별을 훔쳐간 자가!" 라바라스 왕자의 뒤쪽에 서 있는 사내가 그 운명적인 날 밤에 베이커 가로 찾아왔던 가짜 헌팅던 백작이라는 데는 이제 아무런 의문도 없었다. 난 목을 쭉 빼서 홈즈가 어디로 갔는지 알아보려고 했고, 그를 찾기 위해 사람들을 헤치며 앞으로 나아가려고 했다. 하지만 황태자 전하가 손에 들고 있는 걸 보는 순간, 연단에서 눈을 뗄 수가 없었다.

"그리고 이제 소개할까 합니다……. 인도의 별입니다!"

황태자 전하는 그 말을 끝내자마자 우리 모두가 볼 수 있도록 반짝이는 사파이어를 들어 올렸다.

"저 분이 도대체 어떻게 저걸……." 난 말을 채 끝맺지도 못하고 사람들의 앞쪽에서 벌어진 소동으로 인해 방해를 받았다. 불빛을 받아 금속이 번득거리는 게 보였고, 그와 동시에 총소리가 들렸다. 몇몇 사람들이 비명을 질렀고, 다른 사람들은 본능적으로 몸을 숙이거나 숨을 곳을 찾아 내달리기 시작했다. 뒤쪽에 서 있던 경찰관들이 왕가의 사람들과 다른 고위 인물들을 보호하기 위해 앞으로 득달같이 달려 나갔다. 몇 초가 채 지나기도 전에 여왕 폐하께선 푸른색 제복의 경찰관들에게 둘러싸여 서둘러 연단을 내려갔다. 총에 맞은 사람이 없는 것 같았다. 연단 위의 사람들은 충격을 받은 것 같았지만, 흉탄은 표적을 맞추지 못했다. 황태자 전하는 사람들 쪽을 멍하니 보고 서 있었다. 전하의 눈길이 향하는 방향으로 눈길을 돌렸더니 사람들 사이에 숨어 있는, 총을 발사한 인물의 모습이 또렷이 보였다. 홈즈는 한 손에 총을 들고, 다른 손으로는 바이올렛 메리웨더 양의 손목을 잡고 서 있었다. 레스트레이드와 난 홈즈를 도우려고 쏜살같이 달려갔다.

"보우드린스 왕자 전하 만세! 인도를 배신한 자들에게는 죽음을!" 메리웨더 양은 홈즈의 손을 벗어나려고 발버둥을 치면서 소릴 질렀다.

"아, 정말 감사합니다, 홈즈 씨." 레스트레이드가 말했다.

"연행하겠소, 아가씨. 몇 가지 질문할 게 있으니까요. 여러분, 걱정하지 마십시오, 모든 게 다 순조롭게 진행되고 있습니다."

레스트레이드는 메리웨더 양을 데리고 겁에 질린 표정을 한 사람들을 헤쳐 나아가며 말했다. 홈즈와 난 레스트레이드 일행이 멀어지는 모습을 지켜보다가 황태자 전하를 돌아봤다. 그 분은 뿌리라도 내린 듯 여전히 그 자리에 서서 메리웨더 양이 멀어지는 뒷모습을 바라보고 있었다. 난 갑자기 전하가 왕자가 아닌 사랑에 배신당한 남자로 보였다. 난 믿었던 사람에게 배신당했다는 걸 알게 된 전하가 무척이나 안쓰러웠다.

그러다가 갑자기 라바라스 왕자 뒤에 서 있던 사내를 떠올렸는데, 녀석과 인도 왕자는 이미 사라져버린 상태였다.

"홈즈!" 난 소릴 꽥 질렀다.

"라바라스 왕자의 보좌관! 녀석은 신분을 속이고 있네!"

"그게 무슨 뜻인가?" 홈즈가 물었다.

"내게서 인도의 별을 훔쳐갔던 녀석일세! 인도 왕자도 위험하지 않을까 걱정이 되네."

우린 연단을 향해 황급히 달려갔다. 최대한 질서를 유지하면서 경찰이 사람들을 밖으로 재빨리 안내해준 덕분에 실내에 있는 사람들의 수가 급격히 줄어들고 있었다.

"저기야!" 홈즈가 손을 들어 한쪽을 가리키며 소리쳤고, 뒷문을 통해 사라지는 진홍빛 그림자를 제때에 볼 수 있었다.

"왓슨, 얼른 녀석을 쫓아가자구!"

홈즈는 남아 있는 사람들 틈을 헤치고 내달리며 소리쳤다.

우리는 가로줄 무늬가 있는 작은 창문이 달린 육중한 떡갈나무 문을 밀어서 열었다. 문에는 '위험! 열지 마시오.'라는 문구가 붙어 있었다. 우린 세찬 바람이 불어오는, 화이트타워의 난간 위에 서 있었다. 때마침 불어온 돌풍이 육중한 문을 마치 종이로 만들어진 것이기라도 한 것처럼 쾅 소리와 함께 닫아버렸다. 바람의 힘이 워낙 세서 숨이 멎을 것만 같았다. 난 강렬한 바람 때문에 비틀거리는 홈즈를 쳐다봤다.

"홈즈, 저길 보게!" 난 바람 소리에 지지 않으려고 악을 썼다. 성벽 끝부분에 '백작' 녀석이 서 있었다. 녀석은 라바라스 왕자를 붙잡고 있었는데, 왕자는 백작의 손을 벗어나려고 몸부림치고 있었다. 바람이 그들의 머리카락과 옷들을 후려쳤고, 그들이 입고 있는 예복은 밝은 색상의 날개라도 되는 것처럼 그들 주위에서 펄럭거렸다. 그들 두 사람과 우린 동시에 서로를 봤고, 인도 왕자는 영어로 우리에게 소리쳤다.

"도와주시오! 이 자가 날 해치려 하고 있소!"

"더 이상 다가오지 마라." 백작이 소리쳤다.

"그렇지 않으면 왕자를 성벽 너머로 던져버릴 테다!"

"어리석은 짓 하지 마라." 홈즈가 소리쳤다.

"항복해라. 이곳을 벗어날 방법은 없다."

백작은 라바라스 왕자를 성벽 끝으로 더 끌고 갔다. 라바라스 왕자는 몸집이 작아서 키가 크고 건장한 백작의 상대가 되지 못했다. 내가 한 걸음 앞으로 나서자, 홈즈가 한 손을 내 팔 위에 올려놓았다.

"기다리게, 왓슨! 녀석을 설득할 수 있는지 보자구."

홈즈가 작은 소리로 말했다.

"이렇게 하면 너도 알다시피 아무것도 해결이 되지 않는다."

홈즈가 녀석에게 소리쳤다.

"그럴지도 모르지만, 우린 더 이상 압제를 용납하지 않을 것이다!" 백작이 소릴 꽥 질렀다. 바로 그 순간, 라바라스 왕자가 대단한 용기를 발휘해서 적을 난간이 있는 방향으로 세게 밀어버렸다. 그러자, 백작은 자신의 옷자락을 밟고 균형을 잃었다. 잠시 동안, 백작은 이국적인 새처럼 불어오는 바람에 자신의 진홍빛 옷을 펄럭이며 끝부분에 위태로운 자세로 서 있었다. 그러다가 우리가 공포에 질린 눈으로 쳐다보는 가운데 횃대로부터 떨어졌다. 간담을 서늘하게 만드는 백작의 비명 때문에 등골이 오싹해져서 그쪽을 더 이상 쳐다보지 않고 돌아섰다. 백작의 비명 소리가 사라지자 세차게 몰아치는 바람 소리가 귓가를 스치고 지나갔다. 라바라스 왕자는 백작을 뿌리치고 널브러졌던 바로 그곳에 멍하니 앉아 있었다. 난 왕자에게로 걸어가서 손을 내밀었다. 왕자는 아무런 말없이 내 손을 잡았고, 우린 입을 꼭 다문 채 우리가 나왔던 바로 그 문을 통해 성벽을 벗어났다.

성 안으로 되돌아오자마자 라바라스 왕자는 근심이 가득한 얼굴의 수행원들에게 둘러싸였다. 왕자가 그들의 눈앞에서 사라지는 바람에 잠시 동안이지만 공황을 초래했던 것이다. 수행원들은 왕자를 모시고 얼른 이곳을 벗어나려고 했지만, 그렇게 하기 전에 왕자는 우리와 따스한 악수를 나눴다.

"고맙소이다." 왕자가 말했다.

"나중에 좀 더 공식적으로 감사를 전할 수 있는 기회가 있기를 바랍니다." 왕자의 목소리는 부드럽고 풍부했다.

난 안색이 백짓장처럼 창백한 홈즈 쪽으로 얼굴을 돌렸다. 당장에라도 쓰러질 것처럼 보였다. 홈즈를 힘차게 내몰았던 에너지의 분출이 멎은 지금, 홈즈는 극도의 탈진 상태로 접어들기 직전이었다. 내가 홈즈를 부축할 때도 거부하지 않았다.

"가세, 홈즈. 집으로 가자고."

14장

런던탑과 인도의 별

우리가 베이커 가에 도착했을 때, 마이크로프트가 거실에서 우릴 기다리고 있었다.

"여, 셜록, 네가 사건을 제대로 해결했더구나."

우리가 들어서자 마이크로프트가 말했다.

"이런 맙소사!" 그는 깜짝 놀라 의자에서 일어서며 소리쳤다.

"이게 어떻게 된 일인가?"

"그 뛰어난 추리력을 사용하지 않아도 충분히 아실 것 아닙니까?" 난 홈즈가 소파에 눕는 걸 도와주며 작은 소리로 말했다.

"물론 선생 말씀이 옳아요. 모리아티는 왕을 잡으려고 서둘렀는데, 그게 녀석의 치명적인 실수인 것으로 드러난 셈이죠."

마이크로프트는 육중한 몸을 의자로 되돌리며 말했다.

"녀석은 '캐슬링(castling)' 당했다고 말할 수도 있어요."

"그게 무슨 뜻입니까?"

"체스의 한 수로, 룩(rook)이 킹과 자리를 바꾸는 겁니다. 그것을 하는 데에는 일정한 제약이 있고, 일정한 조건들을 충족시켜야 하지만, 아주 유용할 수 있는 수죠."

마이크로프트가 대답했다.

"그럼 이번 사건에서 누가 '룩'이었습니까?" 내가 물었다.

"그거야 당연히 셜록이었죠."

마이크로프트가 미소를 지으며 대답했다.

"그럼 블랙 퀸은요?"

"메리웨더 양이었지." 홈즈가 누워 있는 소파에서 대답했다.

마이크로프트가 고개를 끄덕였다.

"나도 그렇게 의심은 했었네. 결국 무엇이 그녀의 정체를 드러나게 만든 것인가?"

"그녀가 친구라는 의미로 벵골어인 '반두(bandu)' 대신에 힌디어인 '도스트(dost)'를 사용했던 게 나의 의심을 불러일으켰네. 난 라바라스의 적들 중 상당수가 힌두교도들이라는 걸 알고 있었지."

"그렇지만 그 여자가 암살자가 되리라는 걸 어떻게 알게 된 거니?"

"그 여자는 블랙히스에 살고 있었어, 마이크로프트. 검은 마녀의 형상이 거리에서 운반되고 있을 때 문득 깨달았다고. 그리고 메리웨더 양을 블랙히스의 집까지 바래다줬던 날을 갑자기 기억해냈단 말이야."

마이크로프트는 미소를 짓고 자신의 두툼한 두 손을 배 위에 올려놓았다.

"아, 그래? '퀸에게 그녀의 색깔을 주었다.'인 셈이군. 블랙히스를 제외하고 블랙 퀸이 나올 법한 곳이 달리 어디에 있겠어?"

"바로 그거야." 홈즈가 대답했다.

"물론 다른 원인들도 있었지만……. 그녀는 자신의 아버지가 이탈리아의 오페라 가수였다고 주장했는데, 그게 거짓말이라는 걸 즉시 알아차렸지. 오페라계에서 널리 사용되고 있는, 가수가 가지고 있는 음역을 지칭하는 이탈리아어를 모른다는 건 말이 안 되잖아? 그러고는 자신의 아버지가 테너였다고 했는데, 리골레토 역을 노래했는지 물었더니 그게 자기 아버지가 가장 좋아하는 역이었다고 자신 있게 말하더군. 오페라 레퍼토리 중에서 가장 유명하다고 자타가 공인하는 리골레토 역은 바리톤이 맡는 역인데도 말이야."

"내가 이해할 수 없는 게 한 가지 있네." 내가 물었다.

"자네만이 인도의 별이 어디에 있는지를 알고 있었다면 전하께서는 어떻게 그걸 손에 넣으신 건가?"

마이크로프트 홈즈가 씩 웃었다.

"그거야 홈즈만이 알고 있었던 게 아니었으니까요."

"그럼 형님도 알고 계셨던 겁니까?"

"아, 물론이오. 심지어 내가 홈즈에게 제안한 사람이기도 하죠."

"그렇다면 그 보석은 어디에 있었던 겁니까?"

"그거야 당연히 왕관의 보석들과 함께 있었죠. 난 모리아티가 찾아보려고 생각조차 하지 않을 곳에 보석을 숨기자고 제안했는데, 런던탑이 모든 조건을 충족시키는 것처럼 보이더군요. 난 정부 내에서의 나의 권한을 발휘해서 내가 직접 보석을 그곳에 놓아둔 것이오." 마이크로프트는 껄껄 웃었다.

"내가 왕관의 보석들에 접근하도록 되어 있다고 런던탑 경비대장에게 말했을 때 그 사람의 반응을 선생이 봤어야 했는데……. 그는 어떻게 해야 할지 몰라 쩔쩔맸지만, 난 왕가의 직인이 찍힌 서류를 가지고 있었기 때문에 내 요구를 순순히 들어줘야만 했다오."

"알겠습니다." 내가 말했다.

"그렇게 해서 환영식이 벌어질 시간이 되자……."

"인도의 별을 꺼내는 건 아주 간단한 일이었네. 런던탑을 떠난 적이 없었으니까."

"화이트타워를 말하는 것이지, 셜록?"

마이크로프트가 껄껄 웃었다.

"정말 딱 맞아떨어지는 곳이었잖아? 물론 그게 퍼즐의 마지막 조각이었고 말이야."

홈즈가 어깨를 으쓱했다.

"확실히 그랬어. 모리아티가 극적인 것을 좋아하는 본능이 있다고는 하지만, 나에 비하면 아직 한 수 아래라고 봐야지."

문에서 노크 소리가 들리고 허드슨 부인이 들어왔다. 부인은 홈즈를 보자마자 만세를 불렀다.

"당신이 무사해서 천만다행이에요! 그런데 안색이 별로 좋지 못하군요."

"곧 회복될 것이니 걱정하지 마세요, 허드슨 부인."

홈즈가 말했다.

"음……. 그래도 뜨거운 치킨 스프는 가져다 드릴게요."

부인이 부리나케 방을 나가고 나서야 우린 문간에 서 있는 작은 형체를 볼 수 있었다. 제니였다.

"들어오너라, 제니."

내가 말하자, 제니는 쭈뼛거리며 몇 발자국 방 안으로 들어왔다.

"아, 화이트 퀸이 오셨구만."

홈즈가 누워 있는 소파에서 말했다.

"그뿐만 아니라 이 애는 '호수의 여인' 이기도 하지."

난 다소 기분이 들떠서 맞장구를 쳤다.

"그거야 당연한 말이지." 홈즈가 말했다.

"이 아이가 무슨 일을 했는지 형은 알고 있어?"

마이크로프트는 고개를 가로저었다. 홈즈와 내가 우리가 납치되고 구조된 것을 마이크로프트에게 말해주고 있는 동안, 제니는 그곳에 수줍은 태도로 서 있었다. 우리가 설명을 끝마치자 제니는 까치발로 홈즈에게 다가가서 이마에 키스했다.

"이건 무엇을 위한 키스지?" 홈즈는 쑥스러워 하며 물었다.

"허드슨 부인께서 이렇게 하면 선생님이 훨씬 더 빨리 나으실 거라고 하셨어요."

제니가 대답했다. 마이크로프트와 난 폭소를 터뜨렸다.

"그리고 그 키스가 효력을 발휘하지 못한다면, 이건 효과가 있을 거예요." 문간에서 김이 펄펄 나는 뜨거운 스프를 들고 서 있던 허드슨 부인이 말했다. 레스트레이드 경감이 허드슨 부인의 뒤쪽에서 모습을 드러냈고, 부인은 얼굴을 돌려 경감을 쳐다봤다.

"죄송해요, 경감님. 이제 막 홈즈 씨께 경감님께서 오셨다는 말씀을 드리려고 했어요." 허드슨 부인은 스프를 커피 테이블 위에 내려놓고 내 쪽으로 돌아섰다.

"홈즈 씨가 이걸 조금이라도 드시도록 하는 건 이제 선생님 책임이에요, 닥터 왓슨." 부인이 단단히 당부했다.

"애야, 가자꾸나. 이분들이 드실 홍차를 좀 끓여야겠다."

부인이 제니에게 말하자, 제니는 순순히 일어서서 부인을 따라 방에서 나갔다.

"들어오시죠, 경감님." 내가 의자에서 일어서며 말했다.

"감사합니다." 레스트레이드가 방으로 들어서며 말했다.

"좀 앉으시죠." 난 레스트레이드가 앉을 수 있도록 의자를 하나 끌어당기며 말했다.

"정말 감사합니다. 안녕하십니까, 홈즈 씨?"

레스트레이드가 마이크로프트에게 인사했다.

"안녕하시오, 경감님? 오늘 아주 눈 코 뜰 새 없이 바빴겠습니다."

"말씀, 감사합니다. 그래도 이제 모든 상황이 잘 정리된 건 다여기에 계신 홈즈 씨 덕분이죠. 선생의 말씀이 옳았습니다."

레스트레이드가 홈즈를 향해 말했다.

"자신을 메리웨더 양이라고 부르는 그 여자는 친오빠가 라바라스 쪽의 어떤 사람과 언쟁을 벌이다가 살해된 후부터 쭉 보우드린스 왕자가 이끄는 집단의 일원이었습니다. 그녀의 본명은 스리말티이고, 보우드린스의 패거리들과 함께 어울려 그들에게 정보를 물어다줬습니다. 그리고 그들의 계책이 실패로 돌아갈 것처럼보이자, 그들은 그 여자를 보내 왕자를 살해하려고 했던 거고요."

"그래서 모리아티가 암살 음모에 관련이 된 겁니까?" 내가 물었다.

레스트레이드는 어깨를 으쓱했다.

"그건 아무도 모릅니다. 그 사람이 자취를 감췄으니까요. 형사들 몇 명을 내보내서 녀석의 부하들을 체포해오도록 지시했지만, 녀석들도 슬그머니 사라지는 습관이 있는 것 같더군요."

마이크로프트가 앉아 있던 의자에서 일어서서 불가에 놓인홈즈의 의자에 앉았다.

"아, 모리아티가 관련되어 있습니다. 그렇다는 데에 돈을 걸 수도 있어요. 그런데 내 동생이 말해줬는지는 모르지만, 난 노름을 하는 사람이 아니라서 말입니다."

홈즈는 옆으로 돌아누우며 얼굴을 찡그렸다.

"녀석은 모든 일들이 잠잠해질 때까지 시야에서 사라질 겁니다. 하지만 곧 다시 녀석의 소식을 듣게 될 겁니다, 경감님. 내 말을 명심하세요."

레스트레이드는 고개를 끄덕였다.

"선생의 말씀이 옳다는 것에 대해선 한 점의 의혹도 없습니다, 홈즈 씨."

"시야에서 사라진다는 말이 나와서 말인데……. 셜록, 아편굴인 '바 오브 골드'에서는 무슨 일이 벌어졌던 것이니?"

"내 신분이 들통 날 때까지 두어 가지 흥미로운 일을 알게 됐죠. 당신의 부하인 헤이즐턴은 배신자였어요, 레스트레이드. 아마 그렇지 않았을까 하고 의심하고 있었는데, '바 오브 골드'에서 확실히 알게 된 겁니다. 그러고는 내 정체가 발각되고, 붙잡혀서 모리아티에게로 끌려갔는데, 녀석은 날 설득해서 그 보석의 소재를 밝히려고 했던 거죠."

"그리고 녀석은 거의 성공할 뻔했죠." 내가 끼어들었다.

"그런데 그 백작이라고 했던 자는 누구였나?"

"아, 탑에서 떨어진 녀석 말입니까? 아주 끔찍하더군요."

레스트레이드가 말했다.

"녀석은 분명히 보우드린스의 패거리 중 한 명일 걸세."

마이크로프트가 말했다.

"모리아티의 거미줄은 우리가 알고 있는 것보다 훨씬 더 멀리까지 펼쳐져 있어. 심지어 나조차도 녀석의 영향력이 미치는 범위를 다 파헤치지 못했을 정도이니 말 다했지, 뭐."

"잠깐만요, 제가 이해할 수 없는 게 한 가지 있습니다."

내가 끼어들었다.

"메리웨더 양은 황태자 전하의 정부 노릇을 하고 있을 때 언제라도 전하를 살해할 수 있었을 텐데……."

"아, 그건 최후의 수단이었소." 마이크로프트가 대답했다.

"그렇게 하더라도 버림받은 애인의 복수가 아니라 정치적인 행동처럼 보여야 했고요."

"저의 골치를 썩이는 문제가 있습니다."

레스트레이드가 말했다.

"그 여자는 왜 홈즈 씨에게 인도의 별을 건넨 겁니까?"

"모리아티가 세운 계획의 일부는 내 동생을 끌어들여 파멸시키는 것이었어요." 마이크로프트가 대꾸했다.

"녀석은 아마도 그 보석을 회수하는 계획을 서너 개는 세워두고 있었을 겁니다. 메리웨더 양 자신이 보석을 포기했는데, 누가 그 여자를 의심하겠어요? 그렇게 한 다음 우리랑 밀접하게 접촉하면서 우리 측이 어떻게 일을 진행시키고 있는지에 관한 정보를 수집하려고 했겠죠. 하지만 그 여자는 내 동생이 여자들을 절대로 신뢰하지 않는다는 걸 몰랐던 거죠. 그 여자가 네게 꼬리를 치지 않았었니, 셜록?"

홈즈는 턱도 없는 생각하지 말라는 듯 손사래를 쳤다.

"그 여자가 비탄에 빠진 여자의 역할을 다소 과하게 한다고 생각하긴 했지만, 그런 상황에서 난 어느 누구도 신뢰할 수가 없었어."

"음, 그 여자는 날 사로잡았죠. 그렇다고 해서 부끄럽지는 않습니다." 내가 말했다.

홈즈가 활짝 미소 지었다.

"내가 항상 말하지 않나? 여자들은 자네 몫이라고. 왓슨, 하지만 자넨 자네의 심장을 머리보다 중요시하는 실수를 저질렀네."

레스트레이드와 마이크로프트가 날 쳐다보자 얼굴이 확확 달아올랐다. 어쩌면 그게 내 성격상의 취약점일지는 모르지만, 메리웨더 양이 아름다운 얼굴과 몸매로 하던 행동 하나하나를 여전히 잊기 힘들었다. 천사처럼 보이던 여인이 그처럼 기만적일 수 있다는 걸 이해하기 어려웠다. 그녀가 홈즈에게 끌리는 듯 보였던 것조차도 홈즈를 유혹하려 했던 행동인가 하는 의문이 들었는데, 왜 그런지는 모르지만 그렇지는 않았을 거라는 생각이 들었다. 메리웨더 양은 워낙 똑똑한 여자라서 소문이 날 정도로 유명한 여자들을 믿지 않는 홈즈의 성격에 대해서 분명히 알고 있었을 것이다. 아니, 난 지금도 홈즈에 대한 그녀의 반응은 정녕 진실이었을 것이라고 믿고 있다.

"너무 마음에 담아두지 마십시오, 닥터 왓슨."

레스트레이드가 말했다.

"우린 모두 판단하는 데 있어서 잠깐잠깐 실수를 하고 있으니까요."

"말이 나와서 하는 말인데, 정보가 새는 곳을 메웠나요, 레스트레이드?" 홈즈가 물었다.

레스트레이드는 바닥을 내려다보면서 신경질적으로 두 손을 비볐다.

"네, 메웠습니다, 홈즈 씨."

"모건이었나요?"

레스트레이드는 고개를 끄덕였다.

"맞습니다. 앵무새를 이용해서 절 몰래 감시했더군요. 제가 밖으로 나가면 앵무새가 말하는 걸 전부 받아 적어 그걸 모리아티에게 전달한 겁니다. 뭘 살펴봐야 하는지 말해준 선생의 조언에 따라 녀석을 현장에서 체포했습니다."

레스트레이드는 창가로 걸어가서 아래쪽의 거리를 내다봤다. 자갈길 위를 달리는 말발굽 소리가 창틀에 떨어지며 후두둑거리는 빗소리와 뒤섞여 들려왔다.

"그 반 뭐라고 하는 앵무새를, 그 새를 이제 치워버려야 할 것같습니다." 레스트레이드가 꽉 잠긴 목소리로 말했다.

"그냥 그대로 키우시죠, 레스트레이드." 내가 참견했다.

"퇴근할 때마다 집으로 데려갈 수 있을 텐데요."

"네, 저도 그런 생각을 했더랬습니다."

레스트레이드는 밝은 표정으로 대꾸했다.

"이 녀석은 말입니다……. 우리 야드의 생활에 익숙해진 것 같습니다. 녀석이 그곳을 좋아한다는 거죠."

마이크로프트가 곁눈질을 하더니 의자에서 일어섰다. 널찍한 등을 불쪽으로 향하게 하고, 발뒤꿈치를 중심으로 해서 몸을 앞 뒤로 천천히 흔들었다.

"뭔가 방법을 찾아낼 수 있을 겁니다, 레스트레이드."

내가 다정하게 말했다.

"옳은 말씀입니다. 당연히 그래야죠."

레스트레이드는 무심코 대답하다가 문득 우리 모두가 자신을 쳐다보고 있다는 걸 깨달은 것 같았다.

"음, 이제 가봐야겠네요." 레스트레이드가 그렇게 말하고 의 자에서 일어서는 순간, 허드슨 부인이 홍차 쟁반을 들고 들어왔 다. 제니는 샌드위치와 버터스카치 비스킷이 놓인 접시를 들고 부인의 뒤를 따라 들어왔다.

"좀 더 있다 가세요, 경감님." 허드슨 부인이 말했다.

"홍차를 끓여왔거든요."

마이크로프트와 레스트레이드는 먹을 걸 보자 얼굴에 생기가 돌았고, 나도 배가 몹시 고프다는 걸 깨달았다.

* * *

다른 사람들이 다 떠난 건 밤이 늦었을 때였고, 홈즈는 그제야 내가 자신의 상처를 치료할 수 있도록 해줬다.

"사람의 본성이라는 건 아무리 노력해도 이해하기가 어렵단 말이야." 내가 그의 이마에 요오드를 바르고 있을 때 홈즈가 말했다.

"네 명이 죽었고, 황태자는 거의 총에 맞을 뻔했지. 뭣 때문에? 기껏 보석 하나 때문이지. 수정 같은 육면체 구조를 가진 광물일 뿐이잖아. 그런데 이걸 손에 넣기 위해 사람들이 계획을 세우고 싸우고 서로 죽인단 말이야?" 홈즈는 한숨을 내쉬고 고개를 가로저었다.

"아, 아, 움직이지 말게." 내가 말했다.

"이게 단지 인도의 별에 대한 것이 아니라는 건 자네도 잘 알고 있잖나, 홈즈?" 난 홈즈의 이마에 붕대를 감으며 덧붙였다.

"물론 그렇긴 하지. 인도의 미래가 달렸으니까……. 분명히 변화가 오긴 할 걸세. 우리가 살아 있는 동안은 아니더라도 곧 말일세. 왓슨, 사람들은 왜 서로를 못 잡아먹어서 으르렁대는 걸까? 인생이 이렇게 짧은 데도?"

"그러니까 자네에게 할 일이 생기는 것이지. 자네가 지루해서, 혹은 코카인 남용으로 죽는 걸 막으려고 말일세."

홈즈는 날 빤히 쳐다보며 이마를 찌푸렸다.

"왓슨, 방금 그 말은 자네답지 않은 지적인데? 자넨 정말 날 그렇게 생각하고 있는 건가?"

난 어깨를 으쓱했다.

"자네 자신이 그렇게 생각한다고 보고 있네만……."

"음, 어쩌면 자네 말이 맞겠지." 홈즈는 잠시 생각에 잠겼다가 이내 활짝 웃었다.

"이 문제에 관해서 자네의 친구인 프로이트 씨가 뭐라고 말할지 궁금해지는군."

"난 지금 당장은 허드슨 부인이 주방에서 우릴 위해 뭘 만들어냈는지가 더 궁금하다네." 난 진료가방을 닫으며 말했다.

"배가 고파 죽겠거든." 그때는 홍차와 샌드위치를 먹고 몇 시간이 지난 후였다.

"가서 확인해보지 그러나?"

그래서 난 그렇게 했다. 허드슨 부인이나 제니를 깨우지 않으려고 까치발로 아래층으로 내려갔다. 황홀하게도 차가운 양갈비구이와 푸딩 몇 개가 아이스박스에 들어 있었다. 얼른 그것들을 쟁반에 주워 담아 위층으로 운반했다.

"홈즈, 내가 뭘 찾아냈는지를 보게!" 거실 문을 벌컥 열어젖히며 소리쳤지만, 응답이 없었다. 홈즈는 이미 곯아떨어진 상태였다. 난 잠시 홈즈를 굽어보며 잠든 모습을 지켜봤다. 적어도 이 시간만큼은 끊임없이 괴롭히는 악몽으로부터 홈즈가 벗어날 수 있기를 빌었다.

에필로그

"음, 왓슨," 며칠이 지난 어느 날 밤, 허드슨 부인이 저녁식사로 마련해준 구이요리를 앞에 놓고 앉아 있을 때 홈즈가 말했다.

"이번 사건은 어떻게 소설로 쓸 생각인가?"

"나도 모르겠네." 난 보르도 와인을 잔에 부으며 대답했다.

"지금에 와서 그때 일어났던 일들을 되돌아보니 아무도 믿어줄 것 같지 않아서 말일세. 게다가 자네가 열 살 먹은 여자애 덕분에 살아났다는 게 알려지면 자네의 명성에 누가 될 것도 두렵기도 하거든."

홈즈는 씩 웃었다.

"자넨 정말 사려 깊은 사람일세. 그런데 제니는 콘월에서 잘 지내고 있나?"

"아주 잘 지내고 있지. 제니는 온 마을 사람들이 다 좋아하는 귀염둥이가 된 모양이네. 허드슨 부인의 말에 의하면, 제니가 곧 런던에 오고 싶어 한다더군."

제니는 허드슨 부인의 여동생인 플로라 캠벨과 함께 살려고 그곳으로 갔다. 자매가 모두 제니를 애지중지했고, 제니는 해변의 맑은 공기 속에서 한층 더 건강해지고 있는 중이었다.

"아참, 그런데 오늘 배달부를 통해 이걸 받았네. 자네가 보고 싶어 할 것 같아서……." 홈즈는 식탁 위로 크림색의 편지봉투를 내게 밀어주며 말했다. 난 봉투에 선명하게 새겨진 문장(紋章)을 보고나서 홈즈를 올려다봤다.

"읽어보게." 홈즈가 재촉했다.

난 떨리는 손으로 봉투에서 카드를 꺼냈다. 카드에는 나이가 많아 좀 비뚤거리기는 했지만 우아한 글씨체로 이렇게 적혀 있었다.

"우린 그대가 베풀어준 도움에 대해서 크게 감사하고 있습니다. 그대의 조국은 그대에게 큰 은혜를 입었습니다. - V.R."

난 카드를 내려놓고 홈즈를 노려봤다. 홈즈는 내가 보인 반응에 기쁜 표정을 감추지 못했다.

"나쁘지 않잖아, 왓슨?"

"내가 좀 구닥다리 전통주의자라서 그런지는 몰라도, 아무리 홈즈, 자네라도 좀 감격해야 하는 것 아닌가? 이렇게 직접 손으로 글을 써주신……."

"화이트 퀸에게 말인가, 왓슨? 그녀의 왕국은 보존이 된 셈이지. 잠시 동안은." 홈즈는 식탁에서 일어서서 창 바로 밖에서 벌어지고 있는 온갖 형태의 삶을 내다봤다.

"하지만, 왓슨, 난 모르겠네……. 우리가 사는 이 작은 세상에서 변화야말로 유일하게 지속되는 것일세. 그리고 어느 한 사람의 힘으로서는 도저히 막을 수 없는 변화가 다가오고 있네."

홈즈는 가로등 불빛을 배경으로 하여 날카로운 옆모습을 보여주며 잠시 창가에 서 있었다가 내 쪽을 향해 돌아섰다.

"음, 왓슨, 우리 로열 앨버트 홀에 가는 건 어떤가? 윌마 노먼-네루다가 모차르트를 연주한다는 기사를 봤거든. 지금이라도 충분히 입장권을 구입할 수 있을 걸세."

"나야 좋지. 하지만 의문의 젊은 여성 옆 좌석 표는 구입하지 않겠다고 약속해주게."

"아, 이런, 왓슨, 자네의 모험심은 다 어디로 간 건가?"

"요 며칠 동안 모험은 충분히 했네. 자네도 마찬가지고."

"자네 말이 맞을지도 모르겠군……. 어쩌면 밥벌이로 하는 이 위험한 일에서 은퇴할 때가 됐을 수도 있고. 지금부터 난 안전하기 짝이 없는 내 안락의자에 앉아 내가 벌인 모험을 자네가 옮긴 소설에 푹 파묻혀 지내야 하는 것 아닌가 모르겠네. 명성이라는 것도 다 부질없는 일이지. 안 그런가, 왓슨? 난 이제 고이 은퇴해야 할 때라고 생각하네."

난 창 밖을 내다보며 땅거미가 몰려들어 가로등 주위를 수의

(壽衣)처럼 둘러싸는 모습을 지켜봤다. 모리아티는 여전히 살아 있고, 런던은 항상 런던일 것이며, 셜록 홈즈는…… 몇 가지는 전혀 변하지 않는다고 말하는 것으로 충분할 것이다. 난 내 자신의 문학적인 재능이 뛰어나다고 생각하진 않지만, 마차 바퀴가 자갈길 위를 덜커덩 소리를 내며 달리는 한, 노르스름한 안개가 비에 젖은 거리 위에 내려앉는 한, 그래도 그런 재능을 발휘하고 싶다는 생각을 떨쳐버릴 수가 없었다. 요약하자면, 사나이의 심장 속에서 모험에 대한 욕구가 힘차게 뛰노는 한, 어딘가에는 '왓슨, 빨리 가세. 게임이 시작됐네!' 라는 이 말에 열광하는 누군가가 항상 있을 것이라는 뜻이다.

셜록 홈즈와
인도의 별

초판 1쇄 인쇄 · 2016년 3월 23일
초판 1쇄 발행 · 2016년 3월 30일

지은이 · 캐롤 부게
옮긴이 · 하현길
펴낸이 · 이종문(李從聞)
펴낸곳 · 책에이름

편집기획 · 이수미, 정인경, 인우리
디자인 · 이희욱
영업마케팅 · 이진석, 임상국
관리 · 최옥희, 장은미
제작 · 유수경

등록 · 제406-2013-000087호
주소 · 경기도 파주시 광인사길 121 파주출판문화정보산업단지(문발동)
영업부 · Tel 031)955-6050 l Fax 031)955-6051
편집부 · Tel 031)955-6070 l Fax 031)955-6071

평생전화번호 · 0502-237-9101~3

홈페이지 · www.ekugil.com (한글인터넷주소 · 국일미디어, 국일출판사)
E-mail · kugil@ekugil.com

• 값은 표지 뒷면에 표기되어 있습니다.
• 잘못된 책은 바꾸어 드립니다.

ISBN 979-11-950000-4-3(03840)